Mole

nes

Aventures du temps passe

Anatiposi

Paul de Mole

\`

nes

Aventures du temps passe

´

Réimpression inchangée de l'édition originale de 1853.

1ère édition 2023 | ISBN: 978-3-38270-076-8

Anatiposi Verlag est une marque de Outlook Verlagsgesellschaft mbH.

Verlag (Éditeur): Outlook Verlag GmbH, Zeilweg 44, 60439 Frankfurt, Deutschland
Vertretungsberechtigt (Représentant autorisé): E. Roepke, Zeilweg 44, 60439 Frankfurt, Deutschland
Druck (Imprimerie): Books on Demand GmbH, In de Tarpen 42, 22848 Norderstedt, Deutschland

AVENTURES

DU

TEMPS PASSÉ

PAR

PAUL DE MOLÈNES

PARIS

MICHEL LÉVY FRÈRES, LIBRAIRES-ÉDITEURS

RUE VIVIENNE, 2 BIS

—

1853

PRÉFACE

J'ai été très-reconnaissant et très-heureux de l'accueil qui a été fait par la presse à mes *Caractères et récits du temps*. Je crois, en mettant à part toute modestie de convention, que la bienveillance dont ce livre a été l'objet n'a pas une origine littéraire ; elle est due tout entière à des sympathies qu'on éveille facilement en France : la franchise nous a toujours plu et l'aventure nous tentera éternellement.

Je veux donc publier aujourd'hui une œuvre où l'on retrouvera ce que l'on a aimé dans mes récentes études : le jet d'une pensée sincère et le goût irrésistible de tout un ordre d'émotions. Les récits que l'on va lire ont été composés avant ceux qu'on a lus déjà ; si l'on y retrouve la griffe de la jeunesse, je serai bien loin d'en être fâché. Je les place sous la protection des amis que j'ai eu le bonheur de rencontrer.

PAUL DE MOLÈNES.

TRÉFLEUR

On a beaucoup parlé à Coblentz, pendant l'émigration, du chevalier de Tréfleur. Le pauvre chevalier mit fin à ses jours de la façon la plus romanesque : un matin, par un beau ciel, il se jeta dans les eaux vertes du Rhin en tenant une femme entre ses bras. Pour un étudiant de Carlsruhe ou de Weimar, c'eût été une mort fort convenable ; c'était un déplorable trépas pour un gentilhomme français. Comme le disait avec raison la maréchale de M..., le suicide a quelque chose de républicain et de roturier. Aussi Tréfleur fut-il blâmé très-durement. Sa tante, mademoiselle de Kerguen, qui était une personne fort pieuse, fut affligée d'une façon toute particulière, et son oncle, le commandeur de Tréfleur, qui s'était trouvé à Fontenoy, dit qu'il était accoutumé à voir sur le front d'un homme de sa race le sang d'une noble blessure reçue dans une affaire d'honneur ou dans un combat, non pas l'écume et le limon d'une rivière. Eh bien ! Tréfleur ne méritait pas les reproches qu'on fit à sa mémoire. Il avait pour le suicide le mépris le plus profond, et, s'il avait été las de la vie, ce n'est pas à l'eau ou au charbon qu'il eût demandé la mort. Pourquoi donc se tua-t-il? — Moi, je prétends qu'il ne se tua pas. — Et pourtant ce fut bien son corps qu'on retira du Rhin? — Oui; mais son âme ne résidait plus dans son corps quand ce corps tomba dans le fleuve. — Un seul homme a pu connaître le secret de ce trépas : c'est un médecin dont tout à l'heure on saura le nom. Je tiens de lui l'histoire qui va suivre. Cette histoire ne sera peut-être pas acceptée par tout le monde: c'est en Allemagne que je l'ai apprise, et, tant que j'ai été en Allemagne, j'y ai cru, quoique assez difficilement encore. De retour à Paris, j'ai trouvé qu'elle devenait beaucoup plus invraisemblable; mais, comme elle justifie d'une accusation injurieuse le rejeton d'une maison que j'honore, comme elle enlève la tache qui ternissait le champ de gueules où brillent les douze merlettes des Tréfleur, à mes risques et périls j'aurai le courage de la raconter; je désire qu'on ait le courage de la lire.

I

Le docteur Trump était un Allemand, mais il n'avait rien du caractère rêveur qu'on prête aux hommes de sa race. C'était l'ennemi de toutes les hypothèses étranges et de toutes les théories aventureuses. Il avait publié trois grosses brochures contre le magnétisme, au risque de se faire lapider par les partisans enthousiastes de Mesmer. Un jour, le jeune docteur Blum, qui s'était fait une grande réputation à Coblentz en électrisant des verres d'eau et en magnétisant des duchesses, engagea avec lui une discussion si vive, qu'il y eut un duel le lendemain dans ce joli petit pré de Mulfen où l'on ferait bien mieux de cueillir des marguerites que de s'égorger. On échangea deux coups de pistolet, qui heureusement ne furent pas meurtriers; les deux combattants restèrent debout. Mais les balles servent encore moins que les arguments pacifiques à modifier les opinions. Le docteur Blum continua à chercher dans la médecine la poésie mystérieuse du monde occulte, et le docteur Trump continua à soutenir que tous ceux qui ne voulaient pas se borner à saigner et à médicamenter d'après les anciens préceptes étaient des fous ou des charlatans.

Un soir du mois de juin, le docteur Trump était dans son salon vert, fumant paisiblement sa pipe pour faciliter sa digestion, et non point pour voir danser des figures capricieuses dans les nuages du tabac, quand un domestique tout effaré entra précipitamment. Le chevalier de Tréfleur se trouvait dans un état déplorable; il affirmait qu'il allait rendre l'âme s'il ne voyait arriver sur-le-champ son médecin habituel, le docteur Trump. Or, le chevalier de Tréfleur avait toujours été traité par M. Trump comme un malade chéri. C'était un véritable Français, tournant le madrigal avec beaucoup de grâce et remplissant avec une promptitude merveilleuse les bouts-rimés les plus extravagants ; du reste, fort peu poëte de sa nature, et plein d'une railleuse incrédulité à l'endroit de tous les mystères du monde invisible. Les billevesées du docteur Blum lui avaient inspiré quelques ingénieuses épigrammes, causes premières de l'affection et de l'estime que lui vouait le prosaïque Trump.

Aussi, à peine l'adversaire du magnétisme eut-il appris cette nouvelle alarmante, qu'il sortit avec précipitation et se mit à courir dans les rues de Coblentz. Au bout d'un quart d'heure, il faisait son entrée dans la chambre du malade. Évidemment quelque chose d'extraordinaire s'était passé pour le chevalier de Tréfleur. Lui si calme et si riant d'habitude, lui qui, tous les matins, même au plus fort de sa maladie, se faisait poudrer par son valet de chambre, dans quel état se trouvait-il, grand Dieu ! Le docteur Trump put à peine le reconnaître. Les joues enflammées, les yeux ardents, les cheveux épars, au lieu de tendre à son médecin sa main blanche à demi voilée sous une dentelle transparente, il s'écria, dès qu'il vit le docteur, de la voix sourde et enrouée d'un acteur de mélodrame :

— Mon cher monsieur Trump, soyez mon sauveur.

— Au nom du ciel ! mon cher malade, lui dit le médecin, que peut-il vous être arrivé ?

— Hélas ! docteur, répondit le chevalier en maîtrisant peu à peu son émotion, il faut que je commence par un aveu qui me coûte beaucoup, et qui va, dès les premiers mots, me faire perdre votre bienveillance : j'ai fait venir M. Blum...

Tout le monde sait de quelle façon un médecin accueille de pareilles confidences. L'artiste qui verrait en rentrant chez lui un nez ou des yeux faits par une main étrangère à la figure que le matin il avait laissée inachevée, n'éprouverait pas plus de colère que n'en ressentent les doctes représentants de la Faculté à ces révélations inattendues. On a touché à votre malade, à votre malade que vous aviez quitté plein de confiance en vous promettant d'observer à votre retour les effets du régime prescrit; à votre malade dont toutes les pulsations vous appartiennent, dont le corps, dont la vie, est votre chose, on y a touché! A présent, qu'il guérisse ou qu'il meure, il y a quelqu'un qui s'est placé entre vous et lui. J'ai vu un chirurgien trouver une opération commencée au moment où il arrivait avec sa trousse; son visage empreint d'une fureur apoplectique est toujours resté devant mes yeux; aussi je crois voir le docteur Trump s'écriant d'une voix de tonnerre :

— Quoi! ce charlatan de Blum est venu? Alors, Dieu vous ait en garde! il ne me reste plus qu'à faire des vœux et à me retirer.

— Oh! mon bon docteur! s'écria le chevalier avec un accent si désespéré, que le digne Trump parut attendri; oh! mon bon docteur, ne m'abandonnez pas, ma pauvre tête est bouleversée; moi qui ai toujours nourri mon esprit d'une substance légère et facile, je vis à présent dans le monde funèbre et malsain où se débattent les poëtes de votre pays. Je n'ai plus aucune notion certaine sur les choses; je ne suis pas sûr que le moi qui vous parle soit le moi qui se lamentait quand vous êtes entré. Allez, ma cervelle a subi un rude assaut ; ayez seulement un peu de patience, et je vais tout vous raconter.

« Maudite soit, reprit le chevalier après une pause de quelques instants, maudite soit l'heure où m'est venue la funeste idée d'appeler l'infernal Blum ! Que voulez-vous, docteur ? Vous savez aussi bien que moi tout ce que les souffrances ont d'empire sur le cœur de l'homme. La bouche qui humait du vin et donnait des baisers quand elle était fraîche et vermeille, aime à sentir l'hostie quand elle est pâle et desséchée ; le plus brave a peur ; l'impie fait venir un prêtre, etc. Je ne vous répéterai pas tout ce qu'ont dit les moralistes à ce sujet. Ma foi, ce matin, je me sentais le pouls si agité et la tête si brûlante, je m'ennuyais tant à compter les rosaces de l'odieuse tenture jaune qui entoure ma chambre, et à lutter avec le délire toujours près de triompher, que j'ai envoyé chercher le docteur Blum, espérant d'ailleurs que ses singeries seraient inoffensives et ne serviraient qu'à nous divertir si je recouvrais la santé. Le docteur Blum, qui avait jadis connu mes épigrammes, et s'était même efforcé d'y répondre en fort mauvais vers allemands, le docteur Blum entra le visage empreint d'une joie triomphante comme un mauvais génie qui voit sa puissance implorée par ceux qui l'avaient méconnue.

« — Ah ! monsieur le chevalier, vous voici donc prêt à croire à la vertu de ma baguette, vous qui vous êtes tant moqué de notre pauvre science ? Réfléchissez, ajouta-t-il après un instant de silence, je puis vous guérir si vous voulez, ce que ce vieil âne de Trump (pardon, docteur, si je répète ses expressions) ne fera jamais avec sa médecine de pharmacien; mais ce sera à des conditions que vous trouverez peut-être étranges : il faudra que vous me prêtiez votre corps pour une expérience.

« — Prêter mon corps! m'écriai-je; tous les jours je prête ma bourse, j'ai souvent prêté mon épée, mais je ne conçois pas trop comment on peut prêter son corps tant qu'on continue à l'habiter.

« — C'est que justement vous ne l'habiterez plus.

« — Alors, je mourrai?

« — Non, vous ne mourrez pas.

« — Voyons, monsieur Blum, n'ajoutez pas à la confusion qui règne déjà dans mon cerveau; dites-moi ce que je puis faire pour vous, et ce que vous pouvez faire pour moi, puis nous verrons à conclure un marché.

« — Eh bien! sachez donc que je traîne après moi deux âmes attachées par des liens invisibles. Je les ai recueillies au moment où la mort les frappait dans leurs enveloppes corporelles d'une façon irréparable. L'une est celle d'un joueur d'orgue de l'église de Saint-Castor, véritable artiste allemand épris d'un côté de la vie que vous n'avez jamais soupçonné, mon cher monsieur, malgré votre admiration pour les tragédies de Voltaire et votre talent dans le madrigal; l'autre est celle d'un vieux juif dont l'œil avait fini par prendre des reflets fauves à force de contempler la couleur de l'or. Le juif et le musicien furent soignés par moi à l'hôpital; la pauvreté y avait conduit l'un, l'avarice y avait mené l'autre. Ils avaient tous deux le corps attaqué d'un mal incurable; mais je conçus le projet d'exécuter la fameuse opération que je méditais depuis si longtemps, et dont l'honnête Trump s'était tant

1.

moqué, c'est-à-dire de sauver l'âme en la séparant adroitement du corps, qu'on abandonne à la maladie. Mon opération eut un plein succès. Les infirmiers de l'hospice ont jeté hier les dépouilles de mes deux malades dans la fosse commune ; mais leurs deux âmes, attirées à moi par la toute-puissance d'une volonté irrésistible, me suivent partout. A présent, il ne me manque plus qu'une seule chose pour avoir atteint un but qui, je crois, aurait satisfait l'esprit insatiable du grand docteur Faust lui-même ; je veux trouver un corps qui puisse recevoir tour à tour les âmes sans logement dont je suis escorté. Ce corps sera réglé comme une pendule : à une heure dite, une âme y entrera pour être remplacée par une autre à une heure également fixée. Le premier propriétaire du corps ne sera pas entièrement dépouillé de ses droits ; seulement il consentira à n'avoir plus qu'un tiers dans la jouissance de son vêtement terrestre. C'est sur votre obligeance que j'ai compté, monsieur le chevalier, pour l'exécution de cette nouvelle expérience.

« — Palsambleu ! m'écriai-je, si je vous comprends, docteur Blum, vous voulez me donner à entendre que je dois quitter mon corps à certaines heures comme on quitte sa maison pour y laisser loger les deux malotrus qu'il vous a plu de ravir au trépas.

« — Vous comprenez parfaitement, monsieur le chevalier, je vous fais cette proposition de la façon la plus positive.

« — Et moi, je trouve vos rêveries des plus impertinentes.

« — Ah ! chevalier, n'oubliez pas qu'en ce moment vous

ne pourriez pas croiser votre épée avec ma lancette ; parlons de sang-froid. Pour vous montrer tout ce que ma proposition a de sérieux et de réel, je vais suspendre un instant vos douleurs, sauf à vous les rendre si le marché continue à vous déplaire.

« Je vous jure, mon cher monsieur Trump, dit le chevalier en continuant son récit, qu'à peine ce diable d'homme eut-il fait quelques gestes en arrêtant sur moi ses grands yeux fixes et profonds, que je sentis le calme et le bien-être rentrer dans mes sens ; je dis à Jasmin de m'apporter mon miroir, je me trouvai le teint aussi fleuri que si j'avais vécu d'ailes de faisan pendant quinze jours. Vous devinez l'effet prodigieux qu'un pareil phénomène produisit sur mon esprit. Le docteur Blum me laissa alors savourer le retour graduel de mes forces, le rétablissement de l'équilibre dans mes humeurs et de la régularité dans mes fonctions animales ; puis, au bout de quelques instants d'une attente savamment ménagée :

« — Voyons, me dit-il avec un sourire bénin, ne vaut-il pas mieux être pour un tiers dans la jouissance d'un corps frais et bien réglé, agréable à l'extérieur, au dedans plein d'une douce chaleur et de commodités cachées, que d'avoir en toute propriété un misérable corps jauni comme les figures de cire du vieux Kroller, creusé, miné, démantelé par la toux et par la fièvre comme la barque du gardien Gripp, qui s'écroulera un jour sous les efforts des rats ? Allons, mon cher chevalier, réfléchissez quelques moments, et je fais trop de fond sur votre sagesse pour croire que mes offres seront rejetées.

« — Mais, docteur, me hasardai-je à dire déjà à moitié

subjugué, la santé n'a pas rompu avec moi pour toujours. Je ne vois point pourquoi je ne posséderais pas seul ce corps bien tenu et bien réglé dont vous parlez de façon à réjouir le cœur.

« — Mon cher chevalier, ne vous flattez pas ; tout à l'heure je vous aurai remis dans l'état où vous étiez avant de m'avoir fait venir, et du diable si cet imbécile de Trump vous rend jamais votre première vigueur. Il vous restera une irritation continuelle à la gorge qui rendra douloureux le passage du bon vin du Rhin dans votre estomac ; il vous restera un embarras dans les poumons qui vous empêchera d'aspirer cet air salutaire du matin où l'on puise la gaieté et l'appétit ; il vous restera, et c'est là surtout ce qui vous sera pénible, une faiblesse dans l'épine dorsale qui ôtera à votre taille ce qu'elle a de gracieux et de dégagé ; il vous restera...

« — Grâce ! docteur, grâce ! m'écriai-je épouvanté ; je vous abandonne mon corps, tâchez seulement de surveiller un peu ceux à qui vous allez le confier pour qu'ils en fassent un usage décent et convenable ; mieux vaut sa part d'un bon manteau que des haillons pour soi seul.

« —Puisque vous voilà raisonnable, je me retire ; quand l'instant sera venu, vous céderez votre corps sans même vous en apercevoir ; vos droits seront scrupuleusement observés, votre tour de rentrer en jouissance reviendra régulièrement, et vous éprouverez un plaisir sans cesse renaissant à faire mille choses qui vous devenaient plus indifférentes de jour en jour.

« Là-dessus le docteur Blum m'a quitté, et j'attends l'exécution du terrible marché que j'ai conclu. Le fait bien réel de la cessation complète de mes douleurs ne me permet pas de mettre en doute ce qu'il y a de merveilleux dans cette aventure. Je suis donc comme un malheureux débiteur qui voit venir l'heure de l'expropriation. Je ne puis pas vous dire, mon cher Trump, tout ce qu'il y a de pénible dans une situation pareille... Quand l'âme de ce juif, quand celle de ce musicien seront dans mon corps, quelles sottises, grand Dieu ! quelles irréparables gaucheries ils lui feront faire ! Oh ! non, plutôt... »

Ici le docteur Trump interrompit avec violence le chevalier.

— J'ai écouté votre récit, lui dit-il, mais vos lamentations ne m'apprennent rien, et, au nom de la raison, je vous conjure d'y mettre un terme. Quand je vous verrais danser au milieu de la chambre, je ne croirais pas que Blum vous ait guéri. C'est un misérable charlatan qui fait le déshonneur de la médecine. Je ne conçois pas qu'un homme spirituel et sensé, ennemi de tous les écarts dangereux, habile à distinguer...

Le docteur Trump n'eut pas le temps d'achever son panégyrique ; une lourde main tomba sur son épaule : c'était son malade qui se levait en criant : « Que diable ce fou en habit noir fait-il auprès de mon lit ? Et moi, pourquoi suis-je couché à une pareille heure, car le jour passe encore à travers les rideaux ? Pourquoi tant de bougies allumées ? Est-ce que le vieux Nick veut donner ce soir un bal chez moi ?

Et, sans avoir égard à la stupéfaction du docteur Trump, le chevalier (si l'on peut continuer à nommer ainsi le personnage qui faisait cette série de questions étranges) souffla les lumières et tira les rideaux. Les derniers rayons du soleil couchant qu'un caprice de malade avait proscrits se projetèrent alors sur les riches tentures et sur les meubles élégants de la chambre où cette scène se passait. Une épée à la garde enrubannée et à la lame serrée dans un étroit fourreau de peau blanche était couchée sur les deux bras dorés d'un fauteuil; au-dessus d'un secrétaire en bois de rose, un tendre pastel souriait du fond d'un cadre arrondi; le miroir de Venise entouré de velours et de rubis que le chevalier consultait avec anxiété pour connaître les progrès extérieurs de sa maladie, ce beau petit miroir, qui n'eût pas été déplacé à côté d'un stylet mignon à la ceinture d'une Espagnole, brillait à travers les plis formés par les draps blancs et fins de la couche abandonnée. Ce fut ce dernier objet qui attira les regards du furieux dont le docteur Trump suivait les mouvements avec une inquiétude toujours croissante.

— Ah çà! dit-il, je m'étais endormi sur un grabat, et je me réveille dans un lit à colonnes d'ébène avec un miroir de femme auprès de moi! Est-ce la vieille Rachel qui m'a apporté cette belle glace pour que je puisse m'amuser à compter mes rides et à regarder mes quatre dents?

Mais à peine eut-il porté la glace à son visage, qu'il poussa un cri d'effroi, s'approcha du jour et se contempla avec une terreur qui semblait surpasser encore celle dont le docteur Trump était rempli.

L'honnête médecin ne voulut pas rester témoin plus longtemps des actions de ce possédé. Il quitta, en levant les yeux au ciel, la chambre que le terrible Blum avait choisie pour le théâtre de ses sortiléges. Il franchissai les dernières marches de l'escalier quand il rencontra Jasmin, le valet de chambre du chevalier de Tréfleur.

— Jasmin, mon pauvre Jasmin, lui dit-il, votre excellent maître n'est plus, et il y là-haut un démon qui fait le sabbat dans son corps.

II

Coblentz, pendant l'émigration, avait une physionomie toute différente de celle que présentent d'ordinaire les villes d'Allemagne. Au lieu des bandes chantantes d'étudiants et d'ouvriers, on rencontrait le soir dans les rues des jeunes gens aux allures de gardes du corps et de mousquetaires. La jeune fille à l'œil limpide et bleu, qui autrefois regagnait seule sa demeure à la fin du jour, pleine de confiance dans l'honnêteté germanique, n'osait plus sortir maintenant sans avoir pour appui le bras d'un robuste fiancé. Au lieu des deux ou trois promeneurs de profession qui, tous les soirs, avant et après le repas, se saluaient, s'abordaient ou s'évitaient aux mêmes endroits, on voyait, sur les boulevards, errer les élégants habitués du parc de Versailles ; des femmes en paniers posant avec précaution les grands talons de leurs petits souliers sur la mousse verte des allées, tandis que la chaise à porteur les suit par derrière ; de jeunes seigneurs aux mains blanches, et même quelques-uns de ces jolis abbés qui firent du noir une couleur galante aussi chère aux amours que le vert tendre de la robe d'Iris, ou l'azur de la veste de Clidamant.

Le jour où s'était passée la scène qu'on vient de lire un magnifique soleil couchant, un soleil à désespérer un peintre, ou à le faire pleurer de joie, inondait tout ce beau monde de ses rayons rouges sous les ombrages touffus de la promenade. On respirait avec délices cet air frais et pur où se joue le vent qui a passé au-dessus du Rhin, qui a ridé sa surface et courbé ses roseaux ; on le respirait sans regret et sans arrière-pensée. Les figures étaient calmes et souriantes, empreintes de ce bonheur que nous ressentons tous, n'importe sous quel ciel, quand la nature veut bien se mettre en frais pour nous en faisant resplendir tous les joyaux de son écrin. Tout à coup un homme à la démarche embarrassée, vêtu d'un costume bizarre, parut au milieu des groupes brillants qui parsemaient les allées. On juge de la surprise qu'éprouvaient tour à tour ceux devant qui il passait, en reconnaissant le chevalier de Tréfleur! Oui, le chevalier de Tréfleur, le roi de la jeunesse dorée, le représentant le plus complet des mœurs françaises, le type de la convenance et de la distinction, maintenant sans chapeau, sans épée, les cheveux défrisés, l'œil hagard, tel enfin que son spectre seul aurait eu le droit d'errer à minuit ! Le jeune vicomte de Gerblies fut le premier qui s'avança intrépidement vers lui.

— Eh ! morbleu, chevalier, t'es-tu échappé de ton linceul pendant qu'on était en train de le coudre? Que signifie cet accoutrement? Ce matin, j'ai été savoir de tes nouvelles, on m'a dit que le docteur Trump te croyait encore au lit pour deux mois; es-tu sorti dans un accès de fièvre chaude? Voyons, réponds-nous, un mot, un seul mot, que nous entendions ta voix.

Le chevalier de Tréfleur restait immobile en attachant ses yeux brillants et fixes sur ceux de son interlocuteur. Déjà un cercle de jeunes gentilshommes s'était formé autour de lui, et on parlait de le faire reconduire à son logis, quand un nouveau venu se jeta tout à coup bruyamment au milieu de ceux qui entouraient le prétendu malade. Sans s'inquiéter en rien de ce qui était alors l'objet de l'attention :

— Mes amis, mes bons amis, s'écria-t-il, faute de cent pistoles, je suis obligé de renoncer au plus ravissant enlèvement qui ait jamais été entrepris. Voyons, cent pistoles, qui peut me prêter cent pistoles? Si ce vieux juif de Maldech n'avait pas été rejoindre, il y a deux jours, ses voleurs d'aïeux, je me serais volontiers fait saigner des quatre veines pour avoir cette bienheureuse somme.

— Vous aurez vos cent pistoles, je vous les prêterai, dit alors une voix qui fit tressaillir tout le monde.

Le chevalier de Tréfleur était sorti de son immobilité, ses yeux brillaient d'un éclat étrange, mais n'avaient plus l'expression de la folie et de la terreur. Il ressemblait au soldat qui a entendu un coup de feu, au musicien qui a entendu un accord; on sentait qu'il venait de rentrer dans la vie.

— Eh! Tréfleur! ce bon Tréfleur! s'écria l'emprunteur

écervelé en l'embrassant, si je ne l'avais cru occupé disputer son âme au diable, j'aurais été chez lui. O bours toujours ouverte, épée toujours tirée! Ah çà! mon che ami, tu reviens donc du tombeau exprès pour me sauver

— Je ne sais pas, dit le chevalier avec un accent sin gulier, moitié jovial, moitié lugubre ; je ne sais pas si j reviens du ciel ou de l'enfer, mais je ne laisserai jamai un honnête gentilhomme manquer de cent pistoles, lors qu'il paraît disposé à accepter toutes les conditions d'u loyal emprunt.

— Vraiment, messieurs, j'ai cru reconnaître la voi du vieux Maldech, dit le vicomte de Gerblies; c'était l sa phrase sacramentelle. Ah çà! mon pauvre Tréfleur qu'est-ce que tu veux dire avec tes conditions? est-ce qu tu comptes te faire prêteur sur gages?

— Les hommes sages ne traitent pas leurs affaires en plein vent, reprit le chevalier d'un ton sentencieux; que celui qui veut aujourd'hui loger dans sa bourse le roi des rois, le roi d'Abraham, le roi de Salomon, le roi du vieux Nick lui-même, notre seigneur tout-puissant l'or, que celui-là me suive!

— Voyons, Puisieux, dit Gerblies à l'emprunteur, voyons, suis le chevalier. Aussi bien, je crois que le grand air agit sur son cerveau, déjà exalté par la fièvre; il faut espérer que chez lui il parlera un autre langage. Je veux être damné si jamais phrase semblable aux phrases qu'il nous débite a pu sortir d'une autre bouche que de celle d'un usurier.

Le chevalier de Tréfleur s'était mis à marcher d'un pas rapide, sans répondre un seul mot aux quolibets de Gerblies. Le baron de Puisieux était si ardemment préoccupé du désir d'avoir ses cent pistoles, que, si le diable lui-même était venu les lui offrir, il ne se serait pas arrêté à considérer ses cornes et son pied fourchu. Tous les deux descendirent la grande rue de Coblentz. Là encore, il y avait des Français faisant jaser les barbiers sur le seuil de leurs portes, ou attaquant le cœur des pâtissières derrière leurs remparts de nougats et de biscuits. Tous ceux qui apercevaient le chevalier de Tréfleur, courant ainsi sans chapeau, suivi du baron de Puisieux, disaient :

—Ces maudits Anglais nous pervertissent le goût, voilà encore un de ces paris excentriques qui blessent toutes les convenances ; sans doute il y a un enjeu bien extravagant.

Après de nombreux détours, ils arrivèrent enfin à un quartier obscur et boueux où se cachaient cependant autant de trésors que dans le temple de Jérusalem, en un mot au quartier des Juifs. Les Français relégués à Coblentz allaient souvent errer dans ces régions, malgré leur sombre aspect, parce qu'au fond de ces repaires enfumés, qui d'abord attristaient la vue, on trouvait, ce qui vaut mieux pour dorer la vie que les rayons du soleil lui-même, de blanches filles et de beaux sequins.

— Holà ! chevalier, où vas-tu donc ? s'écria le baron de Puisieux en revenant tout à coup à lui, quand il vit le chevalier se diriger vers ces pays connus. C'était sur ta bourse que je comptais, non pas sur celle d'un juif; d'ailleurs, c'est aujourd'hui samedi, et le vieux Maldech était le seul qui, au risque du feu pour sa peau ridée, consentit à prêter le jour du sabbat.

— Je vais où est l'argent, répondit laconiquement le chevalier sans même tourner la tête.

— Allons ! reprit Puisieux, quand tu me conduirais en enfer, je t'y suivrais. Pourvu que ce soir ma belle soit sur mes genoux, dans une chaise de poste aux coussins soyeux et suspendue, du diable si je m'inquiète d'où vient l'or qui aura mis la clef aux mains de la duègne, le fouet à celles du postillon, et le feu au ventre des chevaux. Ma foi, voilà bien le logis du vieux Maldech ; eh ! chevalier ! chevalier ! n'enfonce pas la porte, parbleu ! Si j'avais su que c'était là que tu voulais me conduire, j'y serais allé sans toi, je connaissais l'antre du loup-cervier ; mais depuis une heure je te crie aux oreilles que le vieux drôle est dans l'autre monde, il est mort à l'hôpital pour ne pas donner un florin au médecin. Allons ! il ne m'entend pas, et il frappe toujours : Eh ! chevalier, chevalier, es-tu fou ?

Le chevalier de Tréfleur, à force de faire retentir la porte de coups désespérés, avait fini par évoquer une apparition hideuse. Une vieille femme avait ouvert ; quelle vieille femme, bon Dieu ! un squelette eût refusé de la faire danser, un balai se serait cabré pour ne pas lui servir de monture : c'était Rachel, l'ancienne compagne de Maldech.

— Vous ne savez donc pas, dit-elle au chevalier d'une voix à faire trouver mélodieux le grognement d'un porc, vous ne savez donc pas que le maître est à présent entre quatre planches, et qu'il n'y a plus personne ici pour recevoir les habits brodés à poches vides ? Allez chercher autre part qui vous oblige, mon bon monsieur, et ne troublez pas une pauvre femme qui ne vous veut ni mal ni bien.

— Rachel, fille d'enfer, je sens une odeur comme celle qui remplissait ma maison le jour où tu m'avais volé vingt florins pour les faire fondre, avec des herbes puantes, sur tes exécrables fourneaux. Malheur à toi si tu m'as dévalisé! Ah! tu me croyais mort? Non, tant qu'il y aura de l'or sur la terre, la vie de Maldech y sera attachée. Allons, ne me barre pas le passage, et laisse la porte ouverte; il y a derrière moi un honnête homme avec qui je veux traiter.

En achevant ces mots, le chevalier de Tréfleur entra violemment. Des injures étranges, des cris d'effroi, des cris de colère, voilà ce qu'entendit Puisieux, qui pénétra, quelques moments après lui, dans la maison de l'usurier. Il faisait une nuit profonde, et le baron, depuis assez longtemps déjà, essayait de gravir un escalier presque impraticable au milieu des ténèbres, quand un rayon de lumière vint l'éclairer tout à coup. La porte de la chambre d'où partait le vacarme s'était ouverte, laissant passer la vieille Rochel, qui sortit en appelant la garde. Puisieux se précipita alors vers son compagnon, et lui cria d'une voix tonnante :

— Palsambleu! chevalier, on reste au lit, quand on a la fièvre chaude. Quel diable de sabbat faisais-tu là-haut avec cette sorcière, pendant que je me heurtais à toutes les marches du plus tortueux des escaliers? A présent, voilà qu'on crie à la garde! Avais-tu compté sur moi pour te seconder dans un guet-apens? Tu m'auras fait manquer mon enlèvement; mais tu m'en rendras raison, oui, tu m'en rendras raison, quand même il me serait prouvé que tu as le délire, car je ne crois pas que le délire vous donne le droit de mystifier un ami.

Mais, tandis que l'infortuné baron se livrait à ses transports de courroux, la garde de nuit, amenée par Rachel, fit irruption dans la demeure de Maldech.

III

Souvent, aux extrémités des villes, on aperçoit de belles maisons élevant leurs toits d'ardoise au-dessus d'un massif de feuillage ou montrant une partie de leurs blanches façades au bout d'une longue avenue. Si vous avez un esprit toujours prêt à errer partout, si vous êtes de ceux qui ne peuvent pas voir une grille verte donnant sur un parc obscur sans laisser votre imagination se glisser entre les barreaux et courir sous les allées, vous placez dans l'habitation qui vous plaît quelque doux mystère, vous en faites un théâtre pour les scènes charmantes qui se jouent au fond du cœur; cette terrasse bordée de vases bleus est bien l'endroit où j'aimerais me promener, le soir, avec elle; ce petit pavillon, avec ses vitres de couleur et son toit de chaume, pourrait cacher un bonheur à inonder mon âme. Oh! que tous ces grands arbres me seraient chers! Que j'aimerais baiser cette mousse! Eh bien, il arrive maintes fois qu'après vous être perdu longtemps dans ces riantes rêveries, quand vous demandez à qui appartiennent cette terrasse, ce pavillon et ces grands arbres, on vous répond :

— C'est le jardin du docteur ***, qui a fondé dans ce magnifique emplacement une maison de santé des mieux tenues.

Alors ces profondeurs verdoyantes vous paraissent cent fois plus affreuses que si elles renfermaient des tigres et des panthères comme les forêts de l'Amérique ; elles cachent des ombres hideuses, tout un pâle troupeau de créatures effrayantes à voir, des êtres dont les organes ou l'intelligence sont fermés aux saines exhalaisons des bois et au langage touchant et fort de la nature. Vous rappelez bien vite vos pensées, dont l'essaim joyeux courait déjà à travers les allées du parc, vous avez peur qu'elles ne s'y soient souillées et qu'elles ne reviennent avec une odeur morbide : du moins toutes ces impressions sont celles que je ressentis le jour où l'on m'apprit que cette belle maison, qui est à Coblentz, au coin de la rue *Zollstrasse*, était la maison de santé du docteur Bagrobact.

Quel triste voisinage c'était pour la maison du conseiller Bosmann, dont le riant jardin, cultivé avec tant de soin et d'élégance, était contigu à celui du docteur! Comment s'imaginer que mademoiselle Marguerite, sa fille, qui poussait un cri quand, en portant son couteau doré sur la peau veloutée d'une pêche, elle en voyait sortir un insecte noir ; qui reculait d'horreur à l'aspect d'un bossu, qui faisait un circuit en allant à l'église pour ne point passer devant la boutique saignante de maître Raff le boucher, enfin qui avait pour ce qui est malsain et mal fait l'horreur de tous les enfants privilégiés de la nature, pût s'accoutumer à sentir près de ses pas, séparés d'elle seulement par un mur couvert de lierre et de mousse, des êtres malheureux et maudits, condamnés dans cette vie au supplice d'un enfer invisible, en un mot des fous! Car la maison du docteur Bagrobact était un hospice pour les aliénés. Marguerite avait fini par s'y habituer cependant, et cet odieux voisinage ne l'empêchait pas d'aller faire le soir des promenades solitaires sur la terrasse du bout du jardin, malgré son père, qui lui disait :

— Gretchen, ma chère Gretchen, tu restes toujours trop tard à l'humidité ; ce n'est pas une heure pour sortir que celle où les belles-de-nuits s'entr'ouvrent : au moins, je t'en supplie, laisse là ces petites pantoufles de satin qui seront bien vite traversées par la rosée. Dis à Marthe de te donner tes souliers doublés, ceux que tu voulais rendre au digne cordonnier Schnaps, parce qu'ils te faisaient un grand pied, mais que j'ai voulu te faire garder pour les mauvais temps de l'automne.

Marguerite laissait l'honnête conseiller appeler Marthe et chercher lui-même parmi toutes les chaussures de sa fille les plus solides et les plus chaudes; pendant ce temps, elle s'enfuyait comme une biche à travers les allées du jardin, et, quand elle était arrivée à sa chère terrasse, elle regardait de loin la lune sur le clocher de Saint-Castor en se livrant aux pensées qui naissent dans l'âme à l'heure où s'ouvrent les fleurs du soir. Le lendemain du jour où tout Coblentz avait été scandalisé par les incartades du chevalier, Marguerite était venue faire dans son jardin sa promenade accoutumée. Comme l'heure était déjà assez avancée, elle sentait de temps en temps la peur faire irruption dans ses rêveries, et elle tournait souvent ses regards vers la lumière lointaine qui brillait à travers les arbres, indiquant l'endroit où le conseiller Bosmann sommeillait à demi dans un grand fauteuil, devant une belle tasse de porcelaine chinoise pleine de la liqueur odorante du thé. Tout à coup elle vit quelque chose se mouvoir au-dessus du mur qui séparait sa terrasse de celle du docteur Bagrobact, et, avant que sa langue paralysée par la terreur eût pu pousser un seul cri, un homme était devant elle. Celui qui pénétrait d'une façon aussi cavalière dans un honnête jardin où les arbres n'avaient jamais caché d'autres couples amoureux que ceux des colombes, était un homme leste et bien tourné, mais qui, par le désordre de ses vêtements, confirmait les soupçons que faisait naître sur son état la maison d'où il sortait. Bien loin d'avoir un manteau comme un galant qui cherche aventure par des voies périlleuses, il n'avait même pas d'habit. Sa veste à fleurs, déboutonnée, tombait sur une culotte de soie fort compromise par le frottement de la muraille. Ses cheveux sans poudre étaient épars sur ses épaules ; enfin, il faut bien le dire, il avait l'air d'un fou échappé. Pourtant il ne se jeta point sur Marguerite, ne poussa point des cris féroces, mais il lui dit, au contraire, d'un ton fort doux, quoique vivement ému :

— Si vous jetez un seul cri, mademoiselle, l'odieux Bagrobact va lâcher tous ses limiers après moi ; on me remettra dans le cabanon où je me tordais les mains de désespoir sans pouvoir faire naître une expression de pitié sur les exécrables figures qui m'entouraient. Je vous connais, ma chère demoiselle ; je sais bien quelle est votre place à l'église ; toutes les fois que j'avais à improviser sur l'orgue de Saint-Castor, j'aimais mieux pencher la tête pour vous voir que lever les yeux au ciel. L'inspiration montait d'en bas au lieu de descendre d'en haut ; mais elle était aussi ardente et aussi pure. Je suis venu une fois chez votre père pour accorder un piano, et j'ai joué un air de Sébastien Bach qui a paru vous faire plaisir. Laissez-moi seulement me cacher dans ce pavillon ; demain, quand il fera jour, j'épierai le moment où le jardinier laissera entr'ouverte la petite porte qui est au bas de la terrasse, et je m'évaderai sans qu'on s'en aperçoive. Oh ! ma bonne demoiselle, soyez clémente ! Comme dit un proverbe, la bonté est toujours dans les beaux yeux.

Marguerite trouva que ce pauvre fou avait une voix attendrissante, et elle se hasarda à le regarder, car, dans les premiers moments de frayeur, elle avait détourné la tête. Quel ne fut pas son étonnement en reconnaissant, à la clarté de la lune, le chevalier de Tréfleur qu'elle avait rencontré plusieurs fois dans le monde, et dont elle avait toujours eu le jargon frivole et railleur en aversion ! Elle ignorait les déplorables excès auxquels le chevalier s'était livré la veille, et l'énergique répression qu'ils avaient eue ; elle crut qu'il s'agissait d'une de ces entreprises que son audacieuse galanterie lui faisait tenter trop souvent.

— Monsieur de Tréfleur ! s'écria-t-elle en se livrant à

une épouvante d'une nouvelle nature; monsieur de Tréfleur!

— Oh! ce nom! encore ce nom maudit! dit l'homme qui était devant elle en l'interrompant avec violence; mon Dieu! elle aussi! Et on me traite de fou parce que je soutiens que je suis Robert Wramp, le joueur d'orgue de Saint-Castor; mais la folie est dans le cerveau de tous ceux qui m'entourent et non pas sous mon front. Je suis sûr que je suis bien Robert Wramp : c'est le cœur d'un artiste allemand qui bat dans ma poitrine, et non pas celui d'un faiseur de madrigaux. Tenez, mademoiselle, je sens encore se remuer en moi, dans les profondeurs de mon être, une mélodie toute germanique qu'une page de Klopstock m'avait inspirée; déjà les premiers accords bourdonnaient dans mes oreilles et allaient s'élancer de mon âme sur les touches de l'orgue quand une affreuse maladie m'a frappé. J'ai fait un rêve, je ne sais plus lequel; je m'étais endormi sur le lit d'un hôpital, je me réveillé dans une maison de fous : voilà tout ce que je puis dire. Autour de moi étaient des hommes qui m'appelaient le chevalier de Tréfleur, et qui m'imputaient je ne sais quel méfait dont je n'ai pas conscience. Mademoiselle, je suis Robert Wramp; je ne suis ni Français ni chevalier; je suis un musicien et un Allemand.

Et il disait cela avec un accent de conviction si profond, si passionné et surtout si désespéré, que Marguerite sentant, elle aussi, le trouble gagner sa raison :

— Pourtant, monsieur, lui disait-elle, je ne puis faire que vous n'ayez pas les traits du chevalier de Tréfleur; je connaissais Robert Wramp, je sais que le pauvre jeune homme est mort tout récemment. Il était blond, et vous êtes brun ; il était grand, et vous êtes d'une taille moyenne ; enfin, monsieur, il était Robert Wramp, et vous êtes le chevalier de Tréfleur.

— Est-il possible, disait le malheureux échappé de l'hospice Bagrobact, est-il possible qu'un ange de bonté répète les paroles de ceux qui me persécutent? Mais, mademoiselle, avez-vous jamais entendu le chevalier parler comme je vous parle? L'âme dont je sens le souffle sur ma bouche n'est-elle pas une âme toute germanique, une âme forte et vigoureuse, une âme à prendre sa volée avec les accords de l'orgue sous les voûtes d'une cathédrale? Tenez, mademoiselle, il y a des choses que le musicien allemand peut seul vous dire ; je vous jure que j'entends encore là, dans mon cerveau, le bourdonnement confus d'une harmonie à moitié trouvée. Ce matin, je leur demandais un instrument. Ah! s'ils avaient mis un orgue devant moi, on aurait vu si c'étaient des doigts de marquis ou de chevalier qui l'auraient fait parler.

Marguerite ne savait vraiment plus si elle devait s'en rapporter au témoignage de ses yeux ; ces paroles étranges la jetaient dans un désordre inexprimable de pensées. Elle s'étonnait, elle hésitait, elle balbutiait, quand un grand bruit se fit entendre au bout du jardin. Le vénérable conseiller Bosmann traversait tout effaré les gazons humides sans s'inquiéter des taches que la rosée pouvait faire aux belles fleurs de sa robe de chambre. Derrière lui courait toute une légion de valets à demi vêtus qui agitaient des flambeaux : c'étaient les gardiens de l'hospice Bagrobact à la recherche de leur prisonnier. On l'avait vu franchir le mur et entrer dans le jardin de M. Bosmann. Le père de Marguerite avait des inquiétudes mortelles pour sa fille. Il arriva tout essoufflé sur la terrasse, appelant à grands cris sa chère enfant. Pendant ce temps, le chevalier poussait violemment la porte du pavillon. A peine s'était-il blotti dans cet asile, que toute la valetaille envahit la terrasse; on se précipita derrière le fugitif, et d'ignobles mains le saisirent à la gorge. En ce moment, la clarté des torches illuminait la retraite paisible où se passait cette scène nocturne. Les yeux du prétendu fou se dirigèrent tout à coup sur une glace placée au fond du pavillon. Dès que son regard eût rencontré celui que le miroir lui renvoyait, il poussa un cri de terreur et tomba évanoui.

IV

— Par la mordieu! docteur Blum, les hôtes que vous avez forcé mon pauvre corps à recevoir en ont fait de belles! A présent, me voilà atteint et convaincu, aux yeux de tout Coblentz, d'avoir perdu la raison! Encore, si la folie qu'on me prête était semblable à celle du marquis de Reissac, qui, toutes les nuits, fait allumer des candélabres et brûler des parfums pour recevoir la reine Cléopâtre, qu'il attend en habit de velours, la poitrine couverte de tous ses ordres! voilà une folie noble, distinguée, permise à un gentilhomme ; mais on me prête, à moi, une folie basse et honteuse, qui me fait parler tantôt en usurier et tantôt en joueur d'orgue! La démence n'est d'ordinaire que l'exaltation des penchants qu'on renferme en soi ; quels penchants on doit me supposer, grand Dieu! Et puis, mon pauvre corps, dans quel état me l'a-t-on rendu! Un jour, un de mes valets prit un habit de cour dans ma garde-robe, et s'en alla courir la ville en marquis, comme Mascarille. Il s'est fait bâtonner partout; il me rapporta mon habit déchiré et marqué au dos de signes infamants! Docteur, j'ai pensé à ce drôle en rentrant ce matin dans mon corps ; il est fatigué, harassé ; les genoux sont contusionnés, la voix est enrouée, je trouve je ne sais quelle mauvaise odeur dans la bouche : on sent qu'il a été habité par des malotrus. Docteur, rendez-moi ma maladie si vous voulez, mais je veux rompre mon marché !

Ainsi parlait le chevalier de Tréfleur, appuyé sur le bras du docteur Blum, qui venait de l'arracher des mains du terrible Bagrobact. Le jeune médecin avait affirmé que le malade était parfaitement guéri, et, quoique les maisons de fous soient encore plus avares de leur proie que l'Achéron lui-même, force avait été au docteur Bagrobact de rendre à M. de Tréfleur sa liberté.

— Monsieur le chevalier, répondit l'insinuant Blum d'une voix douce et caressante, monsieur le chevalier, ne vous irritez pas ; voyez, vos organes ne sont déjà que trop fatigués par les émotions successives de ceux qui en ont usé avant vous. Notre marché ne peut plus être rompu : je suis entré en rapport avec vous, je vous tiens à présent sous ma puissance ; mais croyez que je n'oublierai rien pour rendre votre position plus tolérable. Les deux âmes qui se sont si mal comportées sortaient d'un profond sommeil et étaient dans une ignorance complète de leur situation. Maintenant, je vais tout leur apprendre ; soyez sûr qu'une fois prévenues elles se conduiront avec décence et modération. Une série toute différente d'événements va commencer pour votre corps.

Le docteur tint sa parole, et les trois âmes furent initiées au mystère de la vie étrange qu'il leur avait faite. Il ne fut plus question d'enfermer le chevalier ; Tréfleur n'étonnait plus Coblentz par les actes d'une folie violente et passionnée, mais ses incroyables bizarreries faisaient le sujet de toutes les conversations. Un soir on l'avait vu, souriant et paré, aussi aimable, aussi brillant qu'aux plus heureuses époques de sa vie, jetant ses pistoles sur les tables de jeu avec une admirable insouciance, prenant, comme le Dorante de Marivaux, de l'esprit dans tous les beaux yeux et le répandant à pleines mains ; le jour suivant, vous le rencontriez dans une tenue négligée, le chapeau droit et la perruque de travers. Si, par hasard, vous lui empruntiez quelques ducats, il vous répondait par des refus prononcés d'un ton pleureur, ou bien il vous proposait, avec un empressement bizarre, son entremise auprès d'un prêteur inconnu. Il parlait un français plein de locutions insolites, et semblait dans un continuel état de malaise. Un autre jour, c'était encore une autre transformation : il parlait avec enthousiasme de Klopstock, se taisait quand il était question de Voltaire, et tombait dans de véritables extases quand il entendait par hasard une voix fraîche et pure chanter une vraie mélodie.

Dans les habitudes de sa vie il y avait la même diversité que dans les nuances de son caractère. Tantôt il se livrait à des orgies étincelantes avec les plus adorables folles et les fous les plus séduisants de la société parisienne de Coblentz, tantôt il se tenait dans un isolement inexpliqué, tantôt, enfin, il allait passer des soirées entières dans la maison fort peu à la mode du conseiller Bosmann, à s'entretenir juvénilement avec mademoiselle Marguerite sur mille matières sentimentales et candides qu'on ne l'aurait jamais cru capable d'aborder.

Le 6 juillet 17.., c'était ce dernier passe-temps qu'il avait choisi pour sa soirée ; le digne M. Bosmann avait toujours eu du goût pour la musique, quoique certainement cette belle et noble muse n'eût jamais déposé un baiser sur le front tout ruisselant de sueur qu'il essuyait avec un mouchoir à carreaux après s'être fatigué à souffler fort et longtemps dans une énorme clarinette ; aussi donnait-il souvent des concerts pour lesquels on mettait en réquisition tous les talents du voisinage. M. le professeur Piper décrochait la basse suspendue entre sa ligne à pêcher et son baromètre ; M. le président Wolf saisissait le violon dont les doux accords le reposaient des criailleries de l'audience ; le vieux baron de Weiden s'armait du terrible cor pour lequel il avait eu dans sa jeunesse un duel et trois procès avec des voisins trop attachés à leur sommeil. Quand tout ce monde était réuni, c'étaient des concerts à rendre pour longtemps la rue déserte; les pauvres âmes qui se cachent dans les instruments, où elles chantent quand c'est un artiste qui les interroge, et pleurent quand c'est un butor qui les tourmente, ces pauvres âmes criaient et gémissaient sur des tons divers, mais tous également aigus et désespérés. Pourtant il s'élevait par moments de cet enfer une voix fraîche et mélodieuse, car mademoiselle Marguerite chantait quelquefois, et de cette bouche tapissée de feuilles de roses, de ces dents d'ivoire comme la porte des songes souriants, il ne pouvait pas sortir autre chose que des sons tendres et gracieux. Le soir dont je parle, mademoiselle Marguerite faisait entendre les doux roucoulements de son gosier mélodieux, et le chevalier de Tréfleur l'écoutait. Certes, c'est un grand plaisir qu'on éprouve en écoutant chanter la femme qu'on aime : l'eau qui entoure votre corps dans une baignoire de porphyre ne le caresse pas plus doucement que les flots d'harmonie qui sortent de sa bouche ne caressent votre âme. Le chevalier de Tréfleur semblait perdu dans une délicieuse extase. Je ne connais rien de plus sacré que le bonheur qu'on goûte ainsi dans le coin d'un salon ou dans le fond d'un bosquet pendant qu'une fauvette ou une jeune fille chante. Je me garderais bien de réveiller un homme qui serait dans cet état délicieux de placide ivresse; mais tout le monde ne sait pas respecter ce qui est vraiment respectable. Le vicomte de Gerblies, qui, je ne sais par quel caprice, s'était fait conduire en même temps que Tréfleur chez le conseiller Bosmann, le tira tout à coup par la manche pour lui dire :

— En vérité, cette petite est charmante, mais elle n'a pas la moindre expression ; et puis, ces mélodies allemandes sont d'une monotonie!... Sais-tu bien que tu es parfaitement ridicule, avec ton visage empreint d'une admiration béate?

J'ignore ce que le chevalier de Tréfleur repartit, mais ce fut quelque chose de si violent, que le vicomte de Gerblies quitta le salon en lui jurant qu'il aurait de ses nouvelles le lendemain.

Ce soir-là, le conseiller Bosmann exigea de sa fille l'accomplissement de mille devoirs insupportables. Il fallut qu'elle s'assît au clavecin pour jouer sa partie dans un trio que son père et le président Wolf s'étaient mis en tête d'exécuter avec elle : on eût dit un tableau où le pinceau de Raphaël eût jeté une sainte Cécile, et celui de Téniers ou de Van Ostade deux énormes bourgmestres flamands. Après ce morceau, madame la présidente Wolf voulut qu'une grande fille rousse qu'elle avait amenée avec elle donnât un échantillon de ses exercices quotidiens ; la pauvre Gretch en fut obligée de faire un dessus dans une interminable sonate : ses petites mains blanches et légères se mirent à voltiger sur le clavier, à côté des mains rouges, épaisses et lourdes de mademoiselle Wolf. Ce ne fut pas encore tout : il fallut servir le gâteau sur les assiettes dorées, et le thé dans les tasses à fleurs. Ces soins hospitaliers, dont Marguerite s'acquitta en digne Allemande, avec une bonté consciencieuse, se prolongèrent si longtemps, que le chevalier de Tréfleur perdit l'espérance de pouvoir lui parler ; il partit sans avoir eu d'elle, ce soir-là, autre chose que les rayons et l'harmonie qui s'étaient échappés pour tout le monde de ses regards et de sa voix.

Heureusement que les amants qui n'ont pu rien dire à leurs belles trouvent en rentrant chez eux du papier complaisant et des plumes jaseuses, qu'ils emploient à réparer leur silence. Voici un fragment de la lettre que le chevalier de Tréfleur, ou du moins celui qui occupait son corps, écrivit à mademoiselle Marguerite Bosmann ; elle montrera quel caractère d'intimité avaient déjà pris les relations qui existaient entre l'ancien organiste de Saint-Castor et la fille du conseiller.

« Je me bats demain, ma bien-aimée Marguerite ; je vais exposer à un coup d'épée ce misérable corps dont je ne suis pas même le légitime possesseur. Quel sera le sort nouveau de mon âme, si cette enveloppe est mortellement frappée? Je n'en sais rien. Passerai-je dans un autre corps? aurai-je la puissance de me révéler à toi d'une façon distincte? Que de doutes et d'épouvantes ! Eh bien ! parmi toutes les pensées qui traversent mon cœur en cet instant d'angoisses, il en est une qui me fait plus souffrir que toutes les autres. Je me dis : Mon amour est-il aussi inséparable de mon âme que la chaleur et l'éclat le sont du rayon de lumière, ou bien peut-il s'évanouir en laissant subsister quelque chose de moi? Si affreux, si insupportable que le néant paraisse quand son idée se présente à l'imagination humaine, je ne le redouterais point pour mon âme tout entière, mais pour ce qu'il y a de meilleur en elle, pour la seconde vie dont tu l'as animée ; oh ! je le hais jusqu'à la révolte et au blasphème ! »

Cette lettre, écrite tantôt dans la langue de la métaphysique, tantôt dans celle de la poésie, était longue, si longue, qu'elle lasserait la patience des esprits les plus romanesques ; et puis, il s'y trouvait forcément des choses si bizarres, si folles, si incohérentes, qu'elles déplairaient au *goût français*, comme on disait dans le bon vieux temps où les Français se permettaient d'avoir un goût et même de s'en servir pour préserver leur noble et belle littérature de toute grotesque mésalliance.

V

Le ciel était rose, la verdure brillante, le pré de Mulfen était charmant; le pré de Mulfen est bien la plus délicieuse prairie qu'un poëte ait jamais pu rêver. Une haie, d'où s'échappent çà et là les troncs élancés et vigoureux des grands peupliers germaniques, l'entoure de toutes parts. Il est constellé d'innombrables fleurs que je voudrais pouvoir nommer ; mais, grâce à mon ignorance en botanique, je nomme les fleurs comme les anciens pâtres nommaient les étoiles, de mille noms qui n'éveillent des souvenirs que pour moi. Quand je dirais qu'il y avait des Clarisse, des Élisa, des *coquettes*, des *extravagantes*, des *amoureuses*, qui se représenterait les frêles tiges et les odorants calices que tous ces mots rappellent à mon esprit! Il faut donc que je renonce à la chère peinture de ces splendeurs agrestes, et que je dise, en me renfermant dans la pompe banale de la vieille expression classique : « Le pré de Mulfen est émaillé de fleurs. » Le pré de Mulfen! si je ne le décris pas mieux, hélas! ce n'est pas faute de l'aimer et de le comprendre. De sa verdoyante enceinte, on entend le bruit du Rhin; fraîcheur éblouissante, divines harmonies, rien ne manque à ce coin solitaire de la création. Or, le pré de Mulfen était le lieu où devaient se rencontrer Gerblies et le chevalier de Tréfleur.

C'était un dimanche, un dimanche d'été ; beau jour où l'on peut voir celle que l'on aime, le matin dans la vieille église; le soir sous les grands ormes de la promenade. Je suis sûr que cette pauvre Marguerite s'était éveillée avec plus de chansons dans le cœur que l'oiseau n'en a dans son gosier. Eh bien, elle ne le verra pas à la messe. Pendant qu'elle cherchera vainement son regard à travers les nuages de l'encens, dans toutes les resplendissantes profondeurs de la cathédrale ; une de ces jolies épées à nœuds de couleur tendre, avec des amours et des violons ciselés sur la garde; une de ces épées qu'elle a vu cent fois, qu'en ce moment elle voit encore s'associer à d'élégantes toilettes, comme un noble et gracieux complément de parure ; une de ces épées enfoncera peut-être sa lame étroite et brillante dans le sein qui porte le bonheur de sa vie. L'ancien organiste Robert Wramp suit pédestrement les sentiers qui conduisent à son rendez-vous. Si ce n'étaient la coupe française de ses vêtements, la poudre de ses cheveux, la cocarde galante de son chapeau, on dirait, à son allure, un homme qui a un Virgile dans sa poche. Il marche du pas d'un rêveur. Werther devait avoir cette taille inclinée et ce front pensif quand il disait, en portant ses regards errants sur l'herbe du chemin : « L'herbe frissonnera un jour sur mon tombeau, comme elle frissonne au bord de cette route. » Malgré toutes mes secrètes sympathies pour ce bon et digne artiste, j'aime mieux la façon dont s'avançaient le vicomte de Gerblies et son témoin, le marquis de Percamp. Quand on va se battre en duel, le moment est mal choisi pour prendre des attitudes élégiaques. Il ne faut pas regarder si les fleurs ont l'air de vous plaindre et les oiseaux de prédire votre mort. Comme disait le vieux commandeur de G....., pensez aux plus joyeuses aventures de votre vie, aux meilleurs tours que vous avez joués à vos maîtresses et aux meilleures bottes que vous a apprises votre maître d'armes. Gerblies suivait les préceptes du commandeur ; il faisait honneur à son pays, il justifiait cette glorieuse ligne qu'on a lue longtemps à l'article *France*, dans tous les dictionnaires de géographie : « Le Français est hardi et léger. » Il montait un cheval fringant, dont l'allure charmait la vue, et, solidement assis sur la selle, suivant la bonne et ancienne méthode de notre équitation, il échangeait avec Percamp mille gais propos qu'auraient dû recueillir les bosquets taillés de Versailles, et non pas les grands arbres échevelés, pleins d'une poésie exubérante et désordonnée comme celle d'une ballade, qui penchaient sur lui leurs rameaux capricieux. Je suis sûr que bien peu de personnes se souviennent du duel de M. de Ségur et du prince de Nassau. Ce fut un beau duel cependant. Tout en se portant des coups sérieux, on se disait d'aimables choses :

— Prince, vous avez là un joli ruban à votre épée.

— Mais, mon cher vicomte, vous êtes blessé.

— Non, ce n'est rien ; recommençons, je vous en supplie.

Et l'on recommençait. Comment Dieu recevait-il ces âmes qui s'envolaient à lui toutes souriantes, sans fiel, sans courroux et sans remords, par quelque blessure vaillamment reçue ? Je crois qu'il usait envers elles d'indulgence. En tout cas, mieux valait cette leste et hardie façon de quitter l'existence, que la triste manière dont un cuistre s'en va furtivement de cette terre en vidant quelque fiole de pharmacien, après s'être attendri, dans une lettre de quatre pages, sur son sort et sur celui de l'humanité. Gerblies appartenait à la race étourdie, hautaine et joyeuse, qui se décimait par le duel ; Robert Wramp appartenait à la race taciturne, austère et pleureuse, qui se décime par le suicide.

Tous les deux arrivèrent à peu près en même temps au pré de Mulfeu. Gerblies et Percamp furent étonnés de voir le chevalier à pied et sans témoin.

— L'air mélancolique et les pieds poudreux ! dit Gerblies à Percamp en examinant rapidement son adversaire. Il paraît qu'il est dans un de ses accès de folie sentimentale et champêtre. On prétend qu'il n'y a point de semaine où il ne devienne tout un jour une espèce de poëte élégiaque aussi sensible à la beauté des champs que M. Delille lui-même. L'autre jour, la marquise de V....., qui s'est fait ordonner l'exercice du cheval depuis que son cousin est revenu et que son mari a la goutte, la marquise de V..... m'a dit qu'elle l'avait aperçu dans un chemin où elle galopait avec cet heureux cousin, à pied, marmottant des paroles dans un livre, et portant au bout d'un bâton son habit et son chapeau.

— Ah ! fi ! dit Percamp, voilà qui sent le Jean-Jacques ; c'est vouloir donner aux Allemands une bien triste idée de notre noblesse. Je suis sûr qu'en le voyant passer on se dit : « Voici un de ces purs et candides gentilshommes qui ont commencé par des bergeries à la manière de Racan la grande besogne que les bouchers se sont chargés de finir. »

L'amant de Marguerite s'avança gravement vers les deux émigrés.

— Eh bien ! chevalier, s'écrièrent en même temps Percamp et Gerblies, vous n'avez pas de témoin ?

— Un témoin suffira pour nous deux ; j'aimais mieux venir seul le long des sentiers en conversant avec les arbres, que d'avoir à subir les discours d'un indifférent dans les derniers instants qu'il me reste peut-être à passer sur cette terre.

— Ma foi, chevalier, dit Gerblies, je suis fâché que notre duel soit tombé dans un de vos jours de misanthropie ; je vois que l'affaire va se passer tristement. Vous qui aviez jadis la réputation de recevoir un coup d'épée et de perdre cent pistoles sans cesser un instant de sourire, quel lugubre figure vous avez aujourd'hui ! Le beau plaisir de vous avoir pour adversaire! autant vaudrait se battre avec un de ces blonds et pâles Allemands tout imprégnés de sentimentalité et de rêverie, que nous rencontrons quelquefois aux *thés esthétiques*, comme ils appellent certaines soirées, dans la langue pédante de ce pays-ci.

Je ne sais pas si l'âme primitivement germanique qui était renfermée dans le corps du chevalier de Tréfleur tressaillit d'indignation à ce quolibet, mais, pour toute réponse, l'ancien artiste se mit en garde, et le combat commença. Deux épées qui s'engagent, qui se suivent, qui se croisent, qui voltigent ensemble, portant toutes deux la mort au bout de leurs pointes brillantes, c'est un spectacle qui échauffe et réjouit le cœur. Gerblies avançait et reculait sur l'herbe humide du pré de Mulfen avec autant d'aisance et de bonne grâce que s'il eût posé le pied sur les dalles luisantes d'une salle d'armes. Ses mouvements étaient lestes et dégagés, sa figure animée et souriante. Les traits de son adversaire brillaient d'un feu sombre. Les enivrements du sang ont agi sur les âmes allemandes avant ceux de la science. Aux narines qui se gonflaient, aux yeux qui devenaient étincelants, on sentait chez Robert Wramp comme le réveil d'une nature guerrière longtemps assoupie. Une fois, l'épée de Gerblies se retira avec une goutte de sang suspendue à l'extrémité de sa lame. Percamp intervint pour que le duel fût suspendu, le chevalier insista pour qu'il fût continué. Il ressemblait à ces guerriers qui voyaient tout à coup les yeux de la mort se fixer sur eux pleins d'un attrait irrésistible comme ceux d'une fiancée, et qui couraient au-devant des blessures, impatients de s'envoler où les appelait ce divin regard. Je suis sûr qu'en ce moment d'extase l'image même de Marguerite était presque effacée dans son cœur. Si c'est la mort qu'il cherchait, peu s'en fallut qu'elle ne le reçût dans ses bras. Un second coup d'épée de Gerblies le jeta sur le pré, dont les fleurs odorantes et les longues herbes s'affaissèrent sous lui comme les coussins d'une couche nuptiale.

En vérité, quand un homme est étendu ainsi sur un beau gazon, sous un beau ciel, dans la bienheureuse attitude du repos, on ne devrait pas s'inquiéter de savoir s'il n'est qu'endormi, ou s'il y a sous le réseau de ses cheveux, un peu au-dessous de sa mamelle, dans une partie quelconque de son corps, une ouverture étroite et sanglante qui explique la nature du calme dont il jouit. Il faudrait simplement s'éloigner en respectant son sommeil. C'est ce qu'avaient fait d'abord Gerblies et Percamp, croyant bien sincèrement leur homme trépassé ; mais le terrible docteur Blum, qu'on avait envoyé pour constater le décès, trouva moyen de réveiller encore la pauvre âme, et de ressusciter le pauvre corps.

VI

Le corps fort mal guéri de Tréfleur était occupé par son premier et légitime propriétaire.

Le chevalier n'avait pas trop injurié le docteur Blum en trouvant son enveloppe terrestre percée d'un coup d'épée.

— Au moins, avait-il dit, voilà un genre de dégât qu'on est accoutumé à subir et qu'il n'est pas honteux de montrer.

Mais ces réflexions qui l'avaient un instant consolé ne suffirent pas à le préserver d'un mal affreux, de l'ennui, qu'il était obligé de supporter toutes les fois qu'il revenait sur la terre avec les défaillances et les langueurs d'une interminable convalescence. Robert Wramp avait fait placer un orgue dans le coin de sa chambre, et laissait errer sur les touches ses doigts affaiblis; il faisait des vers, et il pensait à Marguerite; l'abominable Maldech trouvait dans ses calculs et dans ses comptes les mystérieuses distractions des avares; mais le chevalier n'avait rien ni en lui, ni hors de lui, qui rendît le pas du temps moins tardif et moins lourd. Les bruits qui avaient couru partout sur la bizarrerie de son caractère avaient éloigné de lui tous ses amis; toutes les fois qu'il reparaissait dans le monde, on l'accueillait avec l'empressement qu'inspire la curiosité, mais on avait oublié le chemin de sa demeure. La poésie ne pouvait pas lui être d'un grand secours, car, tout au contraire de certains poëtes qui aiment à l'appeler dès qu'ils sont seuls, pour poser leur tête sur ses genoux, qui en font la compagne chérie de leur retraite, qui ne rêvent pour elle que bois obscurs et antres inaccessibles, il ne daignait lui sourire que dans le monde, et la traitait fort mal chez lui. Il faisait des vers à Iris quand Iris lui montrait sur un tapis de velours un album rose ou bleu, et lui présentait elle-même la plume; mais faire des vers quand il était seul, quand aucun œil n'était fixé sur lui, oh! jamais! La lecture lui manquait aussi, car il professait pour la littérature allemande le plus profond mépris, et les deux ou trois livres français qui l'avaient accompagné dans l'émigration lui avaient donné depuis longtemps tout le plaisir que pouvaient contenir leurs pages. Des vapeurs soporifiques s'élèvent des livres qui vous ont le plus charmé quand on les a cent fois parcourus. Les tragédies de Voltaire et ses contes, *Zaïre* et *Candide*, renfermaient pour lui, non pas ce qu'on cherche dans les poëtes, les doux rêves, mais ce qu'on y rencontre souvent, le sommeil. Le jour dont je parle, il faisait ce qu'on fait dans le désœuvrement, il s'adressait à tous les objets, comme s'il eût espéré en eux quelque ressource inattendue; il tournait et retournait dans tous les sens le canif et le couteau à papier placés sur son bureau; il traçait des mots sans suite sur des feuilles blanches; enfin, il se livrait à tous les passe-temps stériles qu'imagine un esprit peu inventif dans une lutte impuissante contre l'ennui. Tout à coup l'idée lui vint de rouvrir le tiroir de son secrétaire qu'il avait peut-être ouvert et fermé cent fois dans la matinée. C'était là qu'il avait déposé le trésor des billets doux. Beaucoup d'hommes aiment à relire les lettres d'amour que des doigts charmants ont tracées pour eux; j'en ai connu un qui relisait surtout de préférence celles qu'il avait écrites lui-même : c'était un poëte, et il conservait un double de ses élucubrations sentimentales. Le chevalier, qui était d'une nature peu passionnée, quoique fort galante, ne conservait pas les lettres qu'il écrivait, et se souciait assez peu de celles qu'il avait reçues. Ce fut donc sans aucun battement de cœur, sans aucune émotion douce et tendre, qu'il se mit à parcourir d'un regard distrait cette jolie prose qui cache, sous chacun de ses mots, l'idée d'un sourire ou d'un baiser. Au bout de quelques minutes, ce passe-temps, si cher aux natures sentimentales, lui devint tout à fait insupportable. A côté du coffret qui renfermait ces lettres en était un autre où l'ancien organiste mettait les siennes quand il habitait le corps du chevalier. Par un sentiment de délicatesse fort louable, Tréfleur respectait tous les secrets des âmes qu'on avait associées à son sort; une lettre écrite à Maldech ou à Robert Wramp, quoiqu'elle portât pour suscription : *à monsieur le chevalier de Tréfleur*, était pour lui quelque chose de sacré. Pourtant l'ennui qui l'oppressait avait acquis une si cruelle pesanteur, il avait si grand besoin de distraire sa pensée oisive, qu'il viola le mystère du coffret, et en fit sortir nombre de billets de toute forme, quoique écrits de la même main; l'aimable et furtive correspondance de mademoiselle Marguerite et de Robert Wramp. C'étaient là de vrais billets d'amour, qui ne rappelaient pas ceux des présidentes et des marquises, de belles lettres renfermant les plus pures et les plus ardentes pensées qui se soient jamais cachées sous des chevelures blondes, qui aient jamais brillé dans des yeux bleus ; de belles lettres où l'on sentait non pas la vie du boudoir, l'air que secouent la gaze ou les plumes de l'éventail, mais la vie de l'oratoire et du jardin, l'air que le vent du soir envoie sous les treillages en fleurs des croisées ; de belles lettres bien rêveuses, bien passionnées, bien allemandes : le chevalier aurait pu les lire et les relire cent fois sans les comprendre si les nécessités terrestres n'avaient pas marqué çà et là ce langage brûlant de leur inévitable empreinte. Les amants ont besoin de se voir ; pour se voir, il faut se donner des rendez-vous. Au bas d'une épître pleine des mots les plus vaporeux et des pensées les plus impalpables, bon gré, mal gré il faut bien souvent que l'on mette un nom de rue et un numéro de maison. Mademoiselle Marguerite avait quelquefois cédé aux exigences de la vie positive. Au milieu des phrases nuageuses, quelques phrases nettes et précises indiquaient les moyens qu'on emploierait pour se rencontrer. Quoique la passion conservât toujours la même chasteté, c'était surtout quand on arrivait aux lettres les plus récentes que l'on voyait l'existence réelle occuper une plus grande place. Le désir impérieux de se voir sans contrainte s'emparait de jour en jour des deux amants avec plus de force. La position étrange de celui qu'elle aimait rendait tout espoir d'une union ordinaire impossible pour la jeune fille ; voilà donc ce qui avait été imaginé par le couple amoureux pour goûter sur cette terre autant de bonheur qu'il nous est permis d'en espérer. Robert ne demanderait pas au conseiller la main de Marguerite ; car, si elle lui était accordée, il y aurait pour l'âme bien-aimée des instants d'une jalousie bizarre et terrible quand il faudrait qu'elle cédât à d'autres âmes un corps destiné à reposer sur une couche nuptiale. On éviterait cette situation cruelle par un mariage clandestin. Les trois âmes rentraient tour à tour dans une complète insensibilité pendant tout le temps que durait leur absence du corps ; elles n'apprenaient que par les lieux où elles se réveillaient en revenant à la vie, par des circonstances inattendues, par des indiscrétions, par des récits, tout ce qui s'était passé durant leur sommeil. Ainsi donc, si le secret du mariage était bien gardé, Robert Wramp pourrait serrer sur son cœur sa chère Marguerite, sans associer Tréfleur et Maldech à ses droits d'époux. Ce projet, qui avait été longuement médité par les deux amants, allait s'accomplir au moment de la rencontre du pré de Mulfen. Toutes les dernières lettres de Marguerite en parlaient ; c'était là ce qui leur donnait un intérêt romanesque pour l'imagination désœuvrée du chevalier de Tréfleur. Les gens sensés savent se résoudre à brûler ces gages précieux qui vous rappellent tant d'émotions heureuses ; il en est qui conservent au contraire comme une source de jouissances indicibles le billet de trois lignes qu'on vous a donné dans un bouquet, celui qui est tombé d'un balcon, en un mot tous ces chers chiffons de papier, si doux au cœur, si doux aux lèvres, qu'on a tant désirés et tant baisés. Robert Wramp était du nombre de ces imprudents. Parmi les épîtres de Marguerite, il y avait un petit billet qui avait dû tomber sur un gazon humide de la rosée du matin ou de celle du soir, car des taches de verdure rendaient certains mots presque illisibles. Voici ce qu'il contenait : « Ce sera samedi soir, mon bien-aimé, samedi soir, à la grille verte, à onze heures. — Amène une voiture ou une chaise à porteurs, car j'aurai une vraie parure de mariée. — Je serai en blanc avec tous les diamants de ma mère : je t'expliquerai pourquoi. C'est une superstition de mon cœur. » Le chevalier resserra toutes les lettres, mais il oublia celle-là sur le bureau, et le lendemain ce fut le premier objet qui attira la vue de Maldech, quand, à l'heure prescrite par le docteur Blum, il se fut mis en possession du corps que la science avait choisi pour le faire servir au plus surprenant de ses miracles.

VII

L'avarice m'a toujours paru environnée d'une sorte de terreur semblable à celle qui entoure les choses surnaturelles; car dans cette attraction mystérieuse, dans cet étrange amour que ressentent certaines natures pour les splendeurs inanimées de la matière, je ne puis rien découvrir d'humain. Le regard des *zahouris*, qui voient les métaux dans le sein de la terre, pénètre ainsi dans la fosse des cadavres. Autour de ces vieilles têtes d'avares au crâne luisant, à la chevelure fauve, que le pinceau allemand a reproduites quelquefois, il y a comme une affreuse auréole de magie. Le feu de l'enfer est sous la cornue de l'alchimiste. Satan est le roi de l'or. Maldech était un des plus exécrables suppôts de Satan. L'âme du jeune homme, dans son printemps, quand les feux du premier amour l'illuminent, n'est pas entraînée par une impulsion plus vive vers l'âme qui brille aussi de ces clartés matinales, que ne l'était cette âme hideuse et pleine de ténèbres vers les trésors étincelants des cassettes et des écrins. Aimer les émeraudes, les turquoises et les rubis, comme les aiment les jeunes mariées pour en faire des couronnes triomphantes, voilà ce que le ciel pardonne et ce que les hommes conçoivent; mais aimer les pierreries comme ces vieux avares qui entretiennent avec elles, au fond des caveaux où ils s'enferment, un étrange et damnable commerce, voilà ce que les hommes se refusent à comprendre et ce que le ciel doit voir avec horreur. C'est ainsi que les aimait Maldech. Pour augmenter d'un écrin ou d'un sac d'or les monceaux de sequins et de diamants au milieu desquels il passait sa vie dans des jouissances ignorées, aucune fraude, aucun mensonge, aucun crime ne lui auraient coûté; il serait entré d'un pas ferme et résolu dans toutes les routes qui conduisent à la potence. Aussi une idée infernale traversa sur-le-champ son cerveau lorsqu'il vit le billet que l'imprudence de Tréfleur avait laissé entr'ouvert. Dans les comédies et dans les romans, on enlève les belles à l'aide d'un masque et d'un manteau en prenant seulement la peine de déguiser un peu sa voix : elles croyaient suivre l'amant préféré ; pas du tout, elles suivaient quelque amant dédaigné et vengeur. Maldech avait bien d'autres moyens de tromperie que le manteau sombre et le masque ou le chapeau à larges bords : c'était le corps lui-même du bien-aimé dont il pouvait se servir pour exécuter son abominable entreprise. Après quelques moments de réflexion, il écrivit à Marguerite : « Une volonté nouvelle du docteur Blum vient d'intervertir l'ordre accoutumé ; ce soir, c'est moi qui occupe le corps à la place de Maldech. A ce soir donc le projet que nous méditons depuis si longtemps. J'ai tout préparé. Aie bien soin de te parer de tes diamants, puisque tu dois obéir par là à une superstition de ton cœur. »

Hélas ! hélas ! les draps de lin qui cachaient l'horrible tête de loup que le Petit Chaperon rouge vit tout à coup surgir quand il tendait ses jolies lèvres de rose pour baiser les bonnes vieilles joues de sa grand'mère, ces draps de lin ne renfermaient pas un plus affreux piége que les plis du papier parfumé sur lequel la main de Maldech traça ces lignes. Comment Marguerite aurait-elle pu distinguer la fraude ? Que la pensée vînt de Tréfleur, de Maldech ou de Robert Wramp, la plume conduite par les mêmes doigts traçait toujours des caractères semblables. Hugues de Payen et un autre chevalier de Malte, je ne sais lequel, n'avaient qu'un cheval pour eux deux ; plus d'un couple joyeux d'étudiants, qui, dans leurs mansardes pleines de livres et de fleurs, regardent la terre d'aussi haut que les hirondelles, ne possède qu'un seul habit; deux hommes peuvent se contenter d'un seul cheval, d'un seul vêtement; mais être trois pour un seul corps, je ne le souhaiterais pas à mes plus mortels ennemis.

VIII

Quelle foi, quel amour, quel sublime courage doit avoir la jeune fille, pour consentir à un mariage clandestin! Dans le mariage qui se fait avec le plus de sécurité et de bonheur, sous les yeux de la famille, à la face du monde, à la clarté du soleil, on sent toujours quelque part l'inquiétude et la tristesse : c'est une mère qui pleure parce qu'elle sait, c'est la fiancée elle-même qui s'effraye parce qu'elle ignore. Il n'y a point de noces sans yeux pleins de larmes et sans front pâle. Eh bien! lorsqu'elle est seule et dans la nuit, celle dont l'existence va changer, qui va subir dans tout son être une métamorphose, qui va évoquer toutes les voluptés et toutes les douleurs de la matière; lorsqu'elle est seule, de quelle généreuse confiance n'a-t-elle pas besoin pour dompter ses terreurs? Marguerite traversait ce grand jardin qu'elle avait parcouru tant de fois folle ou rêveuse, ce grand jardin où avaient rayonné l'aube joyeuse de son enfance et le tendre éclat de sa jeunesse; elle le traversait la nuit en toilette de mariée, sans escorte, sans cortége, sans autres témoins que ces étoiles dans lesquelles les savants nous font voir des mondes et nous empêchent d'aimer des âmes fraternelles. Son voile blanc, sa robe blanche, tout son costume éblouissant, faisait un effet étrange au milieu de la sombre verdure : on eût dit l'ombre d'une de ces fiancées que les poëtes font mourir au moment où elles touchent le seuil de la chambre nuptiale. Son pied posait sans bruit sur le gazon; à la vague clarté des astres, on voyait briller dans ses blonds cheveux les diamants que convoitait l'âme du vieux Maldech. Hélas! où est le digne conseiller Bosmann? Il rêve peut-être en ce moment que sa chère fille épouse, devant tous les notables de la ville, un honnête jeune homme attaché avec un bon salaire à un rouage quelconque de l'ordre social; le brave homme est endormi d'un respectable sommeil au fond d'une couche aussi pure que celle d'un enfant. Où est la vieille Marthe, ce modèle accompli des gouvernantes, qui tous les dimanches conduit Marguerite à la messe, qui chaque soir appelle autour du lit de sa Gretchen tous les anges du paradis? La vieille Marthe goûte un repos qu'elle payera plus tard de bien des pleurs. Quand Marguerite est sortie furtivement de sa chambre, après avoir fait, dans un silence de mort, les apprêts de sa toilette de mariée, si Marthe avait pu l'entendre, elle qui couche dans la chambre à côté, elle se serait élancée sur ses traces. Mais, ce soir-là, sans doute, la pauvre femme aura mal fait sa prière; en murmurant ses patenôtres, elle pensait à quelque remède contre les brûlures ou les cors aux pieds. Dieu, qui ne veut pas qu'on soit distrait, a lâché les rênes du diable; or, le diable s'entend aussi bien à fermer les vieilles paupières qu'à entr'ouvrir les yeux de vingt ans. Il endort comme il éveille; il rend la couche brûlante au corps frais et charmant de la jeune fille; il rend les draps doux et moelleux au corps desséché de la duègne. Une seule personne savait que Marguerite traversait le jardin à cette heure, c'était celui qui l'attendait.

A la petite porte du jardin, à l'extrémité de la terrasse, il y a un homme couvert d'un manteau.

— Robert, mon bon Robert, est-ce toi?

Maldech montra à Marguerite son visage.

— Comme tu regardes mes diamants avec des yeux de feu!

— Ce n'est pas tes diamants, ma belle, c'est ton front que je regarde ainsi; mais, pourtant, tes diamants sont bien beaux!

— L'histoire de ces diamants serait longue à te faire; ils appartenaient à ma grand'mère, qui avait été très-riche, et qui, après de grandes pertes d'argent, voulut toujours les garder, quoique son mari la persécutât pour s'en défaire; elle les donna à ma mère, qui ne les mit que le jour de ses noces, mais qui, en mourant, eut la singulière idée de faire jurer à mon père de ne jamais les vendre, pour que je pusse les porter à mon tour quand je me marierais. Chacune de ces pierreries me semble une espèce de talisman; et puis, je rougirais d'être moins parée, moins radieuse pour toi seul, que je ne l'aurais été pour la ville tout entière.

La chaise à porteurs était à quelques pas de la terrasse, et Marguerite disait ces mots en s'appuyant sur le bras de son fiancé pour aller la rejoindre. La jeune fille eut un moment de répulsion et de terreur quand elle s'aperçut que le visage des deux hommes qui allaient la porter était couvert d'un masque.

— Ah! dit-elle, voilà ce qui me rappelle ce qu'on m'a conté sur les enlèvements nocturnes ; si tu n'étais pas avec moi, j'aurais grand'peur.

Puis, quand elle se fut placée dans la chaise, qui ne pouvait contenir qu'une seule personne, elle dit encore :

— Robert, je t'en prie, marche à côté de moi, et donne-moi la main par la portière : j'ai besoin d'être bien sûre que tu es là.

Maldech lui tendit la main, et l'on se mit en marche.

La fiancée de la ballade qu'un mort emporte sur un coursier écumant me paraît moins à plaindre que Marguerite ; si l'armure de fer contre laquelle bat son jeune cœur cache un spectre, au moins ce spectre est-il celui d'un homme qu'elle a aimé. Le corps qui marche à côté de Marguerite renferme quelque chose de plus affreux : il cache une âme tourmentée par des passions maudites, une âme qui n'a jamais ressenti que des attachements pervers. Gretchen ne se doutait point de l'affreuse situation dans laquelle elle se trouvait, et cependant il y avait des moments où elle éprouvait une sorte de crainte. Les amants serrent la main de leur bien-aimée, tantôt avec plus de passion, tantôt avec plus de mollesse ; la main qu'elle sentait formait autour de la sienne un anneau immobile comme un anneau de fer ; les regards de son fiancé évitaient les siens, et, quand par hasard elle les rencontrait, elle y lisait toujours malgré elle une passion étrange et inconnue; cette expression d'ardente convoitise qui lui avait fait dire : « Comme tu regardes mes diamants ! » reparaissait sans cesse dans les yeux où elle cherchait le langage du cœur. Je crois que Maldech s'efforçait déjà d'accomplir, par la pensée, cette union monstrueuse et impossible que les avares rêvent avec les trésors; il envoyait aux diamants, qui étincelaient dans l'ombre, ces caresses passionnées qui vont des yeux de l'usurier à ses ducats ; il y avait sur tous ses traits quelque chose de plus flétrissant, de plus hideux que le sceau même de la débauche : l'expression de l'amour pour une portion de la matière plus morte encore que celle dont le débauché est épris.

Tout à coup Marguerite poussa un cri : elle venait de s'apercevoir qu'on avait passé l'église où le mariage devait être célébré.

— Robert, Robert, où me conduis-tu ? Pourquoi avons-nous passé l'église de Saint-Florent ?

— La bénédiction du prêtre peut aussi bien se donner dans une maison que dans une église, lui répondit son fiancé, et, dans une maison, on est plus sûr du secret.

La chaise traversait de grandes rues désertes, bordées des deux côtés de hautes murailles sans fenêtres, qu'on eût dit construites exprès pour favoriser le guet-apens et l'assassinat. Enfin, après une longue marche, il vint un moment où l'on s'arrêta ; on était devant une maison isolée, à la porte étroite, aux croisées garnies de fer : une maison de mauvaise mine, une maison de jaloux ou d'usurier. Maldech ouvrit la portière et présenta silencieusement la main à Marguerite. Le cœur de la pauvre enfant battait avec violence dans son sein. Elle traversa une allée étroite et sombre, pavée de dalles humides, qui conduisait à un petit jardin, un vrai jardin de prison, resserré entre de grandes murailles et terminé par un pavillon. Ce fut dans ce pavillon qu'elle entra, toujours appuyée sur le bras de son guide. Alors elle se trouva dans une salle basse d'un aspect sordide et repoussant; un escabeau, une table carrée et un grand coffre qui ressemblait à une bière, composaient tout l'ameublement de cette chambre. A peine avait-elle parcouru ces tristes lieux d'un rapide regard, que Maldech, se débarrassant brusquement de son manteau, lui dit d'une voix dure :

— A présent, ma belle demoiselle, vous allez me donner vos diamants; c'est d'eux que je suis amoureux, et non pas de vous : il y a longtemps que la chair humaine, si fraîche soit-elle, ne me ragoûte plus. Là! là! mignonne, ne poussez pas des cris qui fatigueraient inutilement votre gosier; on ne peut pas vous entendre, et, si l'on vous entendait, ce serait un scandale très-fâcheux pour votre *honneur*, comme on dit : je suis le chevalier de Tréfleur, je suis en bonne fortune, et voilà tout!

— Ciel! c'était Maldech, l'affreux Maldech! Comment n'avais-je pas reconnu au regard l'âme horrible qui se cachait dans ce corps?

Et la pauvre Marguerite se tordait les bras.

— Oui, je suis Maldech, ma belle demoiselle, Maldech, l'amant de l'or, l'amant des diamants, l'amant des métaux, qui valent mieux que les femmes. J'ai épousé votre parure : voyons, livrez-la-moi !

Et d'une main brutale il arracha le collier, les pendants d'oreilles, le diadème, toutes les pierreries de Marguerite ; puis, prenant entre ses bras la jeune fille à moitié évanouie, il l'emporta dans une pièce voisine, et revint seul goûter, au milieu des trésors conquis, des jouissances semblables à celles dont s'enivre un forban au milieu d'un harem.

IX

Le conseiller Bosmann dit à Marguerite :

— Il faut absolument que tu épouses le chevalier de Tréfleur.

Il y avait eu scandale. Maldech, tout entier à ses sordides plaisirs, n'avait pensé à délivrer la jeune fille qu'en plein jour. Toute la ville avait connu son évasion nocturne. Quand Tréfleur reprit possession de son corps, on lui raconta en même temps le crime commis et la réparation exigée. Quoique le chevalier eût sur le mariage les idées les plus sceptiques, il consentit sans trop de peine à épouser une jolie fille qui lui apportait une assez bonne dot, et dont les naïfs attraits, pour me servir de son langage, formaient un contraste piquant avec les charmes séducteurs qui l'avaient jusqu'alors subjugué. Quant aux délicatesses de jalousie, qui faisaient le tourment de Robert Wramp, il n'était guère en état de les ressentir. Comment se serait-il embarrassé d'un cas aussi excentrique, lui qui, sur les cas ordinaires de la lèse-fidélité conjugale, pensait comme la Fontaine et comme Voltaire? Mais ce que le chevalier prenait avec tant de philosophie, l'artiste avait résolu de ne point le supporter. Il alla trouver le docteur Blum, et lui demanda, par ce qu'il avait de plus sacré, de faire cesser cette situation horrible. Le médecin lui répondit d'un ton solennel qu'il lui était impossible de défaire ce qu'une puissance plus forte que la sienne avait opéré par son moyen; cependant, il espérait pouvoir changer l'ordre et les époques fixés pour la possession successive du corps par les trois âmes. Il le ferait à l'insu de Tréfleur, qui, le matin, conduirait la fiancée à l'autel, et qui, au lieu d'être remplacé le lendemain par Maldech, le serait le soir même par Robert Wramp. Il fallut se contenter de cette espérance. Marguerite jura que, si à minuit, c'était l'heure où l'âme du chevalier devait s'envoler, les promesses du docteur Blum ne s'accomplissaient pas, elle saurait, toute Allemande qu'elle était, tirer comme une Espagnole une fiole de poison ou un poignard de son corsage de mariée.

Ainsi donc, nous savons maintenant tout ce qui se passe dans le cœur de la jeune fille que nous voyons agenouillée, avec la couronne nuptiale sur la tête, devant le grand autel de Saint-Castor, à côté du chevalier de Tréfleur. Marguerite n'a point de diamants ; la disparition de cette parure est restée un mystère pour le conseiller Bosmann ; mais, comme le lui a dit galamment Tréfleur, sans faire pour cela un grand effort d'imagination, elle a bien assez, pour briller et séduire, de ses beaux cheveux dorés où tombent en ce moment les rayons du soleil Le chevalier a une toilette qui présente un ensemble de couleurs doux et tendre. Il est poudré avec le plus grand soin; il jette par instant des regards victorieux sur les femmes à grands paniers, qui abondent dans l'église, avec cet air de joie triomphante et railleuse que prend un époux libertin en promenant ses yeux des joues fardées de ses anciennes maîtresses aux joues fraîches et roses de son épousée. Le conseiller Bosmann avait pensé, d'après le caractère sentimental de sa fille, qu'une fois le mariage célébré, elle aurait hâte d'aller cacher son bonheur dans quelque retraite inaccessible, et il avait fait préparer une charmante petite villa qu'il possédait à une demi-lieue de Coblentz, sur les bords du Rhin; mais, l'avant-veille du mariage, Marguerite déclara qu'elle ne quitterait pas l'église pour commencer, dès le milieu de la journée, un tête-à-tête avec son mari. Elle voulait danser le jour de ses noces, suivant la vieille coutume populaire, et danser le plus tard possible; elle n'irait à la campagne qu'à minuit; ce voyage à la belle étoile serait charmant. Si bizarre que fût cette fantaisie, il fallut y céder. Au lieu d'une chaise de poste, il y a devant Saint-Castor une suite de lourds carrosses, avec des cochers enrubannés, qui doivent ramener toute la noce à la maison du conseiller Bosmann.

Jamais sein de fiancée n'a renfermé de plus brûlantes émotions que celui de Marguerite pendant cette longue journée. Son attente, à elle, était bien autre chose que celle qui trouble d'ordinaire le cœur et le cerveau des jeunes filles. Situation étrange et terrible! Ce qu'elle se demandait, ce n'était point quelles voluptés inconnues lui apporteraient les sublimes effusions de l'amour, c'était quelle âme frémirait sur les lèvres qui se poseraient le soir même sur son front; si, dans ce premier baiser, qui doit confondre les joies du cœur et celles des sens, tout le bonheur de la terre et tout le bonheur du ciel, elle sentirait l'âme de son bien-aimé ou une âme dont les caresses lui semblaient une flétrissure. Plus l'instant approchait, plus son anxiété devenait poignante; il y avait des moments où elle craignait de ne plus pouvoir cacher les battements de son cœur. Quand onze heures sonnèrent à la pendule du grand salon, il y eut parmi les conviés une tentative de départ. Marguerite demanda en grâce qu'on dansât encore; elle avait décidé qu'elle partirait à minuit, et rien ne pouvait la faire changer d'avis. Le chevalier de Tréfleur se résigna en plaisantant fort agréablement sur l'avenir que semblait lui promettre cette obstination si énergiquement manifestée dès le premier jour de son mariage. Mais, après une dernière contredanse, les invités et le père de Marguerite se joignirent à son époux pour la déterminer à partir. Il y avait dans la cour un cabriolet découvert d'une forme élégante, que le chevalier devait conduire lui-même.

Gretchen se décida à y prendre place auprès de son mari. Il était minuit moins un quart. La légère voiture se mit à rouler sur les boulevards de Coblentz. La nuit était superbe. Quand on arriva sur la route, Marguerite eut un moment d'éblouissement en voyant le vaste horizon qui se reculait autour d'elle, à droite les nappes argentées du Rhin, à gauche les bois, les montagnes et les champs. En cet instant, à travers l'espace, elle entendit des sons qui s'échappaient lentement d'un clocher situé à une des extrémités de la ville. C'était la vibration lointaine des douze coups de minuit. La jeune fille se mit à trembler de tous les frissons qui peuvent pénétrer dans une âme humaine, frissons d'amour, d'attente et de terreur. Quel trésor de joies ineffables, ou quelle horrible torture lui apportait cette heure dont le vol traversait l'air limpide et les plaines silencieuses? Au moment où le douzième coup retentit, les deux lèvres de celui qui était placé à côté d'elle se posèrent sur son front, et, avec un tressaillement de bonheur que les mots d'une langue ne pourraient rendre, elle sentit, par une divination soudaine, la caresse, et, pour ainsi dire, la pression de l'âme désirée. Quand toutes les fleurs endormies dans les gazons, toutes les fauvettes endormies dans les arbres, toutes les brises du ciel, tous les murmures des forêts et des eaux, quand toutes les voix et tous les parfums de la nature auraient confondu leurs charmes, ces enchantements n'auraient pas fait pénétrer dans son être plus d'exaltation et d'ivresse que ce baiser.

X

Une terrasse baignée par un fleuve, et quel fleuve! le Rhin, le Rhin sacré; un beau ciel où sourit le matin, où se joue un vent frais et pur; une femme aux yeux plus limpides, plus invitant à la rêverie que le ciel et les eaux; quel plus beau rêve peut-on faire? Robert Wramp est à côté de Marguerite, sur une terrasse qui longe le Rhin; derrière lui, dans une chambre entr'ouverte, s'est écoulée une belle nuit, maintenant il voit commencer sur les eaux un jour radieux. Oui, il le voit commencer, mais il ne le verra pas finir.

Tout le monde connaît le roi de Thulé, le beau vieillard, qui jette dans la mer la coupe dont les lèvres de sa maîtresse ont pressé les bords. Jeter une coupe dans la mer, si riche soit-elle, qu'est-ce que cela? Quand elle aurait, comme les coupes antiques, sur toutes ses faces, des visages immortels de dieux, des paysages tranquilles, de grandes images de combats, qu'est-ce qu'une coupe? l'ouvrage d'un artisan, après tout. Pour obéir au même sentiment que le roi de Thulé, Robert Wramp va jeter dans le fleuve un ouvrage qui n'est sorti d'aucune main humaine; il y va jeter son corps lui-même. Nulle âme ne se servira plus du corps que celle qu'il aime a pressé sur son sein. Il a fait part à Marguerite de sa résolution, Marguerite s'est décidée à le suivre.

Retranchez l'idée de la douleur, et vous aurez une suite d'images charmantes. Un jeune homme quitte avec sa bien-aimée la chambre nuptiale pour aller voir tomber sur le miroir des eaux les premiers rayons du matin. Tout plein de volupté et de langueur, le couple amoureux s'avance sous les arbres. Arrivés à l'extrémité de la terrasse, les deux amants se penchent pour regarder le fleuve; le fleuve les attire, et, au lieu de se refuser à son invitation, comme on le fait d'ordinaire, ils le trouvent ravissant, ils se laissent séduire. Eh bien! j'ai beau faire, dans la langue des hommes, tout cela s'appelle se noyer. Robert Wramp et Marguerite se noyèrent ensemble.

Que devinrent l'âme de Maldech, et surtout celle de ce pauvre Tréfleur, qui, en définitive, est le héros de notre histoire et le propriétaire du vêtement dont on fit si bon marché?

— Ma foi, je n'en sais rien.

— Ont-elles retrouvé un autre corps?

— C'est bien possible.

— On a beaucoup parlé à Coblentz d'un M. de G... qui, après avoir reçu les soins du docteur Blum, devint sujet tantôt à des accès de prodigalité effrénée, tantôt à des accès d'avarice inouïe.

Quant aux âmes de Robert et de Marguerite, placez-les dans le paradis le plus bleu et le plus doré que vous pourrez imaginer.

BRIOLAN

I

LE COMTE SALADIN.

Il y a cent années et plus, un homme qui n'avait lu ni *René*, ni *Werther*, se promenait, par une journée de printemps, sous les ombrages du Palais-Royal, aussi souffrant, quoiqu'il fût parfaitement poudré et vêtu d'un habit vert tendre, que le héros le plus sombre, le plus fatal et le plus négligé de l'école moderne. Il est vrai, par exemple, que ses souffrances n'étaient point très-vagues. « Oh ! pensait-il, si j'avais pu tirer de ma poche un rang de perles pour ce cou charmant, une bague d'émeraude ou de rubis pour ces doigts gracieux et superbes ! si je possédais ce qui appartient aujourd'hui à tant de butors et de manants, la fortune!... » En un mot, l'homme à l'habit vert tendre regrettait avec une rage profonde, une amère mélancolie, de ne pas avoir cinquante ou cent mille écus de rente. Je suis sûr qu'on s'intéresse à lui dès à présent, car il ne souffre pas d'un mal inconnu. Il n'a ni regrets ni désirs étranges. Ses peines sont bien de ce monde. On les comprend sans fatigue aucune pour l'esprit.

Maintenant on l'aimera bien davantage, quand on saura qu'il était beau, noble, courageux, ayant de la bonté et de la loyauté certainement, peut-être même de l'esprit, de l'esprit, par exemple, qui n'était point du jour, mais bien des temps antiques, comme sa maison. Le comte Guy-Tancrède-Saladin de Briolan était d'une des plus vieilles familles du Périgord. Ce nom de Saladin, qu'il portait à son tour après une suite illustre de preux, s'était conservé dans sa maison, comme dans celle des Anglure, par un pieux respect pour une tradition des croisades. Je ne sais quel sultan avait demandé à un Briolan, en lui rendant une épée dont il l'avait vu se servir en héros, de porter ce nom et de le faire porter par ses premiers-nés. Les Briolan n'avaient de turc que leur prénom de Saladin. Il n'était pas race de chevaliers où se transmit avec plus de soin et d'amour, dans toute sa noble et charmante délicatesse, le respect pour les femmes. Aussi un proverbe périgourdin disait-il : « Il n'est point si pauvre croix ni si pauvre femme que ne salue un Briolan. » Quand il y avait dans le village de ces nobles seigneurs un fils qui parlait rudement à sa mère, un frère qui maltraitait sa sœur, quelque voisin ou quelque voisine se trouvait toujours pour dire au mauvais garnement : « N'as-tu pas honte, Pierrot ou Jacquot, d'agir ainsi ? Est-ce que tu n'as jamais vu monseigneur Saladin sortir de l'église avec madame la comtesse ou mademoiselle? Comme il les couve des yeux ! On dirait qu'il va mettre sous leurs petits pieds ses belles mains blanches, pour les empêcher de marcher à terre. »

Voilà quel cœur les Saladin de Briolan avaient pour les femmes. Quant au danger, il fallait voir comme ils le traitaient. Ce que les épieux et les mousquets de dix manants n'auraient point pu faire contre un loup, le couteau de chasse d'un Briolan le faisait. Tant qu'il restait une goutte de sang dans les veines d'un Briolan, cette goutte de sang renfermait une bravoure à défrayer toute une armée.

Le comte Tancrède-Saladin, celui dont la promenade agitée nous occupe maintenant, était, par la courtoisie et la valeur, complétement digne de sa maison. Il en était fort digne aussi par l'élégance de sa tournure et le grand air de ses traits. Il était mince et élancé ; comme l'aimable et cher chevalier Jehan de Saintré, peut-être aurait-il pu être vaincu dans une lutte à coups de poing, mais on sentait qu'il ne trouverait jamais de maître dans les combats de l'épée. Il avait une bouche fine et fière, les yeux ardents et mobiles, animés d'un regard d'amoureux et de vaillant. Enfin, il entrait à peine dans sa vingt-cinquième année, c'est-à-dire qu'au fond de son cœur bouillonnait encore une séve aussi printanière que celle des arbres sous l'ombrage desquels il marchait.

On sent bien qu'un homme ainsi fait, et de cet âge, ne

désirait point des pièces d'or pour entretenir avec elles le damnable commerce des avares. Ce que nous avons dit déjà de ses pensées, nous montre pour quelles fins il souhaitait la fortune si ardemment. « Un collier pour ce cou charmant, des bagues pour ces jolis doigts, » voilà à peu près, je crois, ce qu'il pensait.

Les jolis doigts et le cou charmant pour lesquels il demandait au ciel des pierreries, c'étaient les doigts et le cou de madame Brigitte de Briolan, sa cousine, duchesse de Lorédan.

La duchesse de Lorédan, qui avait près d'un million de revenus, et les plus beaux diamants de l'Europe, n'avait pas besoin des présents, et ne se doutait guère des souffrances de son cousin. Du reste, pour bien faire comprendre le désir qu'on pouvait avoir de la parer, il faut dire que jamais madone ne fut plus belle. Quand je dis madone, était-ce bien à une madone qu'elle ressemblait ? C'était plutôt à une déesse antique, toutefois avec quelque chose de romanesque, de capricieux, et pourtant de divinement austère que l'antiquité ne connaissait pas. Brigitte appartenait au monde des fées et des chevaliers. C'était une Briolan ; partant, l'on sait de quelle façon elle avait été élevée. Le sentiment de la dignité féminine, si profondément gravé dans le cœur de tous ceux de sa race, avait passé de son âme à son regard rayonnant d'un royal éclat. Ce que ses yeux avaient toujours d'imposant ne les empêchait point de laisser voir parfois une expression de douceur qui alors était un véritable enchantement. Celui qu'elle avait regardé un seul instant avec bonté était charmé pour sa vie entière.

Du moins, c'est ce que n'aurait pas craint d'avancer et de soutenir, l'épée à la main, son cousin Tancrède-Saladin, qui en était, nous essayerions vainement de le cacher, passionnément amoureux.

Amoureux depuis assez peu de temps toutefois; quoiqu'il la connût d'enfance, il n'avait songé à regarder sa cousine Brigitte, élevée dans un château voisin du sien, que le jour où elle avait épousé le duc de Lorédan, un ancien compagnon du régent, vieux seigneur philosophe et libertin, qui était parvenu à enlever, sur la fin de ses jours, aux filles d'opéra, une santé fort chancelante, mais une fortune en très-bon état. A l'église, où elle mit sa main fraîche et rosée entre les doigts d'ivoire jauni de l'ancien roué, Brigitte occupa assez vivement Saladin. Puis la jeune femme partit pour Paris, et son image s'affaiblit, s'effaça même, je crois bien, entièrement, dans l'esprit du comte, occupé à guerroyer au fond de ses bois contre les renards et les loups. Par malheur ou par bonheur pour lui, la suite de ce récit l'apprendra, notre gentilhomme ne resta point dans son château. Il voulut venir à Paris : c'était le voyage qui avait remplacé, pour la noblesse, les héroïques et lointaines expéditions. Il n'eut point vu deux fois sa cousine, qu'il l'aima, et l'aima comme peut aimer un homme de vingt-cinq ans, qui sort d'un vieux château avec un cœur de paladin.

Un dragon, un lion, un géant, un enchanteur, qui auraient été les ennemis de Brigitte, auraient passé de rudes moments avec Tancrède-Saladin ; mais notre pauvre preux ne connaissait guère, pour séduire le cœur d'une femme, la méthode du jour. Du reste, hâtons-nous de le dire, s'il l'eût connue et pratiquée, il n'en aurait eu que des chances moindres de succès auprès de sa belle cousine. La duchesse était aussi étrangère aux mœurs de son siècle que l'eût été une belle au bois dormant sortant d'un sommeil séculaire. Sur le sofa, au fond de la bergère, dans le monde des mouches, de la poudre et des paniers, elle avait les pensées et les regards que pouvaient avoir ses aïeules sur le grand fauteuil de bois sculpté, au milieu des longs voiles, des cuirasses, des flottantes chevelures et des robes à queue. Si elle conservait dans toute sa grâce touchante et fière la simplicité antique, ce n'était point la faute de son mari ni de sa tante, la maréchale de Lorédan.

La maréchale de Lorédan avait toujours eu les maximes commodes, la vie riante et facile de la maréchale de Mirepoix, l'amie des favorites, de cette madame de Grancei, vantée d'une façon si moqueuse par Voltaire, enfin, de la maréchale de Luxembourg, si célèbre par la chanson :

Quand Boufflers parut à la cour, etc.

C'était une douairière dont la frivolité s'était accrue, au lieu de diminuer, avec les ans. Quelques madrigaux, comme en écrivait l'amant de la princesse de Babylone, des souvenirs d'amour sans larmes, un goût toujours insouciant et vif de l'amusement, voilà ce que renfermait une tête dont la chevelure l'aurait certes emporté sur la poudre en blancheur. La maréchale de Lorédan accablait Brigitte de caresses, pour faire pièce à la jeune marquise de Lorédan, sa belle-fille, qu'elle détestait souverainement, parce qu'elle lui trouvait, disait-elle, un déréglement de mauvais goût. Le fait est que la marquise était une sorte de soldat aux gardes, aimant le plaisir à l'instant où il appelle la hardiesse et congédie la grâce. C'est la passion de la maréchale pour Brigitte qui est la cause du désespoir où se trouve maintenant plongé le comte Saladin de Briolan.

La douairière, en regardant, pendant une matinée qui lui paraissait fort longue, un petit calendrier tout entouré de fleurs et d'amours, découvrit la Sainte-Brigitte, tombant précisément un jour de la semaine dans laquelle on venait d'entrer. Aussitôt sa cervelle se mit en travail; elle fit venir le duc, son neveu, et lui persuada, sans beaucoup de peine, car le duc était très-facile à gagner au plaisir, de donner une fête pour la Sainte-Brigitte, dans son château de Viroflay; puis, elle-même, se mit à la recherche d'un présent propre à rehausser la beauté de sa nièce. Le jour de la Sainte-Brigitte arriva. Saladin était au nombre des invités de Viroflay.

Notre gentilhomme, qui n'était point riche, comme nous l'avons bien suffisamment indiqué, arriva dans un carrosse de louage, de fort mauvaise humeur, devant le château de Viroflay, dont la cour, entourée d'orangers et tapissée d'un sable fin, s'ouvrait aux plus élégants équipages de Paris. Il eut bien vite oublié son dépit quand il fut auprès de sa cousine Brigitte. Quels chagrins n'auraient fait fondre dans son cœur les charmants rayons que dardaient les yeux de la belle! Mais il était réservé à une souffrance inattendue et inouïe. Avec cette façon simple qu'elle devait à son humeur, et qu'autorisait d'ailleurs la familiarité du cousinage, Brigitte dit à Briolan, en lui montrant son cou que parait un rang de perles fines, et une de ses mains à laquelle brillait une bague formée d'une merveilleuse pierrerie :

— Voyez, mon cousin, ce que m'ont donné pour ma fête M. le duc de Lorédan et madame la maréchale.

Ce fut alors qu'une pensée aux serres brûlantes s'abattit sur l'âme de Saladin. « Quoi ! se disait-il, moi je ne pourrais point donner à cette chère beauté une fleur de rubis ou de diamant? Mon vieil édenté de cousin, et cette folle de maréchale, pour qui les yeux noirs de Brigitte sont lettre close, qui ne sentent point ce qu'il y a de divin dans chaque trait de son visage et dans chaque doigt de sa main, peuvent lui donner ce que bon leur semble. Moi, pour lui faire présent d'un joyau qu'on refuserait, en sachant ce qu'il me coûte, je serais obligé de vendre les meilleurs bois et les meilleurs prés de ma terre de Briolan. » Et le digne preux sentit que de grosses larmes allaient remplir ses yeux.

Saladin avait eu mainte cause bien autrement sérieuse et raisonnable, suivant le monde, que ce qui l'occupait en ce moment, de maudire sa pauvreté. La veille même, il n'avait point pu obtenir un magnifique régiment de dragons qui avait appartenu à un de ses oncles, parce qu'on en demandait un prix trop élevé. Dans la vie mondaine que sa naissance l'avait obligé de mener depuis qu'il avait quitté son château, combien de fois l'absence de fortune s'était fait sentir pour lui d'une façon irritante et douloureuse ! Eh bien ! jamais il n'avait souffert comme il souffrit alors. Il éprouvait un de ces chagrins de jeunesse fous, extravagants, dont les orageux transports ne seront dépassés par aucun autre chagrin de la vie. Il erra quelque temps à travers la fête, en proie à une de ces fièvres qui se plaisent dans les lieux de plaisir, au milieu des clartés de bougies, des odeurs de bouquets et des sons d'orchestre, comme les fièvres d'Italie dans les perfides magnificences de certaines contrées, puis il remonta dans le vieux carrosse qui l'avait amené, et retourna chez lui.

Qu'il ne dormît point, cela va sans dire. Cependant les rêves ne lui manquèrent pas, seulement il les faisait tout éveillé. Nourri qu'il était des contes de fées (car, dans son château de Briolan, les contes de fées avec les romans de chevalerie avaient composé presque toutes ses lectures), il songeait qu'il descendait dans des grottes défendues par des dragons pour chercher des diamants, des émeraudes, des saphirs, des escarboucles dont il formait des diadèmes, des couronnes, des bagues et des bracelets pour Brigitte. Le matin, il se leva aussi brisé que s'il eût vraiment accompli une de ces expéditions merveilleuses, mais n'ayant point entre ses mains la moindre pierrerie. Alors il mit cet habit vert tendre dont nous avons parlé, et, comme le ciel était attrayant, il se dirigea vers le jardin du Palais-Royal pour y faire une promenade mélancolique.

Il se promenait donc, livré aux pensées que maintenant on connaît parfaitement, quand il aperçut devant lui, à l'extrémité d'une allée, le duc de Lorédan. Il ne trouva aucun moyen d'éviter son cousin, qui marchait de son côté, et l'aborda au bout d'un instant.

— Mon cher comte, dit le duc, vous êtes, j'en suis sûr, étonné de me voir courant de si grand matin dans le Palais-Royal, moi qui d'ordinaire ne me lève pas avant deux heures, et que vous avez laissé hier au soir à Viroflay. Voici d'où vient cette étrangeté. Cette nuit, on jouait un jeu si bourgeois, et il régnait en tout un ton si maussade chez madame la duchesse, que l'ennui m'a saisi tout à coup, et, une heure après votre départ, sans prendre congé de mes hôtes, je suis parti avec quelques garnements pour Paris. Nous avons été chez la baronne de Verviers : vous savez, la mère de mesdemoiselles Glycère et Aglaé, cette honnête baronne qui protége le jeu et les amours. Là, nous avons joué un pharaon et un lansquenet à remuer le cœur du vieux Lucifer. On pouvait monter, descendre et remonter, et redescendre encore en quelques minutes toute l'échelle des conditions humaines. Tantôt riche comme un souverain, tantôt aussi pauvre qu'un berger, chacun jouissait du plaisir de voir la fortune lui prodiguer tour à tour ses plus provoquants dédains et ses plus enivrantes faveurs. Je me suis amusé, cher comte, ce qui m'est, hélas ! si difficile, d'autant plus qu'en vérité j'ai eu du bonheur. Là, dans les poches de cette veste à fleurs et de cet habit brodé, j'ai en or et en billets près d'un million. Heureusement que je ne suis pas au milieu de la nuit dans la forêt Noire, mais bien au Palais-Royal, en plein jour. Je vais me coucher, car j'ai joué jusqu'à présent, et mes paupières, qui doivent être écarlates, commencent à me paraître bien lourdes. Ce soir, je veux voir si les chances heureuses seront encore pour moi, et je retourne chez la Verviers. Vous devriez m'accompagner, mon cher comte ; être à Paris et s'écarter du jeu, c'est vivre à la cour sans connaître le roi.

— Vous savez bien, mon cousin, répondit Briolan d'un air sérieux, que je ne puis pas et ne dois pas jouer.

— Eh! mon cher Saladin, reprit le duc, vous pouvez, vous devez jouer, au contraire. Vous avez l'inappréciable bonheur d'avoir vingt-cinq ans, une âme que n'a remuée encore aucune des émotions du jeu. La fortune, c'est bien connu des joueurs, aime, comme les vieilles coquettes, les amoureux novices. Elle aura bientôt fait de quitter un adorateur suranné tel que moi, qu'elle ne doit plus pouvoir regarder sans bâiller, pour venir, avec ses plus doux sourires, au-devant d'un jeune galant comme vous. Ah! si je n'avais jamais touché un dé ni une carte, je voudrais gagner ce soir de quoi acheter les diamants du Grand Mogol s'il m'en prenait fantaisie.

Ces derniers mots, qui ramenèrent Briolan au milieu des pensées dont il avait essayé un instant de se tirer, furent d'un effet magique. Saladin, aussi probe, aussi délicat qu'il était vaillant, s'était bien promis de ne jamais céder aux séductions du jeu, et jusqu'alors, dans les réunions d'hommes auxquelles il avait forcément assisté, il s'était tenu héroïquement écarté des tapis verts ; mais, en cet instant, il ne se sentait plus aucune force pour tenir l'engagement qu'il avait pris avec lui-même. Il désirait savoir, en effet, si sa jeunesse, sa chevalerie et ce je ne sais quoi de prédestiné qu'on croit toujours porter en soi à ses premiers pas dans la vie, seraient des titres pour la fortune.

— Eh bien ! soit, dit-il tout à coup d'une voix énergique au duc de Lorédan ; j'irai ce soir avec vous chez la baronne de Verviers.

Le soir de ce jour, en effet, le duc de Lorédan présentait son jeune parent à la baronne de Verviers et à ses deux filles, mesdemoiselles Glycère et Aglaé.

On a deviné déjà, sans aucun doute, quelle femme était la baronne. C'était un de ces personnages dont la vie est un roman si compliqué, qu'eux-mêmes n'en connaissent plus bien les chapitres. Après toute sorte d'enlèvements très-publics et de mariages très-secrets dans sa jeunesse, elle était arrivée à un âge mûr avec un titre de baronne, fort respectable assurément, car l'origine en était aussi perdue que celle des plus vieux titres, et deux filles intelligentes, très-capables de la seconder. Si sa maison n'était pas un des lieux les plus sûrs de Paris, c'était certes un des plus fréquentés. On y voyait des gens de différentes sortes, dont quelques-uns étaient trop simples, d'autres trop adroits, ceux-ci d'une fort vieille et très-véritable noblesse, ceux-là d'une noblesse très-récente et tirée du pays des fables ; mais tous les gens qui allaient chez la baronne, les naïfs et les habiles, les vrais et les faux gentilshommes, les amoureux même de mesdemoiselles Aglaé et Glycère, y allaient dans la même intention : emplir leurs poches et vider celles de leurs voisins.

J'aimerais mieux voir notre héros en ces grottes peuplées de monstres où il s'était rêvé toute la nuit qu'en pareil lieu, et lui-même l'aimerait mieux aussi, s'il faut en juger par son visage, qui a pris une expression de mécontente tristesse. Les regrets et le dégoût s'étaient emparés de Saladin à ses premiers pas dans le tripot. L'exaltation qui l'avait poussé là s'était abattue, et même abattue si bien, qu'il lui vint dans l'idée de rester à causer avec mesdemoiselles Aglaé et Glycère, au lieu de suivre son cousin dans le salon des joueurs.

Mais le comte de Briolan avait un défaut pour les joyeux compagnons, une qualité pour les gens austères et rêveurs : c'était de sentir un ennui aussi pesant, aussi cruel qu'ennui puisse l'être, avec une certaine classe de femmes. Les regards où la fierté ne se mêle point à la tendresse ne disaient rien à son âme. En chassant dans les bois, ou bien en allant s'enfermer dans la grande bibliothèque du château de Briolan, il avait rencontré apparemment des beautés dont le souvenir le rendait sévère, des fées aux yeux de diamant noir comme Brigitte, se plaisant aux pensées délicates et hardies qui croissaient dans les fraîches solitudes de ce jeune cœur. Mesdemoiselles Glycère et Aglaé ne ressemblaient guère à ces fées mystérieuses. Leur voix bruyante, leurs yeux sans secret, leur sourire infatigable, mais fatigant, faisaient souffrir le pauvre Saladin. La courtoisie de Briolan pour les femmes ne lui permettait point, il est vrai, de témoigner la moindre humeur ; son supplice n'en était que plus intolérable. Au moment où, gauche et malheureux, il cherchait un mot à répondre aux agaceries dont il était très-littéralement accablé, M. de Lorédan vint lui frapper sur l'épaule.

— Eh bien ! mon cher comte, criait le duc, à quoi songez-vous ? Certes, vous avez choisi un fort aimable passetemps ; mais l'épreuve que vous êtes venu tenter, la vie nouvelle que vous voulez connaître, ne vous permettent pas ces loisirs. Vous reviendrez auprès de ces beaux yeux, qui vous paraîtront plus séduisants encore, quand vous serez sorti triomphant des hasards du jeu. En ce moment, mon beau cousin, suivez-moi.

Briolan, n'obéissant guère qu'au plaisir d'abandonner mesdemoiselles Aglaé et Glycère, suivit en effet le duc de Lorédan, et, traversant sur ses pas plusieurs salons, arriva jusqu'à celui qui était le véritable sanctuaire du jeu. Les visages enflammés des joueurs, cette atmosphère des tripots, brûlante comme l'or mal acquis, où les joies, les désespoirs, toutes les passions que déchaîne le jeu confondent leurs ardeurs infernales, remuèrent profondément l'âme de Saladin. Au moment où il entra, il se faisait un silence solennel. Un homme au visage brun, à l'œil hardi et à la longue moustache, tenant du gentilhomme et du soldat, s'écria :

— Je fais un pari de cent mille livres ; qui veut le tenir contre moi?

Une de ces inspirations, sœurs du vertige, d'où naissent les injures irréparables, les coups qui donnent la mort, une de ces inspirations qui font passer sur le visage couvert de sueur comme un souffle d'ailes embrasées, s'empara de Briolan. Toutefois, même en ce moment de délire, le sévère gardien de son cœur, l'honneur, ne l'abandonna pas. « Cent mille livres ! se dit-il en raisonnant avec cette rapidité que prennent les mouvements de la pensée dans les moments de péril. En vendant les prairies, les bois et le vieux château de Briolan, tout ce que je possède, c'est la somme à peu près que je pourrai me procurer. Si je perds, je me tuerai ou me ferai soldat. » Et d'une voix énergique il cria :

— Je tiens !

Puis un intervalle de temps s'écoula, comme celui qui s'écoule pour les témoins, sinon pour les acteurs d'un duel, entre le moment où s'abaisse et celui où part un pistolet. Tout à coup une voix ou vingt voix, c'est ce que ne distingua point Briolan, firent retentir ces mots :

— Le nouveau venu a gagné.

Saladin comprit en un instant que le vieux château où avaient vécu et étaient morts ses pères, avec les prairies dont l'éclat lui plaisait tant, les bois où il allait poursuivre les daims et croyait rencontrer des fées, tout cela lui restait, et que de plus il avait gagné cent mille livres.

Cent mille livres ! de quoi acheter ce beau régiment de dragons qu'on lui avait refusé la veille, s'en aller gaiement parmi les riches, jouer encore, gagner encore, acquérir tant de trésors enfin, qu'il pourrait offrir un bracelet de diamant à Brigitte, comme il lui offrirait aujourd'hui un bouquet de jasmin !

Le cœur plein de toutes ces émotions, la tête livrée à tous ces rêves, il aperçut, par une fenêtre ouverte, un balcon suspendu au-dessus d'un jardin. Il s'y précipita pour donner à sa poitrine oppressée la joie de s'ouvrir à l'air de la nuit. Un homme l'avait suivi, et une voix, qu'il reconnut pour celle du duc de Lorédan, prononça ces mots à son oreille :

— Hélas ! mon cher comte, la fortune n'a pas été pour vous ce que je croyais. Ce n'est pas cent mille livres, c'est tout simplement un coup d'épée que vous avez gagné, car c'était Mafré qui pariait.

II

MAFRÉ LE REDOUTÉ, NARILLE LE MAGNIFIQUE ET DRANMOR L'AMOUREUX DE LA MER.

Le vicomte Ascagne de Mafré, s'il fallait en croire ses amis, car il en avait quelques-uns, était d'une vieille famille provençale, de ces Mafré qui portent de sable à une rencontre de taureau d'argent. A vingt ans il avait été chez les Hongrois combattre les Turcs, puis, de la Hongrie il avait passé en Morée, de la Morée en Espagne, d'Espagne dans les Indes, des Indes au Canada. C'était de ce dernier pays qu'un vaisseau l'avait ramené en France, avec d'assez fortes sommes englouties maintenant à Paris. Ses ennemis ne niaient aucune de ses pérégrinations, mais ils contestaient très-vivement sa noblesse. Suivant eux, les Mafré de Provence étaient éteints depuis longtemps ; le prétendu rejeton de cette noble race n'était qu'un hardi aventurier, né on ne savait sous quel ciel, ne tenant à rien et prêt à tout.

Ce qu'on pouvait dire de certain sur Mafré, le voici :

c'est qu'en effet il avait traversé beaucoup de mers, vu nombre de pays chauds et de pays froids, d'hommes pâles et d'hommes bruns, qu'il ne tenait ni à son or ni à celui des autres, ni à sa vie ni à celle des autres ; que c'était un très-dangereux, mais très-séduisant compagnon. Son danger, toutefois, était plus généralement senti que sa séduction. Rien d'étonnant à cela : son attrait ne pouvait agir que sur des gens spirituels et braves ; tout le monde pouvait comprendre ce qu'il y avait en lui de périlleux. Aussi, on l'appelait Mafré le Redouté, et il n'était guère invité que là où il s'invitait. Du reste, deux mots donneront l'idée de ce bizarre caractère. Un officier espagnol, qui avait fait la guerre chez les sauvages du nouveau monde, dit, au sortir d'un duel où il avait eu Mafré pour adversaire : « C'est la bravoure d'un Algonquin ! » Un vieux seigneur, qui avait connu les beautés du dernier siècle, dit, après une conversation avec Mafré : « C'est l'esprit de Ninon ! »

Ce n'est pas toutefois un assemblage sans exemple, quoique extrêmement rare, que cette réunion d'un esprit doué de toutes les coquetteries, de toutes les grâces, de toutes les délicatesses, avec un cœur altier et solide comme un rocher : c'est toujours quelque chose de très-noble et de très-piquant. Aussi, je l'avoue, pour ma part, je me serais senti tout à fait porté vers le vicomte Ascagne de Mafré, s'il n'avait pas eu le défaut affreux, révélant toute une morale des plus relâchées, d'aimer mieux payer ses dettes de jeu avec son épée qu'avec sa bourse.

Il va sans dire que de cette épée, si renommée fût-elle, Briolan se souciait fort peu : un combat avec le roi Arthur armé de son Escalibor, Roland de sa Durandale, Renaud de sa Balisarde, n'aurait pas préoccupé un seul instant notre digne Saladin ; mais ce qui semblait dur au pauvre gentilhomme, c'était de voir son rêve s'envoler sitôt. Briolan rentra chez lui en se répétant les paroles de Lorédan. « Si ce Mafré, se dit-il, était un homme pacifique, je regarderais comme indigne de moi de lui réclamer la somme que je lui ai gagnée, je l'abandonnerais à la honte de sa dette ; mais, puisqu'on l'appelle Mafré le Redouté, je ne dois point en agir ainsi. Je lui reprocherai devant tout le monde ses mœurs déloyales de joueur, et je trouverai ainsi au moins sur qui me venger du coup dont me frappe le sort. » C'est ainsi que notre héros faisait tourner à sa consolation le duel avec Mafré le Redouté.

Le lendemain, en effet, il était, à la même heure que la veille, chez la baronne de Verviers ; Mafré n'était pas arrivé encore. Briolan se posta au bout du premier salon, les yeux fixés sur la porte d'entrée. Après une attente de quelques instants, il vit cette porte s'ouvrir et deux hommes entrer en se donnant le bras ; l'un, vêtu d'une façon simple et militaire, au visage bruni et déjà sans jeunesse, mais ne manquant pas d'une grâce hardie, à la taille élevée et droite ; l'autre, habillé avec une ridicule recherche, au visage jeune, mais vulgaire, d'une expression à la fois prétentieuse et hébétée, enfin à la taille courte et épaisse. Le premier était Mafré le Redouté ; le second, un personnage qu'on va bientôt connaître, Narille le Magnifique.

Saladin s'avança droit vers Malafré, et d'une voix haute, distincte, que tout le monde entendit :

— Monsieur, dit-il, je n'ai point reçu ce matin la somme qu'hier je vous ai gagnée ; je me suis décidé à vous la réclamer publiquement, parce que vous avez, m'a-t-on assuré, une manière très-bizarre de prendre certaine sorte de réclamations.

— J'ai, monsieur, répondit Mafré avec le plus grand sang-froid, une manière non point très-bizarre, mais très-simple, très-connue au contraire, de prendre toutes les impertinences.

— Je vous entends, monsieur, fit Saladin ; dispensons-nous, si vous le voulez bien, de tout l'esprit qu'on dépense d'habitude pour se faire comprendre qu'on est prêt à échanger des coups d'épée.

— De très-grand cœur, monsieur ! C'est vous qui avez le premier pris des détours que j'abandonne très-volontiers. Demain, à l'heure et au lieu que vous choisirez, nous nous battrons, monsieur, nous nous battrons ! Dites-moi si c'est bien parler ?

Le lendemain, dans une allée du bois de Vincennes, à l'heure où le soleil fait courir ses premiers rayons sur l'herbe, fait sortir les premiers chants de la feuillée, Saladin, accompagné de M. de Lorédan et d'un vieux maréchal de camp, joueur et vert-galant de la connaissance intime du duc, Saladin attendait son adversaire. Un carrosse amarante, et *où beaucoup d'or se relevait en bosse*, s'avança vers le comte et ses compagnons ; Mafré en descendit très-lestement ; Narille le suivit, et fut suivi à son tour d'un troisième personnage que Briolan et ses témoins ne purent s'empêcher de regarder quelques instants avec surprise. C'était un homme de vingt ans, d'un port fier et digne, dont le visage, régulier comme celui d'une statue antique, était éclairé par un regard étrange et profond sortant de deux grands yeux d'un bleu pâle.

— Messieurs, dit Mafré en saluant son adversaire, le duc et le maréchal de camp avec une grâce courtoise qui aurait fait honneur au plus authentique des Mafré de Provence, vous voyez deux de mes amis : le marquis de Narille (ici sa voix prit un léger accent d'ironie), dont la noblesse est si connue, et un mien compagnon d'aventures, qui a fait déjà assez de brillantes actions pour illustrer dix nobles races, M. Dranmor, un marin breton devant lequel se fût incliné Jean Bart.

Après cette sorte de présentation, on se salua de part et d'autre ; puis les deux champions ôtèrent leurs habits et tirèrent leurs épées.

Comme un poëte aime les arbres, comme un peintre aime les tableaux, comme une jeune fille aime les fleurs, Saladin aimait les épées. Quoiqu'il n'eût reçu des leçons que d'un vieux soudard qui savait à peine se mettre en garde, il connaissait toutes les ressources de l'escrime. Comme Pascal découvrit les douze propositions d'Euclide, il avait découvert toutes les parades, depuis prime, seconde, tierce et quarte, jusqu'au demi-cercle et aux contre.

Mafré était un adversaire digne de lui. D'une main qui savait, dit-on, manier le cric des Malais et le tomahawk des Hurons, Mafré faisait voltiger à sa fantaisie l'épée des Saint-Georges et des chevalière d'Éon.

Saladin, qui pressait en quarte l'épée de son adversaire, venait de faire un coupé de pointe si preste, si fin, si léger, que nulle parade n'aurait dû l'arrêter : Mafré l'arrêta cependant par la plus prompte et la plus sèche des parades de tierce ; mais sa main s'était portée un peu trop haut, de sorte que, par une riposte heureusement à demi évitée, le visage de Briolan fut atteint.

— Ce n'est point là que je voulais frapper, dit Mafré en retirant précipitamment son arme, je vous demande mille pardons.

Et le combat reprit.

Le bon Saladin commença dès ce moment, tout en préparant une botte inattendue, à se sentir une secrète inclination pour Mafré.

La botte qu'il méditait lui réussit : sur une imprudente tension, une flanconnade prompte comme la foudre fit entrer entre les côtes de Mafré deux pouces de l'épée de Briolan.

Les témoins intervinrent pour exiger que le combat fût suspendu.

— Ma foi, monsieur, fit Mafré en se tournant vers son adversaire, je n'ai jamais rencontré tête plus calme que votre tête et poignet plus prompt que votre poignet. Je vous admire de tout mon cœur, que quelques lignes plus haut, ajouta-t-il en souriant, vous auriez traversé.

Puis, avant de remonter en voiture, il emmena un peu à l'écart Narille, sur lequel il s'appuyait.

— Mon très-cher, lui dit-il tout bas, ce comte Saladin de Briolan m'intéresse : je veux lui payer ses cent mille livres.

— C'est-à-dire, reprit Narille d'une voix assez lamentable, tu veux que je les lui paye, mais...

— Tu m'as compris, mon cher marquis, interrompit Mafré en lui serrant la main.

Et, retournant vers Saladin, qui rajustait le ceinturon de son épée :

— Monsieur, dit-il, je n'ai maintenant qu'à vous demander pardon du retard fort coupable, j'en conviens, que j'ai mis dans ma dette envers vous. Ce soir, je ferai porter les cent mille livres que vous m'avez gagnées à votre logis. Je crois, monsieur, ajouta-t-il en regardant fixement le duc de Lorédan, qu'on vous a induit en de nombreuses erreurs sur mon caractère et ma façon d'agir.

— Ma foi, monsieur, repartit impétueusement Saladin, qui ne pouvait plus résister à tant de marques de générosité, j'en suis maintenant convaincu, et je vous demande votre main.

— Mon cher cousin, dit le duc de Lorédan au comte quand Mafré et ses deux témoins furent remontés dans leur carrosse, vous ne tenez pas encore vos cent mille livres, et, si vous les possédez jamais, ce ne sera point à ce beau parleur que vous les devrez, mais à ce gros rustre en habit brodé qu'il traîne toujours avec lui, à sa stupide victime, le fils du bonhomme Narille le drapier, qui s'est fait marquis de Narille.

— Peut-être, reprit Briolan, M. de Mafré sera-t-il en effet obligé d'emprunter la somme qu'il me doit à un de ses amis, mais il la rendra, j'en suis sûr. Un homme aussi brave, aussi courtois, ne saurait rien faire contre la délicatesse. Ah ! mon cousin, quoi que vous m'en ayez dit, M. de Mafré appartient bien aux vrais Mafré qui portent en champ de sable une rencontre de taureaux d'argent ! c'est un gentilhomme, et un excellent gentilhomme. Pour faire l'épreuve des hommes, morbleu ! vivent les épées !

Les cent mille livres arrivèrent en effet le soir même chez le comte de Briolan. Dès lors Saladin devint l'ami de Mafré ; notre preux trouvait bien de temps en temps qu'il sortait d'assez étranges maximes de la bouche du seigneur provençal, mais Mafré, dans toutes ses paroles comme dans toutes ses actions, traitait la vie avec tant de grâce et la mort avec tant de hauteur, il avait toujours dans l'esprit quelque chose de si agréablement imprévu, de si franchement aventureux, que Saladin l'aimait de tout son cœur. Les effets de cette affection ne se firent pas attendre longtemps pour notre héros.

Saladin se prit de passion pour le jeu, et, en quelques jours, avec les cent mille livres de Narille, il perdit près de cent autres mille livres sur sa terre de Briolan. Le matin qui suivit la nuit où il fit la dernière et la plus énorme de ses pertes, le comte de Briolan se rendit chez Mafré. L'aventurier, qui, contre son habitude, n'avait pas été la veille chez la baronne de Verviers, était couché au fond d'une alcôve toute garnie d'armes bizarres. Il s'était fait apporter sur son lit tout ce qui est nécessaire pour écrire, et semblait occupé d'une très sérieuse correspondance.

— Ah ! vous voilà, mon cher comte, dit-il en mettant plume et papier de côté quand il aperçut Briolan ; qui vous amène si matin ici ? est-ce d'une bourse, est-ce d'une épée que vous avez besoin? J'aimerais mieux, ajouta-t-il en souriant, après un moment de silence, j'aimerais mieux, je l'avoue, que ce fût d'une épée.

— Hélas! repartit Briolan, c'est une bourse qui me serait nécessaire, mais une bourse si bien garnie, que je ne voudrais la recevoir de personne, même de mon plus intime ami, car peut-être ne pourrai-je jamais la rendre, et vous connaissez ma façon de voir, Mafré. J'ai perdu cette nuit tout ce que je possède ou à peu près; quand j'aurai vendu mon château et les terres qui en dépendent, à peine s'il me restera deux ou trois mille livres...

— Alors, interrompit brusquement Mafré, il vous restera deux ou trois mille livres de plus qu'à moi. Tenez, cher comte, reprit-il ensuite d'une voix en même temps enjouée et sérieuse, je sais maintenant tout ce que vous venez me dire, c'est à peu près ceci : Mon cher Mafré, j'ai quelque envie de me passer mon épée à travers le corps ou de me brûler la cervelle; je ne crains point la mort assurément, mais j'aurais voulu savoir ce qu'il y a dans la vie, surtout ce qui se cache au fond de certains yeux noirs...

— Comment! de certains yeux noirs? fit vivement Saladin, qui crut découvert son amour pour sa cousine Brigitte.

— Ou bleus, interrompit Mafré avec indifférence; rassurez-vous, je ne connais point et ne veux point connaître la dame de vos pensées; je sais seulement que cette dame existe. J'ai vu assez de fièvres jaunes pour dire : Voilà un homme qui a la fièvre jaune, assez d'amoureux pour dire : Voilà un homme atteint de l'amour. Donc, pour en revenir à ce qui nous occupait, comme vous aimez, ainsi que vos distractions, vos soupirs, votre façon de parler, ou plutôt de ne pas parler des femmes, me l'ont depuis longtemps appris, comme vous aimez, vous n'avez pas envie de descendre dans les lieux où l'on n'aime plus. Et pourtant, comment rester dans la vie avec votre nom, plus pauvre que n'était le père de Narille quand il ouvrit sa boutique de drapier ? Vous ferez-vous marchand pour gagner une nouvelle fortune ? Ce n'est point possible ! Vous engagerez-vous comme soldat dans un régiment ? obéir où vous devriez commander. Cela n'est point possible non plus.

— Eh oui ! s'écria Saladin, c'est justement ce que je me répète. Aussi, du diable si je vois comment sortir de la fosse où je suis tombé !

— Écoutez-moi, reprit alors Mafré, vous ne connaissez que Paris et votre château de Briolan ; mais le monde est vaste, quoiqu'il pût être encore plus grand (fit-il avec le soupir d'un homme qui, à force d'aller et venir sous tous les cieux, commence à se sentir un peu blasé sur les charmes de notre planète). Le monde est vaste. Il renferme des océans et des forêts aussi bien que des canaux et des villes. L'existence qu'on ne peut point mener ici, on peut la mener là-bas. Quand on a perdu sa place dans la vie civilisée, on n'a tout simplement qu'à aller en chercher une autre dans la vie sauvage. C'est faute de ne point savoir faire quelques pas que nombre d'hommes souffrent et s'éteignent dans la misère et l'abaissement.

— En un mot, dit Briolan, vous me proposez de quitter ma patrie et de m'en aller, en coureur d'aventures, chercher fortune au delà des mers.

— Mon cher comte, il y a, je crois, des merlettes dans votre écusson. Savez-vous pourquoi, suivant Vulson de la Colombière, les merlettes jouent un si grand rôle dans les armoiries? C'est parce qu'elles traversent les mers et font leurs nids dans les crevasses des tours. Leurs goûts sont donc, dit Vulson, ceux qui font l'âme du gentilhomme, l'amour des vieux châteaux et des voyages à travers les mers. Puisque votre château vous est enlevé, mon paladin, donnez votre tendresse aux océans.

On le voit, Mafré trouvait les paroles qui pouvaient toucher le cœur de Briolan. L'aventurier lut sur le visage de son chevaleresque ami l'effet qu'avaient produit ses discours.

— Eh bien! se hâta-t-il d'ajouter en prenant la lettre qu'il écrivait au moment où Briolan était entré, si vous le voulez, je joindrai votre nom à ceux des trois passagers que je propose au commandant du vaisseau l'*Indompté*.

— Ces trois passagers? dit Briolan.

— Sont Narille, Dranmor et moi-même, mon cher comte.

— Comment! Narille veut se livrer aussi à la vie d'aventures?

— Tenez, cher comte, deux mots sur Dranmor et Narille, puisqu'ils doivent être nos compagnons. Vous savez ce que veut dire en breton *dre an mor*, car ces mots sont la devise de plusieurs nobles familles de marins :

Droit à la mer. De *dre an mor* on a fait Dranmor, et l'on a donné ce nom à cette sorte de dieu marin que vous avez vu avec moi le jour de notre duel. De qui Dranmor est-il né? on n'en sait rien. Le patron d'un bateau-pêcheur l'a trouvé sur un rocher de la Bretagne; il l'a élevé dans sa pauvre maison. Dès que l'enfant a pu marcher, il a été droit à la mer, qu'il n'a presque plus quittée. J'ai rencontré Dranmor sur une côte de l'Amérique, où un navire baleinier qu'il montait avait fait naufrage. Il s'est attaché à ma fortune, et je suis, après la mer, ce qu'il aime le mieux au monde, mais bien après la mer, dont il est épris comme un amant passionné l'est de sa maîtresse, comme vous l'êtes, mon cher comte, de la dame aux yeux noirs ou bleus qui vous sauve du suicide. J'ai nommé Dranmor l'amoureux de la mer. C'est un nom qu'il a justifié déjà et que nous le verrons justifier encore. Dranmor se meurt de chagrin à Paris, et, malgré le dévouement qu'il a pour moi, je suis persuadé qu'il me quitterait, si je voulais y rester un mois de plus. La mer n'attire point Narille comme Dranmor. De Narille le Magnifique j'ai peu de choses à vous dire. Il a des ridicules dont depuis quelques années la cour et la ville vont toujours s'égayant de plus en plus. En l'enlevant, je vais frapper beaucoup de gens dans leur plaisir. C'est Narille qui a changé en écusson l'enseigne de son père : *A la bonne foi*. Il porte d'hermine à une bonne foi d'or. Narille, avec sa tournure épaisse et sa face immobile, est animé, mon cher comte, de la plus impérieuse, de la plus terrible des passions, celle du bourgeois qui veut donner à sa vie la noble et capricieuse allure d'une vie de grand seigneur. Comme il était fort bon pour... (ici Mafré, qui sans doute allait dire tout simplement : pour me prêter de l'argent, changea le ton de son discours, qui était des plus lestes, et se reprenant avec un accent onctueux :) Comme il est fort bon, qu'il a vraiment des qualités généreuses, enfin (ajouta-t-il avec sa voix ordinaire) qu'il m'amuse, j'ai fort bien accueilli jusqu'à présent l'amitié pleine d'admiration dont il a daigné m'honorer. Ce pauvre Narille, et ma fatuité me fait trouver qu'en cela il n'est vraiment pas si sot, a compris que, s'il était une société dans laquelle il eût quelque chance de perdre l'air bourgeois, c'était la mienne. Je crains bien qu'il ne le perde jamais, ou, pour mieux parler, j'espère qu'il le gardera, car, en vérité, ce serait dommage de voir s'altérer un pareil type. Pourtant Narille va goûter de ce qui débourgeoise par excellence, de la vie d'aventures. Le pauvre diable s'est maintenant débarrassé de tout ce qui lui venait de son drapier de père. Il a bien, à ce que j'ai découvert, une vieille usurière de tante, mademoiselle Narille, qui prête à la petite semaine; mais mademoiselle Narille ne prête ni ne donne rien à son neveu. Elle ne laissera notre ami le magnifique toucher ses écus que lorsqu'elle sera partie, dans une bière, pour aller voir s'il y a sous terre des trésors. Narille veut, en attendant, courir les aventures pour acquérir une de ces fantasques renommées qui siéent si bien à un jeune seigneur. Que son désir s'accomplisse ! Il jettera un amusement certain dans nos voyages. L'amusement est fort nécessaire dans la vie un peu monotone qu'on mène parfois sur la mer.

Au moment où Mafré prononçait ce dernier mot, un homme vêtu d'une chemise de toile, d'un pantalon de matelot, et tenant à la main une longue pipe, sortit d'une chambre voisine.

— La mer, dit-il, quand la verrons-nous?

— Avant la fin de cette semaine, mon cher Dranmor, répondit Mafré.

Briolan, saisi d'admiration en regardant la belle tête de Dranmor, croyait voir le génie même des aventures.

III

UN ÉQUIPAGE TROP TURBULENT ET UN CAPITAINE TROP MÉLANCOLIQUE.

On n'était pas en paisible compagnie sur le vaisseau l'*Indompté*. L'*Indompté* avait reçu l'ordre de transporter en Amérique toute une population d'aventuriers aux projets, surtout aux principes fort vagues et très-périlleux. Les uns songeaient à la vie du boucanier, cette vie de chasses formidables et de hasardeux trafics, où l'on est obligé de réunir souvent le métier de tueur d'hommes à celui de tueur de bêtes. Les autres pensaient tout simplement à l'existence du flibustier, cette existence dont la durée moyenne était d'un an, où l'on vous payait tan pour un œil crevé, tant pour une oreille emportée, tan pour un nez coupé.

On s'imagine sans peine ce que devait être une band de pareils hommes. Les cartes, les dés, les bouteilles e les pipes, jouaient un grand rôle dans cette société; le querelles y avaient aussi leur place. On fumait, on jouait on buvait, on se battait, et cela si invariablement d soir au matin, du matin au soir, que la monotonie trouvait moyen de s'établir dans la plus agitée, en apparence, de toutes les vies.

Quatre personnages de notre connaissance, Briolan, Mafré, Narille et Dranmor, se conduisaient fort diversement au milieu de tout ce fracas.

Dranmor passait ses journées entières à fumer en regardant les vagues; il paraissait dans un état de complète béatitude.

Narille jouait vis-à-vis de lui-même au grand seigneur ruiné, au fils de famille qui a vendu le château et jusqu'aux portraits de ses ancêtres pour payer de folles dettes.

Mafré promenait à travers un monde qui lui était depuis longtemps familier son humeur moqueuse et philosophique.

Briolan était profondément triste. Tout en contemplan l'immensité de la mer et en l'admirant, car son cœur quoiqu'il ne fût pas celui d'un poëte, n'était pas entièrement muet devant les spectacles de la nature, il se pénétrait de cette vérité : à vingt ans, pour éclairer les mers es montagnes, les forêts, les plus libres et les plus ma jestueux espaces, ce n'est point le soleil qu'on invoque, c'est le regard de deux yeux aimés. Il n'y a que désolation et ténèbres où le cher regard ne brille pas.

Briolan n'oubliait les yeux noirs de sa cousine Brigitte que pour songer à son vieux château, réuni maintenant aux domaines d'un Turcaret du voisinage. Cette seconde pensée n'était point propre à dissiper la mélancolie de la première. Notre pauvre paladin avait donc vraiment un chagrin dont toute âme un peu sensible aurait été attendrie; mais les âmes sensibles, comme on le pense bien, étaient fort rares sur l'*Indompté*. Pourtant le capitaine même du vaisseau, à en juger du moins par sa physionomie, n'était pas un homme complétement brouillé avec toute idée sentimentale : c'était un Anglais de tempérament et d'origine, quoique ce fût un sujet du roi de France. Le vicomte Jacques de Caringham était d'une famille qui avait quitté l'Angleterre avec les Stuarts et s'était fait inscrire, comme les Fitz-James, dans la noblesse de notre pays. Ainsi qu'on le verra tout à l'heure, les Caringham, en se faisant Français, n'avaient point renoncé à l'excentricité britannique.

Le capitaine Jacques avait tout au plus trente ans, et semblait souffrir d'un chagrin d'amour ou d'une maladie de poitrine. Il mangeait peu et ne buvait que de l'eau, quand il ne se grisait pas, ce qui, par exemple, lui arrivait de temps en temps. Il ne souriait jamais, il avait la parole triste et rare; c'était, du reste, un fort galant homme, aimant la politesse et la pratiquant.

Au milieu des gens que portait son vaisseau, il avait distingué Briolan, Mafré et même Narille; mais Narille l'avait tout de suite ennuyé, Mafré lui avait rapidement déplu; Briolan, au contraire, lui avait inspiré une confiance et une amitié qui allaient toujours en croissant. Il le faisait demander, le soir, après son dîner, et allait se promener avec lui sur le pont. Dans les premiers temps, il ne lui disait rien. Beaucoup de gens ont cette manie de se mettre en quête d'un compagnon pour ne lui rien dire; mais peu à peu il prononça quelques mots, et une fois, je ne sais trop comment, peut-être le capitaine Jacques, après avoir bu de l'eau pendant tout le cours de son dîner, avait-il tout à coup vidé au dessert une bouteille de vin de Porto, ou bien peut-être Vénus, qui se levait alors à l'horizon, avait-elle, dans son regard d'étoile, un attrait plus puissant, plus tendre, plus provoquant aux confidences et aux rêveries que d'habitude; une fois, dis-je, un des mots prononcés par la plus discrète des bouches fut un nom de femme, le nom de lady Émilia.

Briolan sut bientôt ce qu'était lady Émilia. C'était une de ces belles qui, depuis que le monde existe, ont fait verser assez de larmes pour mettre des navires à flot, ont fait pousser assez de soupirs pour remplacer le souffle des autans. Elle, la beauté qui causait de si grands chagrins, était la personne la plus rieuse, la plus gaie, la plus libre de souci qu'il fût possible de rencontrer sous le ciel. Elle avait reçu les déclarations passionnées du pauvre Jacques de Caringham avec cette *tigrerie* enjouée dont parle et que pratiquait trop bien la marquise de Sévigné. Transports de colère, mornes tristesses, désespoirs, reproches, pâleurs, rien n'avait pu la fléchir. Elle avait de ces yeux qui semblent ignorer pourquoi sont faits le gazon, le feuillage et la lune. Amour et rêverie étaient des mots qu'elle ne comprenait pas. On juge donc de ce que devait souffrir près d'elle un homme qui aurait fait paraître Hamlet badin. Jacques l'avait quittée pour courir les mers; mais sur les mers il la retrouvait, car l'amour est maître sorcier dans la conjuration des fantômes. Notre homme s'attristait, maigrissait et se plaignait à Briolan.

Entre amoureux, on est d'une grande indulgence. Saladin, qui, depuis quelques jours, s'était hasardé à prononcer à son tour un nom chéri, écoutait, sans un bâillement, ni un sourire, ni une parole grondeuse, ni une parole de raison, les doléances du capitaine sur l'inhumaine gaieté de lady Émilia. Un soir où, contre son habitude, le vicomte de Caringham ne l'avait pas fait avertir après son dîner, Saladin se sentait profondément triste et abominablement ennuyé.

Le ciel pourtant était magnifique ; il y avait à l'horizon un coucher de soleil à rendre fou d'enthousiasme et de jalousie un peintre comme Claude Lorrain. Dranmor, tout baigné d'une lumière rouge, et couché sur le rebord du navire, regardait la mer de l'œil dont un amant regarde sa maîtresse qui s'endort. Mafré semblait prendre plaisir à un jeu assez bizarre que venaient d'inventer à l'instant les passagers turbulents de l'*Indompté :* c'était un combat ou du moins le simulacre d'un combat de taureaux. Des Espagnols, quelle nation n'était point représentée sur l'*Indompté !* avaient parlé des courses de taureaux, puis proposé d'en donner le spectacle; mais une course de taureaux à bord d'un bâtiment, c'est chose difficile à organiser. La première difficulté que l'on rencontre, c'est l'absence de taureaux; cette difficulté n'avait pas arrêté un instant nos aventuriers. Il avait été convenu que le rôle des bêtes serait rempli par des hommes de bonne volonté; puis on avait équipé des picadors, des matadors, et le jeu avait commencé.

Mafré, qui possédait une de ces étranges natures mélangées de capricieuse barbarie et d'excessive civilisation, qu'une épigramme murmurée derrière un éventail ou la morsure d'une bête dans une chaire vivante peuvent distraire également, Mafré était très-occupé de ce combat. Un nègre, armé d'un épieu, venait de sauter par-dessus le taureau, c'est-à-dire par-dessus un gros Normand à l'œil fauve, au poil roux, dont le front était orné de deux grandes cornes empruntées à une de ces coiffures bizarres qui servent aux mascarades marines du passage sous la ligne. Mafré applaudissait à outrance. Briolan, tout à fait las et dégoûté de cette scène, prit soudain une résolution.

La résolution de Saladin était d'aller voir ce que devenait le vicomte Jacques de Caringham.

Notre gentilhomme arriva jusqu'à la chambre du capitaine. Le valet de chambre du vicomte, un de ces vieux domestiques tenant du bouledogue et de la nourrice, qu'il faut souhaiter à tout fils de famille d'un caractère aventureux, voulait empêcher qu'on ne troublât son maître dans sa solitude, car le vicomte, disait-il, était enfermé seul dans sa cabine. Saladin, dont tout l'équipage connaissait l'intimité avec le capitaine, finit par triompher des scrupules du serviteur. Il trouva le capitaine dans l'attitude d'une profonde méditation ; mais il était facile de voir à quoi cette méditation était due. Jacques était assis en face d'une table, et sur cette table étaient plusieurs rangées de bouteilles, dont quelques-unes, débouchées et couchées sur le flanc, ne laissaient plus couler une seule goutte de vin.

Les buveurs d'eau, quand ils se mettent à boire, sont comme les avares quand ils se mettent en frais. C'est là un fait certain, que tous les philosophes ont constaté. Jacques, de temps en temps, lorsque la voix de lady Émilia vibrait d'une façon trop douloureuse dans son cœur, lorsque l'image qui le poursuivait lui apparaissait sous des couleurs trop vives, tandis qu'au contraire les choses réelles dont il était environné lui semblaient trop pâles, Jacques enfin, lorsqu'il souffrait trop, appelait pour le distraire les diables à quatre cachés dans les bouteilles. Hélas ! c'était encore un mécompte qui l'attendait. Des démons lugubres, et non de joyeux démons, sortaient pour lui des flots blonds ou vermeils de l'aï et du porto.

Le pauvre Jacques avait le vin triste : au milieu des bouteilles, il demeurait aussi mélancolique qu'il l'eût été au milieu des pâles soucis et des noirs cyprès d'un cimetière. Seulement, il se mettait alors à parler beaucoup. S'il eût été poëte, un essaim de vers élégiaques se fût envolé de ses lèvres ; comme il n'avait jamais rien eu à démêler avec les muses, il s'exprimait en prose, et dans une prose que, faute de confidents, il adressait quelquefois aux tentures de sa cabine, ou, ce qui revenait à peu près au même, aux oreilles de son valet de chambre.

Il montra un vif plaisir en apercevant Briolan, ce qui indiquait d'une façon certaine que sa raison était déjà partie pour la planète où voyage le bon sens des buveurs; car, avant de se mettre à boire, il recommandait qu'on ne laissât pénétrer auprès de lui personne, se défiant, à juste titre, des confidences auxquelles pourrait l'entraîner le vin.

Au bout de quelques instants, voici, entre autres choses, ce qu'il disait à Saladin :

— Mon cher comte, dans très-peu de jours je ferai tout simplement ce que j'aurais dû faire depuis longtemps. J'irai voir quels yeux on rencontre dans l'autre monde.

— On n'y rencontre pas les yeux que l'on aime, dit Briolan, et voilà pourquoi vous ne vous tuerez pas...

— Et voilà pourquoi, au contraire, je me tuerai, reprit le vicomte. Si charmant que soit le visage de lady Émilia, il me fait plus souffrir que ne pourront me faire souffrir jamais têtes de larves ou de fantômes attachant leurs regards sur moi. C'est le grand mystère de ce monde : les poignards dentelés, les fers rouges, les balles mâchées, les flèches à cran trempées dans du venin, font moins de mal aux chairs qu'elles percent, brûlent et déchirent, que n'en font au cœur, sur des bouches plus douces que des fleurs, certains sourires plus gais que l'aube. Je me tuerai, Briolan...

Puis, après un moment de silence, il ajouta :

— Mais voyez un peu quelle singulière bonté, quelle étrange, quelle folle faiblesse se mêlent chez moi pour la cruelle à la rage de ma douleur. Je ne veux point faire de ma mort une vengeance contre celle qui me tue. Cette gaieté sans tendresse, sans pitié, qui m'a désespéré tant de fois, je ne veux point la combattre, la détruire peut-être par un fantôme. Écoutez bien ; un soir, je sortais avec lady Émilia d'une maison où venaient de s'écouler, à travers les passe-temps tantôt insipides, tantôt irritants du monde, des heures indifférentes, peut-être même amusantes pour elle, atroces, intolérables pour moi. Je descendais avec elle un escalier, lui donnant un bras qu'elle avait accepté jusqu'à son cárrosse, quand tout à coup je lui dis d'un accent dont sans doute la sincérité la frappa : « Madame, il faudra bien que demain vous prononciez mon nom d'une bouche sérieuse, car cette nuit je logerai deux balles dans mon cerveau. D'un vivant qui vous aimait du plus ardent, du plus dévoué des amours, vous aurez fait un mort qui peut-être vous maudira et vous enverra de glaciales pensées au cœur. » Lady Émilia me répondit d'une voix brève, et cette fois sans légèreté : « Vous ne mourrez pas cette nuit, car demain, à midi, chez moi, je veux vous parler. » Cette nuit-là, en effet, les balles restèrent au fond de mes pistolets. J'attendis dans la fièvre de l'impatience, et pour la première fois de l'espoir, l'heure où je devais me rendre vers lady Émilia. Je vois encore son visage quand je l'abordai ; il n'exprimait point, comme à l'ordinaire, un cruel enjouement, mais on n'y lisait pas la moindre tendresse. Lady Émilia me fit signe de m'asseoir près d'elle, et, d'une voix résolue : « Monsieur de Caringham, fit-elle, je ne vous aime pas, et ne puis pas faire que je vous aime ; mais, si vous ressentez pour moi cette passion désintéressée dont vous m'avez parlé si souvent, vous ne voudrez point me punir, par le plus cruel des châtiments, du mal involontaire que je vous cause. Un heureux destin a voulu que jusqu'à présent il n'y eût rien de lugubre en ma vie, j'ai le lugubre en horreur. Une mort à laquelle je pourrais m'attribuer quelque part détruirait chez moi cette parfaite gaieté qui est mon véritable bien dans ce monde. Si l'amour est vraiment cette passion de dévouement héroïque dont je vous ai entendu parler, prouvez-le-moi en me promettant de ne m'infliger jamais la peine d'un remords. »

Et je lui ai promis, reprit le vicomte après un intervalle de quelques secondes rempli par des soupirs, et, par respect pour cette gaieté qui a été le plus implacable instrument de mes tortures, j'ai choisi un genre de trépas qui doit éviter à lady Émilia tout remords.

— Et ce genre de trépas? dit Briolan, qui commençait à prendre intérêt aux confidences de Caringham, dont il admirait la chevalerie.

— Me jurez-vous, s'écria le vicomte, qu'une pensée de précaution prudente vint tout à coup arrêter dans l'entraînement de son ivresse, me jurez-vous, par votre honneur de gentilhomme, de cacher à tous ce que je vais vous apprendre?

— Je le jure, fit impétueusement Saladin avec la précipitation traditionnelle qui produit tous les serments absurdes dont l'histoire des preux est remplie.

— Eh bien donc ! reprit le vicomte, après-demain, mon cher Briolan, peut-être même demain, quelques étincelles qu'on croira tombées par hasard, et que j'aurai laissé tomber exprès dans la soute aux poudres, feront sauter en l'air l'*Indompté* avec tout son équipage.

Briolan, comme on le sait, était de ceux qui, pour son compte et le compte des autres, sont toujours prêts à traiter fort cavalièrement la mort. Toutefois, à cette déclaration inattendue, il ne put s'empêcher de trouver que le capitaine sacrifiait bien lestement cinq cents existences, outre la sienne, au repos de lady Émilia.

— Mais, capitaine, se hasarda-t-il à lui dire, permettez-moi de vous ouvrir un avis. Si vous n'avez envie que de donner à votre mort un air d'accident, ne pourriez-vous pas atteindre votre but en vous laissant tomber à la mer par un gros temps, tout aussi bien qu'en faisant sauter avec vous des gens qui n'ont jamais connu lady Émilia ?

— Mon cher comte, répondit Caringham, celui qui tombe à la mer peut toujours être repêché. Et puis, j'y ai bien réfléchi, rien ne saurait avoir, aux yeux de lady Émilia, cet air de catastrophe fortuite, étrangère à toute idée de suicide, qu'auront le saut dans les airs et le plongeon dans l'océan du vaisseau l'*Indompté*. Enfin, mon cher comte, entre nous, sauf un bien petit nombre d'exceptions, une seule même peut-être, celle que vous formez, l'équipage de l'*Indompté* ne vaut guère la peine qu'on ait des ménagements pour lui. Mon cher Briolan, n'essayez point de combattre ma résolution, elle est inébranlable, et votre parole me rend certain que vous ne chercherez point à en empêcher l'effet. Buvons à l'heureux succès du grand voyage que nous allons entreprendre. A nos âmes, mon cher Briolan, car de nos corps il ne faut déjà plus avoir souci.

Et le capitaine se mit à boire si copieusement, que Saladin renonça, pour cette soirée du moins, à toute discussion. Le lendemain matin, Briolan se promenait sur le pont, après avoir fort peu dormi, en songeant aux confidences de la veille. Bien d'autres à sa place peut-être auraient envisagé sans scrupule l'idée de sauver leur vie et celle de leurs compagnons en jetant leur serment à l'oubli ; une pareille idée ne traversa même pas un instant l'esprit de Saladin. Je ne sais point s'il n'eût pas, comme les rois des contes de fées, livré consciencieusement sa fille à un dragon, dans le cas où il aurait eu une fille et l'eût promise à un dragon, sauf à se prendre ensuite corps à corps avec le monstre. Il était, en un mot, impossible d'aller plus loin que lui dans les exagérations de la délicatesse à l'endroit du serment. Saladin envisageait donc, sans trouver aucun moyen de l'empêcher, la brusque fin qui allait terminer ses aventures, et les aventures de beaucoup d'autres, quand il aperçut le capitaine Jacques qui se dirigeait vers lui.

Les traits du vicomte, sauf une expression de fatigue plus marquée que d'ordinaire, avaient repris leur aspect accoutumé. Ils étaient tristes, mais d'une tristesse sombre et contenue, non point expansive et exaltée.

— Écoutez, monsieur, dit d'une voix solennelle le mélancolique Jacques quand il eut rejoint Saladin, aujourd'hui, contre mon habitude, je me suis rappelé le matin à jeun les propos tenus la veille dans l'ivresse. Mes confidences se sont représentées à mon esprit ainsi que votre serment. Je compte sur ce serment, et ne change rien au fond même de mes projets ; mais voici ce qui se passera : nous entrons aujourd'hui, vers le milieu de la journée, dans des mers où l'on rencontre toujours des baleines. Je ferai équiper un bateau baleinier. Ce bateau prolongera sa chasse jusqu'au soir, et, quand la nuit tombera, s'éloignera du vaisseau au lieu de s'en rapprocher. Vous, mon cher comte, vos trois compagnons, et quelques hommes de l'équipage, vous serez parmi les chasseurs de baleines ; vous devinez pourquoi, n'est-ce pas ? vous vous écarterez de l'*Indompté*.

IV

UNE PETITE ÎLE HABITÉE PAR QUATRE GRANDES DAMES.

Le soleil en avait fini avec son royal coucher. Débarrassé de sa couronne d'or et de son manteau de pourpre, il dormait depuis longtemps au fond de la mer. Le règne des étoiles commençait. Comme des beautés entrent dans une salle de fête, elles faisaient leur entrée l'une après l'autre dans les bleus espaces du ciel. Une petite barque dans un coin de l'Océan voguait entre la nuit et les flots. Cette barque portait les destinées auxquelles nous nous intéressons.

— Je crois, par Satan! pilote de malheur, criait une

voix sur la frêle embarcation, je crois que tu veux nous perdre. Nous nous sommes éloignés de l'*Indompté* au lieu de nous en rapprocher. Tout à l'heure j'apercevais encore une cime de mâts que je ne vois plus à présent. Où diable nous mènes-tu? En plein jour nous n'avons pas découvert une seule baleine. S'il en rôdait maintenant quelqu'une autour de nous, il faudrait, pour qu'on la vît, qu'elle jetât des flammes par les naseaux. Allons, pilote d'enfer, tâche de retrouver ta route, ou, Dieu me damne! je t'enverrai aux poissons et prendrai ta place. Ce n'est pas la première fois que j'aurai tenu un gouvernail.

Celui à qui ces paroles s'adressaient, au lieu de répondre, échangea un signe d'intelligence avec un grand et mince jeune homme qui se tenait auprès de lui, et que nous reconnaissons, malgré l'obscurité, pour notre ami Saladin de Briolan.

Comme la voix grondeuse devenait de plus en plus véhémente, Saladin s'écria tout à coup :

— Voyons, Mafré, laissez manœuvrer en paix ce brave homme. Écoutez-moi. Ce qui peut arriver de pis, n'est-ce pas? à des gens qui sont sur la mer, c'est d'aller où sont entrés tout à l'heure les rayons du soleil. Or, votre cœur n'a pas plus peur que le mien de ce qui se cache sous les flots. Quand nous devrions aller, cette nuit, visiter les dieux marins, ce ne serait point la peine de crier si fort. Eh bien! c'est pour éviter une visite à laquelle vous seriez prêt, comme moi, qu'on fait la manœuvre dont vous vous plaignez. Notre pilote n'agit point au hasard. Vous, le roi des aventuriers, abandonnez-vous avec confiance à la fortune. Sachez, pendant quelques instants, supporter un bandeau sur vos yeux; tout à l'heure ce bandeau tombera.

Mafré était précisément de ces gens qui, par caractère, aiment infiniment mieux, dans les moments de danger, se confier à leur destinée que d'entrer en dispute avec elle. Le fait est que le laisser-aller dans le péril est une façon d'agir à la fois brave et de bon goût. Dans un langage qui, par malheur, sent un peu celui de Jodelet, Narille confirma tout à fait notre avis.

— Le cher comte a raison, fit l'enragé marquis (c'est ainsi que Mafré l'appelait souvent), le cher comte a raison, livrons-nous à la fortune. C'est une drôlesse qu'il faut traiter comme nous traitons nos maîtresses et nos intendants, c'est-à-dire ne pas honorer de la plus légère surveillance. Si elle nous sert bien, tant mieux; tant pis si elle nous sert mal. Elle ne dérangera pas un instant l'équilibre de notre humeur.

Mais Mafré, Narille, Briolan et l'impassible Dranmor ne composaient point tout l'équipage du bateau baleinier. Quelques aventuriers de mœurs vulgaires étaient embarqués avec nos quatre intrépides et dédaigneux compagnons. Cette plèbe, qui avait fort approuvé Mafré dans ses apostrophes au pilote, ne l'approuva plus dans sa philosophique et chevaleresque résignation. Dix voix rauques, sortant de gosiers minés par l'humidité des mers et brûlés par les ardeurs de l'eau-de-vie, reprirent en termes plus énergiques les reproches qui venaient d'être adressés à l'homme du gouvernail.

Cependant, au plus fort d'un combat d'injures et de blasphèmes entre l'équipage et son pilote, on aperçut tout à coup à l'horizon, dans la direction de l'*Indompté*, une lueur écarlate qui, spectre terrible, grandit et s'éleva dans le ciel, puis fut suivie d'un nuage immense aux teintes à la fois ardentes et blafardes, dans lequel son sanglant éclat s'éteignit.

— Ah ! s'écria un aventurier, j'ai déjà vu sauter des vaisseaux : c'est l'*Indompté* qui saute !

Un bruit dont semblèrent s'ébranler toutes les cavernes de l'Océan accompagna et couvrit ces paroles.

Le fait est qu'en ce moment l'âme du capitaine Jacques de Caringham, escortée d'une légion d'autres âmes, franchissait les distances qui séparent le monde des morts du monde des vivants.

— Eh bien ! dit le pilote au milieu du silence de stupeur qui régna dans la barque après le tonnerre de l'explosion, si nous avions rejoint l'*Indompté*, maintenant nous passerions du feu à l'eau.

— Tu savais donc, crièrent en même temps dix voix, que l'*Indompté* devait sauter ce soir ?

Le pilote était un Breton appelé Pierre Kormeuc. En sa qualité de Breton, il pouvait professer des croyances qui auraient fait rougir un Provençal.

— La nuit dernière, répondit-il, j'ai vu feu mon grand-père, Jean Kormeuc, qu'on appelait l'homme aux harengs. Il m'a dit : « Pierre, mon petit-fils, l'*Indompté* doit sauter au commencement de la nuit prochaine, entre huit et neuf heures. Tiens-toi la chose pour dite. Adieu. » Mon grand-père parlait peu pendant sa vie ; la mort ne l'a point rendu bavard, c'est tout simple. Il a disparu là-dessus. Moi, j'ai raconté l'apparition du bonhomme au comte Saladin. Le comte Saladin n'est pas de ces seigneurs comme il y en a tant aujourd'hui, qui croient que les pauvres gens ont pendant la nuit des yeux et des oreilles d'idiots. Les vrais nobles, pas ceux des villes, mais ceux des vieux châteaux, savent à quoi s'en tenir sur les morts. M. Saladin m'a dit : « Il ne faut pas négliger l'avis de Jean Kormeuc. » Ainsi ai-je fait ; au lieu de retourner vers l'*Indompté*, j'ai pris le large, et bien nous en a pris, comme vous voyez. Les corps de nos camarades sont dans la mer, leurs âmes je ne sais où. Nous voici, nous, encore vivants, sentant la brise et voyant le ciel. Remercions le Tout-Puissant et Jean Kormeuc.

Il y en avait plus d'un sur le bateau baleinier à qui l'apparition de Jean Kormeuc semblait chose difficile à croire ; mais le pilote Pierre avait un tel air de bonne foi, que les plus incrédules se sentaient tout ébranlés. Nous voyons, nous autres, que Pierre était un Breton moins naïf qu'il ne voulait le sembler. Vieux marin, dévoué à toutes les volontés de ses chefs, il avait été mis par Saladin, avec la permission du capitaine, dans la confidence du sort réservé à l'*Indompté*, et voilà comme il s'y prenait, d'après des instructions, bien entendu, mais des instructions comprises à merveille, pour empêcher que la vérité ne fût jamais connue sur la fin de Caringham et de son vaisseau, partant pour assurer le repos de la trop joyeuse lady Émilia.

Mafré comprit à un regard de Saladin, dont il s'était approché pendant le discours de Kormeuc, qu'il était au milieu d'un mystère ; mais il prit le parti, avec sa philosophie accoutumée, d'attendre un moment favorable pour obtenir l'explication de ce qu'il voyait et entendait.

Quant à Narille, une seule chose l'occupa vivement : ce fut cette maxime de Kormeuc : « Les vrais nobles savent à quoi s'en tenir sur les morts. » Avec cet étrange instinct de la véritable nature du gentilhomme qu'il avait souvent au milieu de ses plus grotesques folies, il se dit : « Le maraud a raison ; quoique l'incrédulité soit dans ce moment-ci à la mode, croire sent plus le descendant des preux que se moquer de tout. » Et l'honnête Narille se promit d'être superstitieux.

Cependant ce n'était point tout pour l'équipage du baleinier que de n'avoir pas fait dans les airs l'évolution des fusées et des bombes, comme les gens de l'*Indompté*. On était au milieu de la nuit, sur l'Océan, dans un esquif que la première tempête ne manquerait certes pas d'engloutir. Cette situation était assez triste, et déjà plus d'un aventurier commençait à faire de mélancoliques réflexions, quand Pierre Kormeuc, en regardant les étoiles, s'écria :

— J'en suis sûr! là, du côté de Vénus, nous devons rencontrer une île où je n'ai jamais abordé, mais que j'ai rasée plus d'une fois; tâchons de la gagner.

— Et si elle est habitée par des sauvages? dirent quelques voix.

— Avec des fusils, fit Mafré, et nous avons des fusils, avec des couteaux, et nous avons des couteaux, on fait entendre raison aux sauvages. Allons, pilote, conduis-nous vers ton île; j'en ai bonne idée, puisqu'elle est sous l'étoile de Vénus.

Une heure après cet échange de paroles, la barque qui portait nos aventuriers entrait, par la plus limpide des nuits, dans une baie ombragée de grands arbres, mystérieux et poétique asile digne d'être habité par des océanides, coin charmant comme en cachent les mers.

L'équipage descendit sur une rive tapissée d'un gazon vert sombre tout parsemé d'insectes luisants. On fut d'avis d'attendre le jour pour pénétrer dans le pays, et l'on demanda au sommeil d'abréger la nuit. Enveloppés dans des manteaux et des couvertures, nos aventuriers s'endormirent avec cette voluptueuse insouciance propice aux sommes profonds que donne la vie des hasards. Un homme, pourtant, ne prit point sa part du repos qui semblait accordé à tous : ce fut le comte de Briolan. Saladin, quand il se fut étendu dans l'herbe, au lieu de sentir dans son cerveau cet accablement souvent plein de charme qui fait éprouver à l'esprit comme un désir de néant, sentit, au contraire, s'élever en lui mille pensées héroïques et aventureuses. L'envie lui prit, pendant que ses compagnons dormaient, de s'avancer seul dans l'île. Périon, Amadis, Galaor, Lancelot, Tristan et tant d'autres, l'auraient bien fait : ce n'était point pour marcher toujours entouré de sabres et de mousquetons qu'il s'était mis en tête de courir le monde. Il s'arma tout simplement de son épée, et, se levant doucement, entra dans une sombre allée resserrée par des arbres gigantesques, d'où l'on apercevait, comme d'un abîme, les étoiles briller à travers un espace étroit du ciel.

Il marcha pendant longtemps ; l'allée formait des sinuosités, il les suivait. Du reste, il ne rencontrait pas de sérieux obstacles et n'entendait aucun bruit, si ce n'est parfois celui d'une source dont l'eau, éclairée par des rayons de lune, rampait devant lui sur le sol couvert d'ombre, comme un filet de lumineux argent. Mais il lui sembla tout à coup que l'air venait de retentir d'une explosion de mousqueterie, et, en levant la tête, il aperçut, dans la direction de ses pas, au-dessus des cimes les plus hautes des arbres, des globes qui montaient dans le ciel, puis éclataient en répandant à travers l'espace une pluie d'étoiles colorées comme des fleurs, ardentes comme des étincelles. Évidemment assez près de lui on tirait un feu d'artifice.

On comprend combien fut excitée la curiosité de Briolan. Il n'était donc point chez des sauvages, puisque là, devant ses yeux, il voyait monter dans l'air des fusées et des bombes qui auraient fait honneur à une fête royale de Versailles ou de Paris. Dans quel monde était-il, alors? Enivrante question que peu de gens ont le bonheur de s'adresser pendant l'union de leur âme avec cette vieille machine sans perfectionnement ni aucun avenir de perfectionnement qu'on appelle le corps. Dans quel monde était-il? Le bon Saladin se sentait déjà quelque penchant à croire que c'était dans celui des fées. Son cœur lui avait bien dit qu'Urgande et Morgane devaient exister quelque part! Au lieu de Topinambous ou d'Algonquins, il allait voir apparaître les bonnes amies de son enfance. Il faut convenir que sa situation avait du charme. Se sentir éveillé, bien éveillé, au milieu d'une aventure plus étrange que celles dont nous amuse le sommeil, c'est ce qui est arrivé à un bien petit nombre d'élus depuis le commencement du monde. Combien ont vieilli, combien doivent vieillir, combien ont bâillé, bâillent, bâilleront, puis mourront sans avoir eu l'émotion de Saladin!

Après quelques instants d'une marche précipitée, notre paladin, parvenu au bout de l'allée où il avait marché jusqu'alors, put tout à coup contempler un spectacle qui n'était pas de nature à le tirer de ses heureuses illusions. Une ouverture, semblable à ce qu'on appelle dans les campagnes un saut-de-loup, pratiquée entre deux murs couronnés d'énormes vases remplis de fleurs, laissait voir, au bout d'un parc d'une élégance rêveuse, d'une majesté romanesque, un château à faire pleurer de joie et de tendresse un amant des fées, un de ces châteaux dont toutes les pierres vous attirent par un regard enchanté. Devant la façade du magique édifice, que baignait une éclatante lumière, sur un riant et gracieux perron aux marches de marbre, on apercevait quatre femmes, ou, pour mieux dire, quatre êtres, vêtues de robes à faire pâlir les robes de Peau d'Ane. Briolan porta la main à ses yeux, puis à son cœur; il éprouvait de tels transports d'ivresse, de tels éblouissements d'esprit, qu'il ne voyait plus, je crois, en ce moment, le soleil ordinaire de ses pensées, la belle Brigitte de Lorédan.

Cependant Saladin n'était pas homme à perdre son temps en ébahissements dans aucune circonstance de sa vie. En vrai chevalier, il voulut pousser l'aventure qui se présentait à lui d'une si magnifique et si galante façon. Leste et souple, il franchit d'un bond le fossé qui s'étendait devant l'ouverture pratiquée aux murailles du parc, et se trouva ainsi tout à coup dans le merveilleux séjour. Tandis que le château rayonnait de clarté, les jardins étaient plongés dans l'ombre; Saladin put donc s'avancer, sans être aperçu, jusqu'à un massif de feuillage placé à quelque distance du perron. Il résolut de se cacher là un instant pour bien voir, avant de poursuivre son entreprise, à quels êtres il avait affaire. Les quatre beautés aux robes éblouissantes qu'il avait contemplées de loin ne perdaient rien à être examinées de près. Deux avaient les cheveux d'un blond pâle, les joues d'un rose tendre et les yeux couleur des plumes de l'oiseau bleu. Une, évidemment, était poudrée. (Saladin souleva, à propos de celle-là, cette grave question, qu'il n'osa pas résoudre : Une fée s'est-elle poudrée jamais?) La dame poudrée avait une petite mouche noire au coin d'une bouche vermeille, et de jolis yeux d'un brun luisant. Enfin la quatrième beauté avait les cheveux d'un noir éclatant, le teint d'une blancheur de lune et les yeux comme une nuit d'orage, c'est-à-dire pleins d'abîmes sombres et ardents.

Se sert-on de flammes de Bengale dans le royaume des fées? Voilà une nouvelle question que Saladin eut à se poser pendant sa contemplation. Si vous avez jamais célébré dans un parc l'anniversaire d'un mariage, d'un jour de naissance, ou bien encore de quelque glorieux combat gagné par quelqu'un des vôtres, sur terre ou sur mer, contre les Allemands ou contre les Anglais, vous savez qu'en allant cacher derrière les arbres quelques feux de Bengale, on produit des effets charmants ; on se trouve entouré de bosquets d'un rose vif ou d'un bleu tendre, on peut croire un instant les lois de la nature changées, ce qui est tout à fait réjouissant. Sans doute les quatre belles dames que regardait Saladin voulaient se donner ce plaisir obligé de toutes les fêtes de châteaux, car, prenant entre leurs mains des vases où brûlaient des flammes de toutes les couleurs, elles se mirent à courir dans le parc, plaçant ces flammes derrière les arbres. Or, il arriva que la dame poudrée se dirigea vers l'asile que s'était choisi Saladin.

En apercevant un homme derrière le feuillage qu'elle voulait illuminer, la belle poussa un grand cri et laissa tomber sa flamme. Saladin, toujours fidèle aux traditions, se jeta sur-le-champ à ses genoux, et lui dit de sa voix la plus respectueuse comme la plus douce :

— Je suis le comte Saladin de Briolan, des Briolan du Périgord. Que vous soyez une fée ou une noble dame, vous devez me voir avec bonté. Loin d'être un méchant ou un félon, je suis de ceux qui tuent les méchants et les félons. Mon cœur et mon épée sont honnêtes. Enfin, si vous daigniez jeter les yeux sur moi, vous verriez que je n'ai point l'air d'un brigand. On m'a toujours dit que j'avais le regard très-doux ; je ne puis pas avoir vieilli dans le crime, car je n'ai pas encore vingt-cinq ans.

On voit que, dans la dernière partie de son discours, le bon Saladin, sans le savoir, bien certainement, usait du moyen qu'aurait dû employer Apollon, suivant Fontenelle, pour forcer Daphné à tourner la tête. Au lieu de dire : Je suis le dieu de la médecine, du chant, etc., que si le blond Phœbus eût dit :

> Je suis un jeune dieu toujours beau, toujours frais,
> Daphné, sur ma parole, aurait tourné la tête.

Quand l'heureuse pensée vint à Briolan de laisser de

côté ses ancêtres et son épée, dont il parlait volontiers en toute occurrence, pour dire qu'il était jeune et qu'il avait les yeux fort doux, la dame à laquelle il s'adressait tourna la tête de son côté. On sait déjà que le regard d'une jolie femme pouvait s'arrêter avec plaisir sur Saladin. La dame poudrée se rassura promptement, et, d'une voix qui répondait au charme enjoué de sa personne :

— Relevez-vous, monsieur, lui dit-elle; je ne suis pas une fée, comme ne vous l'a que trop montré ma frayeur. Je ne sais point d'où vous venez ni comment vous vous êtes introduit ici, mais votre mine encore mieux que vos paroles m'apprend que vous n'avez point de coupables desseins. Suivez-moi, je vais vous conduire à mes compagnes ; ce sont des femmes de qualité près desquelles un homme de votre sorte, dans quelque situation qu'il se trouve, est toujours sûr de trouver un bon accueil.

Ce langage, qui reproduisait les formes habituelles du langage mondain, dissipait un peu le merveilleux dont Saladin s'était plu à se croire entouré; mais l'aventure restait des plus agréables encore. Comme l'indique fort bien notre langue par son mot admirable de *charme*, qui sert à désigner l'agrément des jolis visages et des corps bien formés, toutes les belles sont un peu magiciennes ou fées. Saladin n'avait donc pas un trop cruel mécompte à subir. Les caractères, surtout la situation étrange des femmes au milieu desquelles il se trouvait transporté, nous montreront quelles faveurs avait le destin pour le rejeton des Briolan.

La dame poudrée avait dit vrai en assurant notre gentilhomme qu'il trouverait un bon accueil auprès de ses compagnes : elles furent toutes, même la belle au teint pâle et aux yeux menaçants, de la plus exquise aménité. Quand Saladin eut, en termes choisis, avec toute la grâce dont il disposait, dépeint sa situation et celle de ses compagnons, la beauté pâle murmura quelques mots à l'oreille d'une femme qui était près d'elle ; cette femme disparut, puis revint au bout de quelques instants, suivie de valets en livrée éclatante, qui tenaient d'une main un chapeau galonné, de l'autre une torche.

— Monsieur le comte, dit la dame pâle en s'adressant à Saladin, voici des gens qui vont vous conduire jusqu'à la baie où vous avez laissé vos compagnons. Suivez-les ; vous verrez que notre île n'est pas sauvage, qu'on y trouve des carrosses qui valent les carrosses de France, et des chevaux qui valent les chevaux d'Espagne.

Saladin, se laissant guider par la livrée, trouva en effet, au milieu d'une grande cour, quatre équipages complets qui eussent fait honneur à l'ambassadeur d'un grand prince le jour de son entrée dans une capitale. Deux heiduques lui ouvrirent la portière d'un véritable chariot de fée tout brillant de peintures et de dorures. Il s'installa sur de moelleux coussins, et, suivi de voitures destinées à recevoir ses compagnons, partit à travers la nuit, au grand galop de quatre chevaux vites comme le vent, blancs comme la lune.

Mafré, Narille, et tous les hommes du bateau baleinier dormaient d'un profond sommeil quand ils furent réveillés par une clarté de torches et un bruit de chevaux. Leur premier mouvement fut de se jeter sur leurs armes.

On comprend leur surprise quand ils aperçurent tout le magnifique et galant attirail que traînait avec lui Saladin, et surtout quand Saladin lui-même, descendant, l'épée au côté, de son éblouissant carrosse, s'avança en souriant vers eux. Des mains dont ils apprêtaient leurs armes, tous se frottèrent les yeux en même temps. Évidemment ils n'étaient pas les jouets d'un songe, comme Mafré put le reconnaître en touchant la main de Briolan. Après quelques instants donnés à l'étonnement, à la joie, et à un étourdissant pêle-mêle de questions, on s'établit dans les voitures dorées, et on gagna, de toute la vitesse des fringants attelages, le merveilleux château des quatre beautés.

Si l'on désire savoir maintenant quelles étaient ces quatre beautés, il faut se transporter, quelques jours après cette singulière nuit, dans une chambre où sont réunis Mafré, Narille, Briolan et Dranmor, vêtus de robes comme celles des convives des noces de Cana dans le tableau de Véronèse, étendus sur les plus sultanesques des divans, puisant enfin la volupté songeuse des fumeurs dans les flancs de cristal du narguilé.

Mafré, dont on voit briller les yeux et remuer les lèvres derrière un blanc nuage de fumée, parle ainsi à ses compagnons :

V

SURPRENANTE, AMOUREUSE ET TERRIBLE HISTOIRE.

— A la distance où nous sommes de Paris, au milieu des étrangetés de la vie que nous menons, je ne me crois pas obligé à une discrétion qui, d'ailleurs, n'a jamais été beaucoup dans mon caractère, quoique j'estime infiniment les héros discrets, comme le sait mon chevaleresque ami le comte Saladin. Je ne vous cacherai donc point que lady Mac-Morth, la pâle lady Mac-Morth, malgré son regard effrayant de magicienne, me traite avec la plus grande bonté. Moi qui ai épousé quatre sauvages les plus accomplies de leurs tribus, qui ai enlevé deux sultanes, séduit la fille du roi de Guinée, connu les yeux les plus noirs de Madrid, les teints les plus transparents de Londres, les nez les plus retroussés de Paris, j'apporte maintenant un esprit très-observateur et très-calme dans les choses amoureuses, cela est tout simple. Et vous-même, mon cher Briolan, vous sur qui un regard de femme peut faire encore l'effet de dix mille cymbales sur les oreilles d'un coursier, vous auriez ma tranquillité de cœur si vous aviez vécu comme moi. Je fais de cette tranquillité l'usage qu'il faut faire de la tranquillité suivant la sagesse et la science, je m'en sers pour interroger et apprendre. Voici ce que j'ai appris avec lady Mac-Morth.

Il existait un Espagnol appelé don José de Temera, qui vint en Angleterre, à vingt ans, avec un précepteur chargé de lui apprendre à voyager. Cet Espagnol avait une immense fortune ; il était d'une parfaite beauté, et il désirait le bonheur, comme on l'entend dans la jeunesse, le bonheur qui étourdit l'âme et brûle le corps, avec une passion si puissante, si expansive, qu'elle se communiquait à tous ceux, surtout à toutes celles dont il s'approchait. Au moment où don José arrivait à Londres, lady Mac-Morth venait d'y arriver de son côté, conduite par le vieil amiral Mac-Morth, son époux, qui l'avait tirée, pour la mener à l'autel, d'un château écossais peuplé de morts, de lutins et de sorcières, où s'était passée son enfance. La première femme de l'amiral Mac-Morth, qui avait fait la guerre en Espagne, était une tante de don José. La maison de lady Mac-Morth s'ouvrit donc à Temera aussitôt qu'il eut mis les pieds dans Londres. Un jeune homme avec un précepteur, une jeune femme avec un vieux mari, ce sont oiseaux qui ne demandent qu'à prendre même volée, et soupirer même chanson.

Messieurs, je n'ai point le bonheur d'être les premières amours de lady Mac-Morth. Elle aima don José, et l'aima même, dit-elle, fort passionnément. Le vieil amiral Mac-Morth, qui cependant avait gagné, dans son métier de marin, la goutte, les rhumatismes, toutes les infirmités qui peuvent tourmenter une créature de chair et d'os, eut l'idée d'exposer encore son pavillon au vent des mers.

Au moment où les yeux de Temera et ceux de sa femme se disaient les plus tendres choses, le vieux marin s'en alla passer les nuits sur l'Océan. On devine la vie que menèrent nos amants. L'amiral Mac-Morth était parti au commencement d'un hiver. Quand le soleil de Naples, la verdure du Rhin, les fleurs parfumées du Gange, auraient tout à coup brillé, se seraient soudain épanouis dans l'atmosphère brumeuse de Londres, la saison où entrèrent ces amoureux ne leur aurait point paru plus gaie, plus heureuse, plus parée d'un éclat d'été.

L'amiral revint au printemps; alors tout sembla sombre, désolé, en deuil, au couple tout à l'heure si joyeux. Ce n'est point que lord Mac-Morth fût un mari très-incommode; mais les époux les moins gênants, comme les rois les plus débonnaires, sont ceux qu'on supporte avec le plus d'impatience. On se trouvait si bien de son absence! Qu'avait-il besoin de quitter la mer, la vraie, la seule amante des marins à barbe blanche? Les soirées étaient si courtes pendant qu'il courait sur l'Océan, et si longues maintenant qu'il était là, au coin du feu, tisonnant avec ses béquilles! José et Argine, c'est ainsi que s'appelle lady Mac-Morth, en vinrent à s'estimer les amants les plus malheureux de ce monde. Un soir que l'amiral était sorti pour aller faire sa cour à un ministre, et qu'ils avaient passé à gémir un temps qu'ils auraient pu mieux employer, Temera fit à sa maîtresse une singulière confidence. Un de ses grands-oncles, il y a près d'un siècle, fuyant devant le courroux de l'inquisition, qu'il s'était attiré en sauvant d'un auto-da-fé une sorcière juive, s'était enfui dans le Pérou avec celle qu'il avait délivrée. Du Pérou il avait passé dans le Brésil, et du Brésil s'était embarqué sur l'Océan atlantique. Là il avait découvert, à quelque distance du cap Saint-Augustin, une île dont les sites et le climat l'avaient tellement charmé, qu'il avait résolu de s'y établir en compagnie de sa magicienne. Il s'y était établi en effet, et, s'il fallait en croire les récits que don José avait entendus dans son enfance, il y avait construit un palais qu'une fée ou un génie n'aurait pas dédaigné d'habiter. Don José avait toujours été possédé du désir d'aller visiter ce palais, domaine mystérieux et lointain de sa famille; il avait rêvé une vie étrange et splendide dans le château d'outre-mer de Temera, l'amant de la juive, comme on désignait son grand-oncle. Maintenant, disait-il, une existence pourrait surpasser en incroyable bonheur l'existence même de ses rêves : ce serait celle qu'il mènerait dans ce lieu féerique avec une femme aimée par lui de tout l'amour de sa jeunesse.

La pensée d'un musulman qui fume le soir en regardant le ciel sur la terrasse embaumée de sa maison ne part pas plus vite pour les étoiles ou la lune, aux premières bouffées de la pipe, que l'âme de lady Mac-Morth, à ces paroles, ne partit pour le château de l'Océan. Elle fit jurer à son amant qu'il l'enlèverait et la conduirait à travers les mers jusqu'à l'île où s'étaient cachés jadis la juive et son chevalier. Quelques jours après ce serment, un autre soir où elle se trouvait seule encore avec l'Espagnol, elle dit qu'elle ne pouvait plus résister au désir d'aller embrasser la vie entrevue par sa pensée, qu'elle voulait partir sur-le-champ. Alors elle remarqua sur la figure de don José une expression mystérieuse. Le beau jeune homme lui déclara qu'il lui donnerait, si elle le voulait, les moyens de se rendre à l'île désirée, et qu'il irait l'y rejoindre au bout d'un mois, mais qu'il ne pouvait point être son compagnon de voyage. Son père l'appelait en Hollande dans une lettre qu'il lui avait cachée, et les nécessités les plus inflexibles le forçaient de se rendre à cet appel ; mais il saurait rapidement se soustraire à la société paternelle, et de la Haye, où il se rendrait, il s'embarquerait pour aller retrouver la vie de ses songes et l'épouse de son cœur.

Lady Mac-Morth est de ces êtres que leurs désirs pourraient entraîner à travers toutes les routes les plus remplies de ténèbres et d'épouvante, les plus horriblement solitaires, les plus hantées de voyageurs sinistres. Une nuit, elle quitta le logis conjugal et gagna un port de mer, d'où elle s'embarqua sur l'Océan. Elle avait été confiée, par don José, à un ami du précepteur qu'on avait mis auprès de lui pour lui apprendre à voyager.

Lady Mac-Morth parvint, sans aucun événement, jusqu'à l'île où elle nous reçoit aujourd'hui. Son étonnement fut vif, lorsqu'elle entra dans le château du grand-oncle de don José, de trouver ce château rempli de livrée, resplendissant des peintures les plus fraîches et des dorures les plus neuves, semblable enfin à une demeure qui n'a jamais cessé d'être habitée. Elle pensa que son amant avait voulu lui ménager une surprise, que depuis longtemps il connaissait ces lieux, où peut-être il était déjà venu, et depuis longtemps méditait d'y passer avec elle des années de délices au milieu de toutes les magies du luxe ; mais ce qui fit succéder chez elle à un étonnement plein de joie un étonnement pénible, ce fut l'ordre donné, lui assura-t-on, par don José, et exécuté avec un air d'autorité par l'ami du précepteur, son compagnon de voyage, de lui assigner pour demeure, d'où, sous nul prétexte, elle ne devait sortir, une partie du château. Quoique son domaine fût magnifique, il avait des limites qui l'attristaient et même l'irritaient. Le jour où on lui dit qu'avant l'arrivée de don José ses promenades seraient enfermées dans le jardin suspendu qui s'étendait sous ses fenêtres, elle versa des larmes à la fois de colère et de tristesse. D'abord elle prit le parti de ne plus sortir ; mais ce jardin qu'elle dédaignait, parce qu'elle y voyait une prison, avec ses orangers, ses fleurs gigantesques, ses bassins de porphyre et ses statues de toutes sortes, les unes aux formes de péris et de chevaliers rappelant l'Arabie et l'Espagne, les autres par des formes de déesses et de héros antiques rappelant l'Italie et la Grèce, ce jardin certes était plus beau qu'aucun de ceux dont furent jamais couronnés les palais de Sémiramis. Il l'invitait, elle qui était songeuse, puis la curiosité aussi venait jouer son rôle auprès d'elle. Rien n'appelle la curiosité comme la prison, surtout une prison semblable à celle de lady Mac-Morth. Un jour donc, à son réveil, malgré ce qu'elle s'était juré, elle descendit sur la terrasse. Une balustrade de marbre blanc régnait tout autour du jardin aérien. Elle s'accouda sur cette balustrade et se mit à promener la vue dans les profondeurs du grand parc, aux allées pleines de lumière verte et peuplées de blanches statues qui s'étendaient à ses pieds.

Il lui sembla tout à coup qu'à l'extrémité d'une de ces allées elle voyait marcher une femme. Alors elle redoubla d'attention, et, l'être qu'elle avait aperçu s'étant rapproché, elle put se convaincre qu'en effet elle avait bien une femme sous les yeux, et une femme que son port, son air, ses vêtements, ne lui permettaient point de confondre avec celles qui avaient été placées dans le château pour la servir. Tandis qu'elle examinait cette habitante inattendue de l'île avec la plus ardente curiosité, elle était, elle aussi, l'objet du plus attentif examen, car la dame errante, de son côté, la regardait avec une expression de surprise et d'anxiété. Pendant que ces deux femmes s'abandonnaient à cette mutuelle contemplation, le personnage qui exerçait l'autorité dans le palais de don José, l'homme qui avait accompagné lady Mac-Morth, parut dans le jardin. Il avait les traits bouleversés d'un gardien de ménagerie qui a laissé s'échapper la sultane des panthères, la reine des gazelles ou l'empereur des katakoouas. Le trouble qui était sur ses traits devint bien plus frappant encore lorsqu'il aperçut la dame du balcon échangeant des regards avec la dame du parc. Il courut à cette dernière, et, après avoir eu avec elle un entretien de quelques instants, qui parut fort animé à lady Mac-Morth, il parvint à l'emmener vers un des pavillons du château.

Argine était fort occupée de cette aventure, et les conjectures les plus bizarres se succédaient dans son esprit, quand, un matin, une des femmes qui l'habillaient lui remit un petit billet ainsi conçu : « La présidente de Gazay serait fort heureuse de voir lady Mac-Morth et de s'entretenir avec elle sur don José. » Lady Mac-Morth ne demandait pas mieux que d'avoir avec la présidente de Gazay, dans laquelle bien certainement elle retrouverait la dame du parc, toutes les conversations imaginables ; mais comment pouvait s'accomplir son désir et celui de la présidente ? Et celle qui sollicitait le rendez-vous, et celle qui voulait l'accepter, n'étaient-elles point captives toutes deux ?

La femme qui avait remis le billet se chargea de procurer aux prisonnières l'entretien qu'elles désiraient. C'était une ennemie du majordome-geôlier, puis elle s'intéressait aux deux dames ; enfin, elle avait sans doute, comme la plupart des femmes de son rang, et de tous les rangs pour bien dire, le goût des intrigues, des menées, des choses difficiles, périlleuses et secrètes.

Le fait est que, grâce à cette officieuse personne, lady Mac-Morth et madame de Gazay eurent, une nuit, dans un coin du parc, un entretien mystérieux. Elles découvrirent une terrible chose. Ce don José, qui était si peu avancé dans la vie, et dont le visage se recommandait par une expression d'ingénuité, ce don José avait une âme aussi effroyablement trompeuse que l'amant d'Elvire, le fils de don Louis, le convive du commandeur. Il avait fait à la présidente et à l'amirale les mêmes promesses. Bien plus, s'il fallait en croire les rapports de la femme qui se chargeait des entrevues et des billets, une troisième beauté était débarquée récemment dans l'île, et avait été aussi emprisonnée dans un bâtiment du château.

Quels pouvaient être les projets de Temera ? On se perdait en conjectures. Reviendrait-il trouver ses victimes ?

Comptait-il les abandonner? Ce qui était certain, quelque parti qu'il dût prendre, c'est qu'il était coupable de la plus noire perfidie. Ainsi, du moins, raisonnaient les deux captives, qui, dans leur indignation, ne tenaient aucun compte à leur amant de toutes les magnificences rassemblées autour d'elles pour leur faire prendre en patience leur captivité.

A cette première entrevue en succéda une seconde, et dans celle-là ce furent de bien autres transports de courroux. La nouvelle annoncée la dernière fois était certaine. Une troisième beauté habitait le château. La dangereuse suivante qui avait déjà fait un si irréparable tort aux desseins de don José promit à madame de Gazay et à lady Mac-Morth de les faire trouver avec leur rivale. Cette rivale était mademoiselle Ottilia de Ferbruken, la fille d'un baron allemand, au cœur doux, limpide et tendre comme son regard à la fois virginal et amoureux.

Ottilia s'indigna moins que ses compagnes, mais elle eut un chagrin qui couvrit ses joues de perles. Elle pleura beaucoup. Il fut convenu entre les trois femmes que, si don José osait se présenter à elles, on le recevrait d'un air qui le pénétrerait de confusion et de douleur, s'il avait encore quelque sentiment d'honnêteté. On ne s'en tint pas à cette résolution. Lady Mac-Morth et la présidente (Ottilia ne voulut pas être du complot) jurèrent qu'elles se vengeraient de celui dont les lèvres et les yeux avaient été si perfidement menteurs.

Tandis que ces réunions secrètes avaient lieu, que ces projets de vengeance se formaient, le moment arrivait où devait s'exécuter une volonté bizarre de don José.

Un matin, lady Mac-Morth vit entrer chez elle le personnage qui gardait les beautés prisonnières de l'île. Cet homme lui dit, après l'avoir profondément saluée, qu'il la priait de le suivre dans un salon, où on lui remettrait une lettre de don José. Lady Marc-Morth obéit en silence à cette invitation. Elle parvint, sur les pas de son guide, à un salon qu'elle ne connaissait pas, décoré avec la magnificence fabuleuse qui régnait dans tout le château.

Dans ce salon se trouvaient déjà la présidente, Ottilia, et, faut-il le dire? une autre belle encore, qu'on n'avait point découverte ou qui venait d'arriver. Cette belle avait des cheveux blonds comme l'Allemande, quelque chose de moins rêveur et de plus calme dans le regard. C'était aussi, comme vous allez voir, une fille du Nord; elle était née dans la ville des tulipes, à Harlem. On se l'imagine, la vue de cette nouvelle figure ne disposa point lady Mac-Morth à calmer sa colère contre don José. Elle prit, d'un air irrité, une lettre qu'on lui offrit dans un vase de vermeil rempli de fleurs; sur cette lettre, la main de Temera avait écrit ces mots : « Je prie ma chère lady Mac-Morth de lire à haute voix, devant madame la présidente de Gazay, mademoiselle de Ferbruken et madame Van Hendam, l'épître qui est entre ses mains. »

Lady Mac-Morth regarda un instant ses trois compagnes, auxquelles il n'était point difficile d'appliquer les noms écrits sur le billet; avec un nouvel élan d'indignation, elle songea aux motifs qui avaient sans doute entraîné don José en Hollande, puis elle lut l'incroyable lettre que voici à peu près :

« J'ai quatre amours dans le cœur ; il peut bien naître quatre fleurs et même plus sur une même tige. Je ne suis point un libertin, et j'ai la tromperie en horreur ; j'aime quatre femmes avec toute la délicatesse, l'ingénuité, l'ardeur d'une première passion. Je ne comprends point pourquoi l'amour par excellence, celui qui est la source de la vie, la gloire de la jeunesse, le bonheur et le charme du monde, je ne comprends point pourquoi le véritable amour serait plus maltraité que l'amour paternel, l'amour fraternel et tant d'autres sortes d'amours. Un père peut aimer dix enfants, un frère peut partager sa tendresse entre dix frères, et on veut une seule maîtresse pour un amant, cela est absurde. Moi, don José de Temera, j'ai quatre amours passionnés dans le cœur.

« La société, je le sais, veut qu'on se partage en couples, c'est dans ce caprice qu'elle a placé ce qu'elle nomme l'ordre et la morale. Aussi j'ai fui la société, et j'ai transporté ce que j'aime dans un coin enchanté du monde où ne sourit, ne soupire, n'existe enfin que la nature. J'espère faire comprendre à celles dont dépend ma joie qu'un même amour peut réunir des êtres humains en un groupe harmonieux comme les fruits d'une même grappe, les pousses d'une même branche, les étoiles d'une même pléiade.

« Maintenant, mes chères divinités, mes belles et précieuses houris, il me reste à obtenir mon pardon pour l'isolement et la captivité où je vous ai tenues. J'ai cru les moyens que j'ai employés nécessaires pour assurer notre bonheur à tous. Il faut ma présence, et tous les trésors d'affection, je l'espère aussi, de vraie sagesse, avec lesquels je viens pour calmer les révoltes naturelles à mille préjugés qu'une situation sans exemple ne manquera point d'irriter en vous. Quand vous lirez cette lettre, je serai déjà débarqué dans l'île, et bien près du château. Ah! si vous pouviez venir à moi, unies dans une seule pensée de clément et puissant amour, quelle délicieuse surprise vous me feriez connaître! Si cette félicité idéale ne m'est point destinée aux premières heures, peut-être même aux premiers jours de mon arrivée; si je trouve mes jolis fronts voilés de tristesse, mes chères bouches veuves de sourires, mes regards adorés tout grondeurs, certes je souffrirai, mais ce ne sera point d'une souffrance sans espoir. Quand vous verrez comme je vous aime, mes quatre fleurs chéries, vous reprendrez votre doux éclat; mes quatre maîtresses, votre esclave sera pardonné. »

Voici une lettre fort onctueuse, comme vous voyez, mais qui n'eut pas un grand succès. L'Allemande Ottilia elle-même parut goûter fort peu les théories sentimentales de don José. La présidente Sylvanire les déclara tout à fait impertinentes; Lucie, la Hollandaise, ne les avait point comprises; quant à l'Écossaise Argine, on va voir quels sentiments elle nourrissait.

Tandis que ses quatre divinités, ses quatre houris, comme il disait, se livraient contre lui à tout le dépit que puissent ressentir des créatures humaines, don José arriva dans la plus élégante des tenues. A la boutonnière d'un habit amarante il avait attaché un bouquet composé de quatre fleurs : une tulipe, un vergiss-mein-nicht, une rose rose et une fleur de genêt. En son amoureuse et pimpante toilette, il était vraiment fort beau, et d'une beauté que comprenaient bien certainement celles qu'il abordait; mais il n'en reçut pas moins des quatre dames l'accueil le plus glacé. La bienvenue qu'il était accoutumé à trouver dans ces yeux noirs, ces yeux bruns et ces yeux bleus, lui faisait défaut. Le pauvre Temera fut un instant tout décontenancé. Cependant, quoique placés dans des circonstances très-bizarres, entièrement hors de la société, les gens qui se trouvaient réunis dans cette île perdue étaient des gens du monde, après tout. Dans ce château féerique, au milieu des mers, sous ce ciel lointain, dans les conditions les plus étranges où des créatures humaines puissent se trouver, les convenances furent appelées et jouèrent leur rôle. Les quatre dames furent fort dignes envers Temera. L'Espagnol, de son côté, déploya toute la grâce courtoise de ses manières. On se promena et l'on dîna, puis on se promena encore, puis on atteignit l'heure du souper, et enfin l'heure du coucher, au milieu d'un entretien qu'auraient pu entendre les murs de l'Escurial. L'étiquette la plus rigoureuse régna entre ces êtres qui devaient s'abandonner aux lois de la nature.

Temera, resté seul sur un divan, après avoir vu chacune des quatre femmes prendre congé de lui cérémonieusement, put comprendre la chimère de ses pensées. D'une Hollandaise et d'une Allemande, d'une Anglaise et d'une Française, toutes quatre femmes de qualité, on ne fait point des esclaves soumises, comme celles qui ornent les harems du Caire et de Constantinople, encore moins des femmes aux mœurs primitives, comme les beautés de ces âges bibliques où les anges se mêlaient aux filles de la terre. La soumission que donne l'esclavage, ou l'intrépide ingénuité que donnent les mœurs primitives, voilà ce dont auraient eu besoin les quatre fleurs de don José pour accepter l'idylle trop hardie qu'avait conçue leur amant.

Cependant la plus irritée des amantes de don José, c'était Argine, et Argine, je vous l'ai dit, est née dans la patrie des lutins et des sorciers, dans l'Écosse, au fond d'un vieux château diabolique, qui s'anime toutes les nuits d'une abominable existence sous le regard de la lune. Elle résolut de se défaire de Temera par des moyens connus à celles qui vont se promener sur les bruyères, quand le soleil ne se montre plus que par une tache de sang dans le ciel. Versée dans l'art d'évoquer les ombres, elle s'imagina de lui envoyer l'*ombre qui tue*.

Il faut vous dire, messieurs, fit Mafré, interrompant ici son histoire d'une voix où il était impossible de démêler la crédulité de l'ironie, il faut vous dire, messieurs, qu'on reconnaît en sorcellerie, dans la grande variété des ombres, deux espèces bien distinctes : l'ombre qui effraye, appelée dans le Manuel du sorcier *umbra horrifica*, et l'ombre qui tue, dont le nom scientifique est *umbra lethifera*.

On ne peut pas envoyer à tout le monde l'ombre qui tue, car cette apparition est à craindre pour ceux-là uniquement qui ont quelque terrible mystère dans leur vie. Quand on n'a causé aucun trépas, l'ombre qui effraye peut seule être mise à vos trousses; mais lady Mac-Morth pensa qu'un homme tel que don José, au cœur capable de si audacieuses et si déréglées amours, devait être exposé à l'ombre qui tue.

Un soir qu'à une heure assez avancée, aux confins de ce qu'on peut vraiment appeler la nuit, elle était avec Temera et ses trois rivales dans un salon aux fenêtres ouvertes, où les clartés de la lune entraient et venaient se mêler aux lueurs tremblantes de candélabres cachés derrière des fleurs, un soir, lady Mac-Morth s'écria en s'adressant à la présidente de Gazay :

— Vous me disiez l'autre jour, madame, qu'à Paris la sorcellerie était fort à la mode, et s'employait, souvent avec succès, à faire passer le temps des soirées; nul n'a plus de familiarité que moi avec toutes les choses de magie. Si vous voulez, nous ferons passer quelques instants, ce qui vous rendra grand service, ajouta-t-elle en regardant Temera avec un regard plein d'une dure ironie, nous ferons passer quelques instants à l'aide du merveilleux. La lune est dans son plein et montre distinctement la tache ronde qu'on appelle le puits des esprits; nous n'avons qu'à éteindre les deux candélabres qui brillent derrière ces grands vases de roses, car toute lumière, hors celle des astres nocturnes, est hostile aux fantômes, et nous verrons, je vous le promets, un spectacle dont il n'est pas de cœur qui ne soit ému.

La Hollandaise Lucie, et surtout l'Allemande Ottilia, goûtèrent assez peu la proposition de lady Mac-Morth, et celle même à qui s'adressait Argine, la Française Sylvanire, semblait trouver la lune trop pâle, la nuit trop noire, les yeux de son amie la sorcière trop brillants pour se livrer à des opérations magiques; mais la haine l'emporta chez la présidente sur l'effroi et lui inspira une résolution énergique, quand l'Écossaise, s'approchant d'elle, murmura ces mots à son oreille : « Secondez-moi, il s'agit de nous venger. » Sans savoir de quelle mystérieuse vengeance lady Mac-Morth disposait, elle résolut de la seconder en effet, et dit aussitôt tout haut de sa voix la plus caressante :

— Oui, chère lady, je vous en prie, faites vos conjurations; pour ma part, je brûle du désir d'avoir peur.

Don José, cela va sans dire, pressait de son côté lady Mac-Morth de commencer ses évocations au plus vite. Argine se décida donc et alla éteindre les candélabres; puis, s'avançant vers la fenêtre par laquelle arrivaient avec le plus de force les rayons de la lune, baignée dans la clarté mortuaire, les regards fixés sur l'astre livide, elle prononça quelques paroles d'une voix recueillie comme celle qui prie dans une église, basse comme celle qui parle dans la chambre d'un malade endormi. Quand ces paroles furent dites, elle alla au fond du salon et prit, dans une corbeille de fleurs, une grosse rose rouge particulièrement éclairée par la lune; elle donna cette rose à Temera en lui disant :

— Cette rose rouge, la fleur des brûlantes et fatales amours, est le rameau magique; secouez-la trois fois en répétant après moi ces paroles : « Devant moi ce qui est mort par moi. » L'espace qu'encadre cette fenêtre est le temple, c'est-à-dire l'endroit de l'apparition. Dites et regardez.

Temera obéit à la sorcière et prononça en secouant la rose, d'une voix où l'on sentait une émotion croissante, les paroles demandées. Cette évocation terminée (lady Mac-Morth l'affirme du moins), dans l'espace désigné sous le nom de temple, on vit quelque chose de terrible : une femme morte avec un regard de morte, qui tenait dans ses bras un enfant mort.

— Ah! la Madillez! cria Temera; la Madillez et son enfant!

La Madillez était une pauvre fille de Madrid, une fille du peuple, qui avait fait connaître à don José les premières joies amoureuses. Elle avait eu avec Temera une triste et ordinaire aventure; elle l'avait aimé de tout son cœur, et s'était vue abandonnée par lui avec un enfant. Les amours populaires, ce sont les violettes du printemps : on les découvre avec bonheur, on les respire avec ivresse, quand il n'y a pas sur la terre d'autres fleurs; mais on les jette dès que viennent les roses. La Madillez alla se noyer avec son enfant. Dans les bals très-éclatants et dans les soupers très-gais, tenant un verre ou donnant le bras à une belle dame, don José se souvenait souvent avec effroi et douleur de ces deux êtres, dont l'un était sa chair, et dont l'autre avait eu son cœur.

Une expression triomphante parut sur le visage de lady Mac-Morth.

— J'en étais sûre, dit-elle, on pouvait conjurer contre lui l'ombre qui tue.

Alors elle appela des domestiques, qui arrivèrent avec des flambeaux pour rallumer les candélabres.

Pour Ottilia, Sylvanire, Lucie et lady Mac-Morth ellemême, les premières, les plus faibles clartés dont s'était éclairé le salon avaient fait évanouir le fantôme. Les valets n'étaient pas encore entrés que l'éclat précurseur de leurs flambeaux avait déjà rendu invisibles la morte et son enfant ; mais, au milieu du monde et des lumières, don José de Temera semblait voir encore l'effrayant fantôme de la Madillez.

— Don José, lui dit lady Mac-Morth, pour nous l'apparition est évanouie ; mais, pour vous, elle existe et existera toujours. Ouverts ou fermés, dans le jour ou dans les ténèbres, dans la solitude ou parmi les hommes, vos yeux verront éternellement la femme morte et l'enfant mort. C'est un mal, et un terrible mal, que vous envoie le ciel, mais un mal qui a torturé déjà bien des créatures humaines. Combien ont souffert et sont morts, traités de fous par leur famille, leurs amis et leurs médecins, qui disaient : « Il est là, je le vois, il me regarde, le fantôme ! » Ce n'étaient point des fous, don José.

Un mois s'était à peine écoulé depuis cette soirée, et, au milieu de l'île, sous un grand arbre qui semble tout pénétré d'une romanesque douleur, on ensevelissait le pauvre Temera. Il avait pâli, maigri, et enfin il était mort. L'ombre qui tue l'avait tué.

Ce récit achevé, Mafré garda un moment le silence pour laisser sans doute à ses auditeurs le temps de faire leurs observations.

— J'ai toujours eu du penchant, dit Saladin, à croire, comme lady Mac-Morth, que les gens qui se plaignent de voir des fantômes en voient bien réellement ; mais, de par Dieu ! si on lâchait contre moi un spectre, je voudrais en avoir raison. S'il me regardait, je le regarderais. Je trouve qu'il y a de la faiblesse à se laisser tuer par l'ombre qui tue.

Puis l'honnête gentilhomme ajouta, par une réflexion

que venait de lui suggérer son esprit inébranlable de courtoisie :

— Par malheur, c'était une ombre de femme. Oh ! le pauvre don José !

— Eh bien ! je crois, moi, fit Mafré en partant d'un éclat de rire, et même je suis sûr, mon cher Saladin, qu'il n'y avait point d'ombre dans tout cela. Il y avait une vengeance de femme, ce qui est suffisamment terrible. Lady Mac-Morth a empoisonné le pauvre Temera, et elle est bien aise de me faire croire qu'elle a des moyens surnaturels pour expédier dans l'autre monde ses amants.

— Moi, dit alors Narille, je crois très-fermement à l'ombre de la Madillez ; nous en voyons, par Dieu ! bien d'autres dans nos vieux châteaux !

VI

L'AMOUREUX DE LA MER.

Don José de Temera, comme nous l'a appris Mafré, était enterré, en effet, au milieu de son île, sous un saule à la chevelure lamentable et désordonnée. Cet arbre pleureur représentait tout ce qu'on accordait de regrets et de tristesse à la mémoire du trop amoureux hidalgo. Si, dans sa funèbre couche, le pauvre don José pouvait voir ce que devenaient ses quatre fleurs, comme il disait quand il portait à sa boutonnière la tulipe de Harlem, le myosotis, la rose rose et la fleur de genêt, il devait sentir au cœur une morsure plus cruelle que celle des vers, car elles étaient bien prodigues de leurs parfums, ses quatre fleurs !

Nous savons, par l'indiscrétion de Mafré, comment agissait lady Mac-Morth : la présidente Sylvanire jugeait avec beaucoup de faveur Briolan. La Hollandaise Lucie ne détestait point Narille. Elle trouvait en lui un fonds de douceur et de gaieté qui charmait son humeur tranquille ; aussi Narille, depuis quelque temps, avait toujours une tulipe entre les plis de son jabot. Enfin la mélancolique Ottilia s'était prise d'une sérieuse passion pour le mystérieux Dranmor. C'était, des quatre beautés, celle qui s'adressait au cœur le plus difficile à conquérir.

Quoi ! pensera-t-on, l'image de Brigitte ne défendait-elle point Briolan ? Saladin, dans son enfance, s'était nourri d'Amadis et avait sincèrement admiré l'amant d'Oriane ; mais il avait un penchant pour Galaor, et, tout en ayant en son âme une seule religion, il se souciait peu de pratiquer les sentimentales austérités du beau ténébreux. Il aimait mieux égayer son culte, en y introduisant de temps en temps quelques habitudes tant soit peu profanes et étrangères. La présidente Sylvanire lui sembla ce que le ciel avait fait réellement, une femme charmante, dont l'amour rencontré à travers route était ce qu'on a si bien appelé une bonne fortune.

Lady Mac-Morth, appuyée sur Mafré, Briolan conduisant la présidente, Narille et madame Van Hendam marchant côte à côte, faisaient dans l'île les plus riantes promenades. De temps en temps, ils s'arrêtaient dans des salles de verdure, entre des pins en parasol, sur le velours des gazons, et là ils vivaient de la belle vie que mena l'enfant prodigue avant de retourner chez son père manger du veau gras. Mais Ottilia était triste, car elle avait affaire à ce qu'on nomme un cœur de rocher. Dranmor ne semblait point voir ses avances les plus marquées. L'Hippolyte d'Euripide, ce farouche ingénu qui priait les dieux d'inventer un nouveau moyen de donner aux hommes des enfants, n'était point plus ennemi que Dranmor des douces œillades et des tendres propos; il ne menait point vie plus solitaire. Mademoiselle de Ferbruken voyait les heureux couples quitter le château pour aller faire leurs joyeuses excursions dans l'île, et seule elle restait au logis, faute d'un bras pour appuyer son joli bras. Elle se demandait parfois avec inquiétude ce que pouvait devenir le bel aventurier, s'il n'aurait point par hasard quelques indignes amours parmi ses suivantes ou celles de ses compagnes, comme les grossiers marins échappés ainsi que nos héros à l'incendie de l'*Indompté*. Tous les jours, à midi, Dranmor disparaissait; il n'allait point à la chasse, car il n'emportait point d'autre arme que le poignard oriental à la poignée festonnée d'argent et à la lame recourbée, qui ne le quittait jamais. Il s'enfonçait dans les grands bois qui bordaient la rivière, et il n'en sortait que le soir, quand le soleil était couché.

Un jour, mademoiselle de Ferbruken résolut de connaître le mystère de ces disparitions. Elle se mit tout simplement à suivre l'objet de son tendre et curieux intérêt. Dranmor n'avait point l'habitude en route de tourner la tête ; il marcha, comme d'ordinaire, sans se douter qu'il y avait sur ses pas une des plus jolies et des plus nobles filles de l'Allemagne. Il se jeta dans les sombres allées qu'avait suivies Saladin la nuit où il s'était mis à la recherche des curiosités de l'île ; aucune source, aucun arbre, aucun banc de verdure, ne l'arrêtèrent ; il arriva d'un pas rapide jusqu'au bord même de la mer. Alors il gravit un petit rocher, tout couvert de mousse et de gazon, qui s'avançait dans l'eau. La cime de ce rocher était creusée en sorte de nid ; ce fut dans cet asile frais et verdoyant, où l'herbe tremblait d'un frisson amoureux, que s'établit Dranmor. Là il se mit à regarder la mer.

Il faisait un temps magnifique d'été. Il y avait sur les flots la douceur du sommeil et la splendeur des songes. L'onde riante, voluptueuse, attendrie, dépouillée de sa terreur et de ses tristesses, laissait s'exhaler de son sein cette magnétique émanation qui lui donne sur l'âme humaine une puissance mystérieuse et enchantée comme celle de la beauté, du rêve, de la musique et des fleurs. Les yeux de Dranmor, qui tantôt se fermaient mollement, tantôt s'ouvraient grands et fixes, étaient inondés des joies de l'extase. Ottilia se souvint d'un propos de Mafré : « Ah ! se dit-elle, ce n'était donc pas une façon de dire ; c'était bien la vérité ! celui que j'aime est amoureux de la mer. » Mademoiselle de Ferbruken, tout Allemande qu'elle était, comprenait avec assez de peine cette passion pour quelque chose qui ne vous parle pas avec une bouche et ne vous regarde pas avec des yeux. Elle se réjouit de n'avoir que la mer pour rivale, ne se doutant point que cette rivale était la plus terrible qu'elle pût rencontrer. Elle eut cette pensée toute vulgaire : « L'amour de la nature seconde, bien loin de combattre, les autres amours. Il est doux d'admirer à deux de beaux paysages. » Et, gravissant pleine d'espoir, d'un pas aérien, le rocher qu'avait gravi Dranmor, elle parvint jusqu'au nid de l'aventurier, dont elle toucha l'épaule de sa petite main blanche et légère.

Si attrayante que soit la mer, je sais plus d'un galant homme qui aurait cessé avec plaisir de la contempler pour se livrer à l'aimable apparition qui était en ce moment devant Dranmor. Le regard enjoué et timide, la bouche éclairée d'un jeune sourire, la taille attrayante et hardie, Ottilia était ravissante. Que diable peut-on rêver sous la mer, si ce n'est des naïades faites comme cette aimable personne? Eh bien! Dranmor parut aussi mécontent, quand il se fut tourné vers cette belle fille, que si un lourdaud l'eût tiré d'un rêve où le berçaient des sylphides.

— Monsieur Dranmor, lui dit mademoiselle de Ferbruken, vous admirez la mer aujourd'hui, vous avez raison, elle est bien belle! Moi aussi, j'étais venue l'admirer; mais je suis fort heureuse de vous avoir trouvé sur le rivage, car il n'est rien de triste, suivant moi, quand on éprouve une admiration, comme de n'avoir personne à qui l'on puisse la faire partager.

— Mademoiselle, répondit très-froidement Dranmor, je n'admire pas la mer, je l'aime tout simplement, et, au lieu d'être fâché de rester seul avec ce qu'on aime, on est au contraire fort content.

— Il paraît, reprit Ottilia d'une voix qu'elle s'efforça de rendre gaie, il paraît, monsieur Dranmor, que la mer n'est pas comme les belles dames, qu'elle ne forme pas ses adorateurs à la galanterie. Mais tenez, ajouta-t-elle d'un ton où l'émotion était volontairement mêlée à une folâtre franchise, vous avez un caractère d'une si amusante, d'une si intéressante bizarrerie, que je veux à toute force le connaître. C'est un caprice que je m'accorde. Aujourd'hui, monsieur Dranmor, il faut que vous preniez votre parti de m'avoir en tiers dans vos amours avec les flots.

Tout ce que Dranmor laissa voir sur son visage, ce fut l'expression d'une vertu, la résignation. Mademoiselle Ottilia ne se tint pas pour battue. Cessant l'attaque à la française, c'est-à-dire l'enjouement, pour en revenir à l'attaque à l'allemande, c'est-à-dire à la mélancolie, elle promena sur la mer et dans le ciel un regard enthousiaste, puis partit sur la nature et le sentiment qu'elle inspirait sans doute à Dranmor en phrases d'une rêverie passionnée comme la poésie des *Niebelungen*.

Cette nouvelle tactique fut encore sans succès ; Dranmor n'aimait aucune phrase ; les propos enthousiastes et sérieux étaient vis-à-vis de lui chose perdue, comme les propos badins et moqueurs. La seule poésie qu'il comprenait sans savoir si c'était de la poésie, et surtout sans s'en inquiéter, c'était le sourire, la colère, toute l'existence mystérieuse des vagues. Le spectacle de cette vie, qui lui semblait liée à la sienne, lui faisait éprouver des joies comme un enfant en ressent le matin sur le sein qui l'a nourri, comme un amant en ressent le soir sous le regard de sa maîtresse. A voir prendre un sujet de discours, et de discours prétentieux, dans ces joies simples et secrètes, il y avait pour lui quelque chose de monstrueusement pénible et ennuyeux.

La séance au bord de la mer lui sembla ce jour-là fort maussade. Quel fut son dépit quand le lendemain, sur le point de partir, par une matinée éclatante, par un soleil triomphal, pour aller se dédommager sur son cher rocher du contre-temps de la veille, il trouva sur son passage mademoiselle Ottilia de Ferbruken, décidée à lui tenir compagnie de nouveau ! Dranmor eut encore recours à la résignation ; mais il se promit d'échapper à la poursuite de mademoiselle de Ferbruken.

Les jours suivants, il sortit à des heures irrégulières, de façon à ne point pouvoir être suivi, et, avec une industrie de sauvage, il forma d'un arbre qu'il abattit à coups de hache un de ces minces et étroits canots qui peuvent recevoir un seul nautonier. Dans cette embarcation dangereuse, où l'on sent chaque étreinte des ondes, notre amoureux de la mer put aller mettre ses plaisirs à l'abri de mademoiselle Ottilia.

La belle Allemande pâlissait et languissait ; eh bien ! elle n'était pas la seule qui dût souffrir par Dranmor. Un matin que Mafré, Narille et Briolan, réunis, causant et fumant, voyaient s'envoler les heures douces, parfumées, légères comme les nuages de leurs pipes, Dranmor parut devant eux en costume de matelot, et portant sur sa chevelure la trace des baisers de la mer.

— Si vous voulez partir, dit-il, à une lieue d'ici, en pleine mer, arrêté par le calme plat qui dure depuis trois jours, il y a un vaisseau français, le *Régent*, où l'on ne demande pas mieux que de vous recevoir. Je ne pense pas que vous croyiez être au terme de vos aventures, ce n'aurait pas été la peine de se mettre en route pour aller croupir dans ce méchant petit coin du monde. Vous devez être las, ce me semble, de tenir compagnie aux veuves de don José de Temera. Quant à moi, la mer des côtes ne m'a jamais fait oublier la pleine mer : dans une promenade en canot, j'ai rencontré le *Régent*, qui doit parcourir l'Océan atlantique jusqu'au Canada. Son capitaine, qui me semble un fort digne homme, a dit qu'il recevrait avec joie des passagers de l'*Indompté*. Le Canada est un pays de boucaniers. Ainsi, Mafré, c'est une terre qui vous convient. Si vous m'en croyez, messieurs, appelons les hommes qui ont quitté l'*Indompté* avec nous, embarquons-nous sur notre baleinier et rejoignons le *Régent*.

— Palsambleu ! s'écria Narille, quelle rage de mouvement a ce Dranmor ? Moi, je m'arrêterais encore volontiers ici quelque temps. Ce méchant petit coin du monde est un vrai paradis terrestre. On y fait bonne chère, on y est avec de jolies femmes ; quand on n'est pas amoureux de la mer, que diable désirer de plus ? Les hommes qui se sont sauvés avec nous de l'*Indompté* penseront comme moi. Jamais on ne les arrachera de ce pays de cocagne pour aller chasser les bêtes dans le Canada.

Briolan, qui semblait livré à de profondes réflexions, dit tout à coup d'une voix grave et ferme :

— Il faut qu'on les en arrache cependant. Dranmor a raison, nous devons partir. Nous ne sommes point ici où nous devons être, où nous nous sommes proposé d'aller. Il ne convient pas à des gentilshommes de mener la vie que nous menons aux dépens, messieurs, de quatre femmes. Nous sommes partis pour vivre de notre courage. Ce séjour aura été un heureux et merveilleux incident de nos voyages, mais il ne doit être qu'un incident.

— Eh bien donc! remettons-nous en mer, dit à son tour Mafré. Je respecte les scrupules de Briolan, et la passion de Dranmor m'intéresse. L'île et les quatre beautés qui l'habitent m'ont beaucoup plu; mais, île et beautés me sont suffisamment connues maintenant. Narille se trompe en croyant que les marins de l'*Indompté* feront des difficultés pour nous suivre. Notre digne marquis ne connaît que les mœurs des vieux châteaux et de la cour; il ignore celles des mers. Les vagues appellent le matelot comme les coups de fusil appellent le soldat, d'une façon irrésistible. Nous sommes bien ici; mais peut-être serons-nous encore mieux là-bas. Nous sommes ici dans un palais tout doré, peut-être là-bas serons-nous dans un palais de diamant. Les marins ne voient rien d'impossible; moi-même, malgré des déceptions cruelles, je suis un peu comme ces braves gens. J'espère toujours que le sort se mettra en frais d'invention et nous offrira quelque nouveauté. Allons, messieurs, partons.

Il fut convenu, en effet, que l'on quitterait l'île, mais qu'on la quitterait la nuit pour éviter de pénibles adieux. Mafré écrivit, au nom de ses compagnons, une lettre ainsi conçue :

« Le comte de Briolan, le vicomte de Mafré, le marquis de Narille et M. Dranmor, sont pénétrés de reconnaissance pour la gracieuse et magnifique hospitalité qu'on a exercée envers eux pendant plus d'un mois. Ils emportent au fond de leur cœur quatre images que le respect et la tendresse y entoureront toujours; mais, gentilshommes et marins, ils sont obligés de reconnaître les droits que le danger et la mer ont sur eux. Il faut qu'ils s'arrachent au repos et au bonheur. Leurs destinées seront-elles ramenées un jour aux lieux où ils ont connu tant de délices? Ils l'ignorent, et c'est leur tristesse; mais leur cœur y viendra sans cesse, ils en sont sûrs, et c'est leur consolation. »

On s'arrangea pour que cette lettre fût remise à lady Mac-Morth le lendemain matin, et l'on fit pour la nuit même les préparatifs du départ. A minuit, par une lune limpide et pleine qui enveloppait toute la surface des mers dans une lumière d'argent, on s'embarqua dans cette même baie où l'on pénétrait avec tant d'inquiétude après l'incendie de l'*Indompté*. Vingt bras robustes faisaient force de rames, de sorte qu'on eut bientôt rejoint le *Régent*.

Le *Régent* était un vaisseau à trois ponts, ayant la prestance superbe, le royal aspect, l'élégante et formidable attitude d'un bâtiment de guerre. Des dorures comme celles de Trianon et de Versailles étincelaient entre les sombres bouches de ses canons; de gracieux balcons serpentaient au gaillard d'arrière, devant les appartements du capitaine. Le pavillon de France, qui surmontait son grand mât, brillait d'un héroïque éclat à travers cette vaste mer dans cette nuit pleine d'étoiles.

Ce ne fut point sans quelque émotion au cœur que nos aventuriers gravirent l'escalier qui conduisait à bord de ce noble vaisseau. Un homme aux cheveux blancs et aux traits sévères les reçut sur le pont. C'était le capitaine du *Régent*, le marquis de Kermandin. Près de lui était un jeune officier, au visage riant et à la tournure élégante : c'était son neveu, le vicomte d'Espréuil. L'oncle et le neveu accueillirent, l'un avec une politesse austère, l'autre avec une courtoisie enjouée, nos quatre héros. MM. de Kermandin et d'Espréuil, en vrais gentilshommes bretons, connaissaient trop bien leurs armoriaux pour ignorer les noms de Briolan et de Mafré. Un grand nombre d'hommes du *Régent*, qui se tenaient sur le pont à quelque distance du capitaine, reçurent les marins de l'*Indompté* avec le respect et l'intérêt qu'on a pour les débris des grandes infortunes.

Mafré dit à l'oreille de Briolan, en pénétrant dans le vaisseau avec lui sur les pas du capitaine :

— Eh bien! mon cher comte, nous voici de nouveau livrés à l'océan. Croyez-vous que sans Dranmor nous nous serions embarqués si vite? C'est sa passion qui nous a mis tous en mouvement. Je crois bien que l'amour de la mer est le plus puissant des amours.

Saladin ne répondit pas; mais, par un de ces doubles mouvements du cœur dignes de don José de Temera, il pensa avec une tendre tristesse à la présidente Sylvanire, avec une passion emportée à la belle duchesse Brigitte.

VII

UNE BELLE AMITIÉ DE JEUNESSE.

Le vicomte d'Esprénil, qui servait à bord du *Régent*, n'avait pas encore vingt-cinq ans. C'était bien ce qu'on appelle un gentilhomme accompli. Il appartenait à cette race de *jolis seigneurs*, comme dit le prince de Ligne, qui portaient leurs uniformes si élégamment et si bravement, qui prodiguaient avec tant d'entrain leur noble et charmante vie. Il était digne et il était gai; par-dessus tout il était franc. Sans franchise point de vraie chevalerie. Le cœur de d'Esprénil était pur, brillant et solide comme son épée.

Briolan lui plut et il plut à Briolan. La bravoure et la jeunesse font marcher vite l'amitié. Ils devinrent inséparables. Pourtant ils en arrivaient lentement aux confidences. Saladin avait une humeur très-discrète; d'Esprénil semblait d'un caractère plus léger, mais évidemment un secret d'une grande importance était lié à ses amours. Saladin s'était aperçu que plusieurs fois son ami paraissait tout prêt de laisser échapper des aveux qu'il refoulait sur-le-champ. Notre héros, avec son habituelle délicatesse, bien loin alors de l'interroger, respectait au contraire et feignait même de ne point remarquer ses hésitations.

Une après-dînée cependant, où les deux jeunes gentilshommes se promenaient tous deux sur le pont, sous le ciel plein d'une lumière empourprée, regardant les vagues qui brillaient au soleil comme des cuirasses, d'Esprénil dit à Briolan :

— Nous avons sous les yeux un fort beau spectacle; à vos côtés, j'en jouis beaucoup, mais en jouirais-je autant si j'étais seul? Non, certes. Tenez, franchement, à moins d'être comme votre ami Dranmor, le marin s'ennuie dans son errante solitude. Il est rare de trouver un esprit et un cœur qui vous conviennent précisément dans le vaisseau auquel votre sort est attaché. Moi je suis né avec le goût, le besoin de dire, s'il se peut, de faire partager ce que je sens, d'avoir toujours près de moi au moins l'amitié. L'amitié, à ce que je pensais, devait me manquer sur le *Régent*, dont je connaissais tout l'équipage avant de m'embarquer, de sorte que je me suis arrangé, ma foi, pour y placer l'amour.

— Comment! dit Saladin, qui ne put à cette phrase inattendue retenir une expression de surprise, vous avez donc caché quelque femme ici?

— Oui, mon cher comte, voilà le secret que je voulais vous apprendre, car il me coûte d'avoir un secret pour vous; et d'ailleurs j'ai depuis quelques jours un charmant projet, que je ne pouvais exécuter sans vous mettre dans ma confidence. Vous savez que mon oncle, quoiqu'il soit peu plaisant de sa nature, m'a cependant plaisanté quelquefois sur le mystère de mon appartement, entre autres choses sur ce rideau rose toujours fermé qui garnit la fenêtre de ma chambre. J'exagère à dessein la recherche de ma toilette, le soin de ma coiffure, pour que le brave homme puisse me croire des manies de petit-maître. « D'Esprénil (disait l'autre jour le marquis à table, vous en souvenez-vous?) ne veut point qu'on pénètre dans son boudoir; je crois, sur ma parole, qu'il met du rouge. » Je ne veux point qu'on entre chez moi, mon cher Saladin, parce qu'il y a d'ordinaire, derrière ce mystérieux rideau rose, dont est occupé tout l'équipage, un regard qui se promène sur la mer avec une douce rêverie, le regard de ma maîtresse. Oui, j'ai ma maîtresse avec moi. Le sort m'a fait rencontrer une femme qui unissait les qualités les plus diverses : assez de songerie pour supporter la solitude, assez d'enjouement pour être adorée dans le monde; une femme, mon cher comte, qui est à la fois douce et piquante, gaie et rêveuse, enfin...

— Enfin, qui vous est chère, vicomte, interrompit Saladin ; partant pour laquelle je me sens déjà le respect le plus tendre et le plus profond.

— Mon cher comte, reprit avec impétuosité d'Esprénil, je veux que vous la connaissiez. Tenez, voici le charmant projet dont je vous parlais. Cette nuit, quand le capitaine sera couché et presque tout l'équipage endormi, je vous recevrai dans ma chambre et vous ferai souper avec ma maîtresse. Nous retrouverons ainsi sur la mer, à bord du *Régent*, des moments qui vaudront ceux qu'on peut passer à Paris dans les nuits les plus heureuses. Ainsi, voilà qui est convenu : entre minuit et une heure, venez sur le pont près du gaillard d'arrière, vous me verrez arriver à vous, et au bout d'un instant vous serez à table entre ma maîtresse et moi. Nous boirons, cher comte, à ce qu'il y a dans ce monde de joyeux et de sacré, à l'amitié, à l'amour, au courage, à l'aventure et à la gaieté.

Briolan fut exact au rendez-vous. Après quelques minutes d'attente, il voyait commencer un des plus aimables épisodes de sa vie aventureuse.

Dans une cabine étroite, mais qui eût fait honte au boudoir de la Gaussin, tant elle était décorée avec une étincelante élégance, une table, éclairée par un candélabre à fleurs et chargée de flacons, réunissait trois personnes : les deux jeunes gens que nous connaissons et une femme qu'on était fort heureux de connaître, aux cheveux blonds, aux yeux noirs, d'une beauté qui convenait bien à la scène où elle figurait, c'est-à-dire originale et gracieuse.

Églé, nous appellerons ainsi la dame, c'est le nom qu'elle était convenue avec d'Esprénil de porter cette nuit, Églé trempait à peine dans la mousse du vin de Champagne la pourpre charmante de ses lèvres ; ses deux compagnons buvaient franchement. Saladin avait un culte pour l'eau, mais il en était de ce culte comme de son amour d'Amadis pour sa belle cousine; de temps en temps il oubliait la boisson sacrée, la boisson des colombes et des lions, des vrais amoureux et des vrais braves, pour les profanes attraits du vin ; en ce moment, il tenait tête à d'Esprénil : aussi le cœur des deux amis était sur leur bouche, plus pur que le cristal, plus chaud que la liqueur des flacons.

— Saladin, dit d'Esprénil, morbleu ! cette nuit je suis

— Si vous voulez partir, dit-il, à une lieue d'ici, en pleine mer, arrêté par le calme plat qui dure depuis trois jours, il y a un vaisseau français, le *Régent*, où l'on ne demande pas mieux que de vous recevoir. Je ne pense pas que vous croyiez être au terme de vos aventures, ce n'aurait pas été la peine de se mettre en route pour aller croupir dans ce méchant petit coin du monde. Vous devez être las, ce me semble, de tenir compagnie aux veuves de don José de Temera. Quant à moi, la mer des côtes ne m'a jamais fait oublier la pleine mer : dans une promenade en canot, j'ai rencontré le *Régent*, qui doit parcourir l'Océan atlantique jusqu'au Canada. Son capitaine, qui me semble un fort digne homme, a dit qu'il recevrait avec joie des passagers de l'*Indompté*. Le Canada est un pays de boucaniers. Ainsi, Mafré, c'est une terre qui vous convient. Si vous m'en croyez, messieurs, appelons les hommes qui ont quitté l'*Indompté* avec nous, embarquons-nous sur notre baleinier et rejoignons le *Régent*.

— Palsambleu ! s'écria Narille, quelle rage de mouvement a ce Dranmor ? Moi, je m'arrêterais encore volontiers ici quelque temps. Ce méchant petit coin du monde est un vrai paradis terrestre. On y fait bonne chère, on y est avec de jolies femmes ; quand on n'est pas amoureux de la mer, que diable désirer de plus ? Les hommes qui se sont sauvés avec nous de l'*Indompté* penseront comme moi. Jamais on ne les arrachera de ce pays de cocagne pour aller chasser les bêtes dans le Canada.

Briolan, qui semblait livré à de profondes réflexions, dit tout à coup d'une voix grave et ferme :

— Il faut qu'on les en arrache cependant. Dranmor a raison, nous devons partir. Nous ne sommes point ici où nous devons être, où nous nous sommes proposé d'aller. Il ne convient pas à des gentilshommes de mener la vie que nous menons aux dépens, messieurs, de quatre femmes. Nous sommes partis pour vivre de notre courage. Ce séjour aura été un heureux et merveilleux incident de nos voyages, mais il ne doit être qu'un incident.

— Eh bien donc! remettons-nous en mer, dit à son tour Mafré. Je respecte les scrupules de Briolan, et la passion de Dranmor m'intéresse. L'île et les quatre beautés qui l'habitent m'ont beaucoup plu; mais, île et beautés me sont suffisamment connues maintenant. Narille se trompe en croyant que les marins de l'*Indompté* feront des difficultés pour nous suivre. Notre digne marquis ne connaît que les mœurs des vieux châteaux et de la cour; il ignore celles des mers. Les vagues appellent le matelot comme les coups de fusil appellent le soldat, d'une façon irrésistible. Nous sommes bien ici; mais peut-être serons-nous encore mieux là-bas. Nous sommes ici dans un palais tout doré, peut-être là-bas serons-nous dans un palais de diamant. Les marins ne voient rien d'impossible; moi-même, malgré des déceptions cruelles, je suis un peu comme ces braves gens. J'espère toujours que le sort se mettra en frais d'invention et nous offrira quelque nouveauté. Allons, messieurs, partons.

Il fut convenu, en effet, que l'on quitterait l'île, mais qu'on la quitterait la nuit pour éviter de pénibles adieux. Mafré écrivit, au nom de ses compagnons, une lettre ainsi conçue :

atours du matin. D'Esprénil, en reconduisant Briolan jusqu'à la partie du vaisseau où nos aventuriers logeaient, s'abandonnait encore à l'ivresse des heures à peine envolées.

— Eh bien! mon cher Saladin, n'ai-je pas raison d'adorer ma maîtresse? Vous l'avez vue. Tout ce qui fait aimer est sur son visage, dans son cœur et dans son esprit; mon cher vicomte, je suis comme vous, amoureux, et fier d'être amoureux! On en reviendra toujours là, voyez-vous! Rien de beau et de touchant comme l'ancien et le véritable amour, l'amour des preux! J'ai appris avec plaisir, cette nuit, que vous aviez une dame, Saladin; c'est une raison de plus, vrai Dieu! pour que vous soyez mon ami. Qu'on me traite de don Quichotte si l'on veut, ce tendre et héroïque mot de *ma dame* me met le feu au cœur et les larmes aux yeux! Plus heureux que vous, je l'ai avec moi, ma dame! Nous n'avons pas pu nous séparer; car, voyez-vous, Saladin, ce n'est point une manière de dire, c'est la vérité, ma maîtresse et moi, nous avons une seule vie! Et même, ajouta-t-il au bout d'un instant, après s'être arrêté tout à coup sur ces derniers mots, et même il y a des moments où j'ai peur que ce ne soit mauvais pour un homme d'aventure, portant une épée et foulant ce sol de bois que voici, sous lequel est toujours la mort, d'avoir ainsi confondu son existence avec une existence qui lui est si chère. Mais bah! ce qui est noble et beau justement dans la jeunesse d'un gentilhomme, c'est que, des biens les plus précieux, on est toujours disposé à se dépouiller dès que l'honneur vous chante au cœur ses fanfares. Ma maîtresse le comprend comme moi, l'honneur. S'il le fallait... Et, pourtant, reprit-il après un nouveau silence, quelle douleur pour moi de précipiter dans ma mort toute cette grâce et cette beauté! Peut-être aurais-je bien fait de la laisser en France.

En ce moment, les pensées de d'Esprénil (c'est une marche que les pensées suivent souvent après boire) passèrent de la gaieté à la mélancolie. Levant les yeux vers les étoiles, qui jetaient un dernier regard à la mer avant d'aller se perdre dans les splendeurs du jour, Briolan dit à son ami dans un noble transport :

— Qu'importe, après tout, le trépas à nous et à celles qui sont dignes de nous! Je conçois que les âmes bourgeoises aient de la peine à s'envoler dans la mort; mais nous, qui habitons sur les grandes cimes, nous sommes, comme les oiseaux des montagnes, toujours prêts à disparaître dans le ciel.

VIII

LA MORT DU GENTILHOMME.

Quelques jours après ce souper, d'Esprénil aborda en riant Saladin :

— Églé, dit-il, a un caprice auquel il faut absolument,

mon cher comte, que vous et moi nous nous soumettions. Elle veut à toute force voir M. de Narille figurer dans une scène de diablerie, comme celles qu'entend si bien lady Mac-Morth. Voici quel est son plan : Je dirai devant votre précieux marquis que j'ai passé l'hiver dernier à Paris dans les conjurations magiques, et je lui proposerai, ainsi qu'à vous, d'évoquer des morts. Nous conviendrons aussitôt pour la nuit prochaine d'une réunion composée de nous trois seulement bien entendu; je ne voudrais pas soumettre ma magie à l'œil perçant de M. de Mafré. Cette réunion aura lieu dans ma cabine. C'est sur vous que je proposerai d'abord d'essayer mes sortilèges. Je vous demanderai quelle ombre vous voulez voir; vous souhaiterez l'ombre d'une sœur, d'une maîtresse, de qui vous voudrez en un mot, pourvu que ce soit d'une femme. Aussitôt que j'aurai débité certaines formules, Églé paraîtra dans le costume convenable à l'apparition évoquée. Comment se douter qu'une femme est à bord d'un vaisseau de la marine royale? De sa superstition affectée, M. de Narille sera tenté de passer à une vraie superstition. C'est là ce qui fera le bonheur d'Églé. Quant à ce qui le regardera personnellement, s'il a le courage après votre fantôme d'évoquer un fantôme pour son compte, voici ce que nous avons arrêté : on ne verra qu'une forme indécise accompagnée d'un murmure confus; je dirai que j'ai négligé une formule, que l'opération est manquée et ne peut plus être recommencée sans de grands inconvénients, et on laissera là cette seconde épreuve, qui aura perdu toute importance après la triomphante issue de la première.

A la volonté la plus fantasque d'une femme, Saladin n'aurait jamais imaginé d'opposer une résistance. Il accueillit donc avec respect le caprice d'Églé. Au moment même où il assurait d'Esprénil de sa soumission à cette belle, le hasard poussa Narille vers les deux gentilshommes. On exécuta sur-le-champ une des scènes méditées. Le vicomte parla de son expérience et de son habileté dans la magie, Briolan lui demanda des preuves de son art ; Narille appuya la demande de Briolan : les trois jeunes gens prirent rendez-vous pour la nuit suivante.

Dès que l'heure des sorciers et des assassins, minuit, se fut mise en route dans son manteau sanglant, d'Esprénil alla trouver sur le pont Briolan et Narille, qui l'attendaient et les introduisit dans sa chambre.

La chambre du vicomte présentait un aspect bien différent de celui qu'elle offrait dans la nuit du souper. Le boudoir de petite-maîtresse était changé en gîte de sorciers. Un personnage de Callot ou de Rembrandt, au regard de chat, au front sinistre et au bonnet fourré, y aurait été parfaitement à sa place. Une seule clarté s'y disputait avec les ténèbres, celle d'une chandelle désolée, sentant la veillée mortuaire, qui sortait d'une bouteille cassée. Sur les murs, couverts de draps flottants et livides qui ressemblaient à des linceuls rangés dans un vestiaire de fantômes, se détachaient maints objets hideux, un squelette d'autruche, une momie indienne, une sorte de singe empaillé ou de nègre embaumé, d'une physionomie particulièrement grotesque, piteuse et maligne.

D'Esprénil dit d'une voix solennelle à Briolan, quand

il eut laissé à ce spectacle le temps d'agir sur l'imagination de Narille :

— Saladin, c'est à vous d'abord que je m'adresserai. Est-il parmi les morts quelqu'un que vous désiriez rappeler ? Du monde où nous entrerons un jour tout entiers, et où maintenant notre pensée ose à peine faire quelques pas en tremblant, voulez-vous qu'une ombre revienne ?

— Oui, répondit Briolan.

— Et qui voulez-vous revoir ? Par quels yeux fermés au jour des vivants voulez-vous être regardé ?

— Je voudrais, reprit Briolan après s'être recueilli quelques instants, je voudrais être regardé par des yeux que je n'ai jamais vus, mais qui étaient, m'a-t-on dit, les plus beaux du monde. Mon grand-père avait une sœur, mademoiselle Judith de Briolan, qui mourut dans la fleur de ses ans, après une partie de chasse. Elle était grande chasseresse, et l'on prétend qu'elle avait eu un démêlé avec un cerf qui était sorcier. Le fait est que sa mort fut subite. Ma grand'tante Judith avait les cheveux blonds et des yeux noirs. On me parlait souvent d'elle dans mon enfance, et, toutes les fois que j'allais dans les bois, j'espérais la rencontrer sous un chêne. Qu'elle se montre à moi cette nuit, telle qu'elle était aux jours de sa jeunesse et de sa beauté.

— Votre désir va être exaucé, dit d'Esprénil.

Et allant chercher dans un coin de la chambre un gros livre d'un aspect cabalistique, qu'il approcha de la chandelle : « Répétez après moi, Saladin, poursuivit-il, la formule que je vais lire. » Et il récita, dans une langue complétement étrangère à Narille, je le crois bien aussi à tous les habitants de toutes les parties du globe, une formule que répéta après lui Briolan. Puis il souffla la chandelle en disant comme lady Mac-Morth : « Toute lumière, hors celle des astres, est hostile aux fantômes. » Alors, devant un des rideaux qui garnissaient la chambre, on vit dans une mystérieuse clarté le plus gracieux des fantômes. Un épieu à la main, une trompe à la ceinture, des cheveux blonds dégageant un front hardi et tombant en boucles lumineuses sur une épaule aux teintes rosées, un charmant regard bien vague, bien mystérieux, bien profond, dans les plus noirs des yeux, Églé apparut avec toute son intelligence et sa grâce à Briolan et d'Esprénil charmés, à Narille charmé et confondu.

Les apparitions doivent être courtes. Quand on eut contemplé quelques instants l'aimable fantôme, le vicomte ralluma la chandelle en passant rapidement devant sa maîtresse. Par ce mouvement habilement exécuté, il donna le moyen à la jolie ombre de disparaître, sans être vue, derrière le rideau.

Que pensait et que disait Narille? Il était aussi ébahi qu'on pouvait le désirer. Il s'imaginait que le destin, prenant comme lui sa gentilhommerie au sérieux, le plaçait au milieu d'un monde digne des Renaud et des Tancrède. Il se mettait à croire aux revenants de bonne foi et sans arrière-pensée ; mais comme il était, après tout, fort brave (sa bravoure était, avec sa candeur, un des traits qui donnaient le plus d'originalité à son caractère), comme il était donc fort brave, il était beaucoup plus surpris qu'effrayé. D'ailleurs, ainsi qu'il le fit fort bien remarquer lui-même, l'apparition qu'on venait de voir était plus propre à échauffer les cœurs qu'à les glacer. Après avoir payé un juste tribut d'éloges à la belle du pays des morts :

— Maintenant, dit-il, palsambleu ! il faut, mon cher vicomte, que je fasse venir à mon tour un fantôme. Voyons, qui vais-je vous prier d'appeler? Si je me connaissais quelque grand'tante aussi piquante que celle de ce fripon de Briolan, je n'hésiterais pas à l'évoquer ; mais, quoique les grand'tantes ne me manquent pas plus que les grands-oncles, les grands-pères, les grand'mères, tous les grands parents, je n'ai pas, je le crains bien, dans toute l'espèce féminine de ma maison, une beauté digne de se montrer après mademoiselle Judith. Tenez, mon cher vicomte, appelez tout simplement un de mes ancêtres, n'importe lequel, mon bisaïeul, par exemple... ou bien plutôt mon trisaïeul.

A cette demande, faite du ton de la plus incroyable assurance et avec une bien grande étourderie pour un homme qui croyait sérieusement à l'art d'évoquer des fantômes, une idée fatalement espiègle traversa l'esprit du vicomte d'Esprénil.

— Vous allez voir votre trisaïeul, mon cher marquis. Je vous demande seulement quelques instants pour aller échanger sur le pont un regard avec la lune, puis revenir méditer ici. Ma méditation ne sera point longue, mais il faut qu'elle soit solitaire. Ayez la bonté, je vous prie, de vous retirer un moment avec Briolan dans un coin du gaillard d'arrière ; aussitôt mes préparatifs achevés, j'irai vous avertir, et nous verrons le Narille que vous demandez dans toute la splendeur de la charge dont sans doute il était revêtu.

Saladin, sans comprendre ce que son ami préparait, se retira en effet avec Narille à une extrémité du *Régent*. Il était en cet endroit depuis quelque temps, trouvant le temps long, la nuit froide et la société de Narille assez peu récréative, quand il vit reparaître d'Esprénil.

— Suivez-moi, messieurs, fit le vicomte; tout est prêt pour notre seconde opération. Votre trisaïeul, mon cher marquis, sent déjà votre pensée agir sur lui dans l'autre monde.

Et l'on rentra dans la chambre des conjurations. Après une cérémonie toute semblable à celle qui avait eu lieu pour l'évocation de mademoiselle Judith, où seulement Narille remplaçait Briolan, d'Esprénil éteignit de nouveau la chandelle, et devant ce même rideau, sur lequel s'était dessinée tout à l'heure l'ombre charmante de la tante chasseresse, apparut le plus inconvenant fantôme... un fantôme en bonnet de coton, en veste blanche et en tablier de cuisine, le fantôme de Laridon.

Un instant, Narille fut plongé dans la stupeur et pensa que vraiment son trisaïeul, sur lequel, on se l'imagine, il avait les plus incertaines données, avait été dans ce monde un occiseur de dindons, un rôtisseur de poulets, un écorcheur de poissons, en un mot un cuisinier, et qu'il revenait, dans le costume de cette humble et utile profession, confondre la vanité de son petit-fils; mais il arriva, par malheur, qu'il reconnut tout à coup, malgré l'épaisse couche de farine sous laquelle on l'avait déguisé, le visage de maître Mathieu, le cuisinier du *Régent*. Peindre la colère qui saisit alors le marquis serait chose difficile. Il se jeta sur le fantôme, lui appliqua une paire de soufflets, dont le bruit éclatant attesta qu'ils n'étaient pas tombés sur une ombre; puis, s'adressant au vicomte d'une voix que faisait trembler l'indignation :

— Par là mordieu! dit-il, vous me rendrez raison de cette mystification impertinente! Je vous prouverai, monsieur, l'épée à la main, que je n'ai pas dans les veines du sang de marmiton! Ah! vous voulez, monsieur, mettre des gâte-sauces dans ma famille! Palsambleu! je vous éventrerai comme le drôle que je viens de souffleter éventre un poulet!

— Vous voyez bien, monsieur Narille, repartit le vicomte d'Esprénil avec le plus grand sang-froid, que votre provocation, où vous mêlez les hôtes de la basse-cour, sent beaucoup plus le gâte-sauces, comme vous dites, que le gentilhomme. Du reste, ajouta-t-il d'une voix brève et digne qui arrêta une réplique furieuse de Narille, tâchez d'agir en gentilhomme, monsieur, puisque c'est en gentilhomme que je vous traiterai. Faisons trêve, s'il vous plaît, aux injures, qui sont de fort mauvais goût, et que les épées ont pour emploi précisément d'éviter aux gens de cœur. Je m'arrangerai demain, monsieur, pour vous donner une satisfaction; en ce moment, je vous souhaite une bonne nuit, qui ne soit point tourmentée par des fantômes.

Le lendemain de cette ridicule et funeste scène, Briolan, de grand matin, allait trouver d'Esprénil.

— La peste soit de votre plaisanterie d'hier, cher vicomte! disait-il; maintenant il faut que vous rendiez raison à Narille. Jamais l'enragé marquis n'a été plus digne de son nom. Il a l'enfer dans le cœur et dans les yeux.

Il me soupçonne un peu de l'avoir trahi et de m'être égayé avec vous sur son compte, car il comprend avec peine comment sa gentilhommerie vous a toujours été si suspecte. Il ne sait pas qu'eussé-je eu sur lui la bouche close comme une porte de prison, ce n'est point vous, cher vicomte, qui auriez méconnu son origine ; mais, enfin, j'ai regret de la part que j'ai eue à tout cela, et ce duel m'ennuie. Narille, malgré ses ridicules et ses défauts, a une bonne qualité, sa bravoure ; puis il a été et est encore mon compagnon d'aventures. Que vous dirai-je ? je trouve ce combat fâcheux ; je l'envisage avec un sentiment de répugnance impatient et triste dont je suis moi-même tout étonné. Je voudrais à toute force qu'il pût être évité.

On devine ce que d'Esprénil répondait à son ami. Briolan le savait comme lui, il n'y avait aucun moyen d'éviter une semblable affaire ; mais elle avait, en effet, quelque chose de fâcheux, tenant à une circonstance que Briolan ne connaissait pas et que voici. Le capitaine du *Régent*, le marquis de Kermandin, avait eu une vie bien fatalement attristée par le duel. A vingt-cinq ans, il avait tué un enfant de quinze ans, un jeune cadet de marine dont il avait insulté la mère dans un moment d'ivresse. A quarante ans, dans une affaire à peu près semblable à celle où il avait joué un si terrible rôle, c'était son fils à lui, un jeune homme déjà par le courage, un enfant encore par la grâce et la faiblesse, qu'il avait vu tomber sous une épée de spadassin. Le marquis avait donc pris le duel dans une aversion mêlée d'épouvante, il le détestait d'une sombre et religieuse haine ; aussi avait-il déclaré que, si un combat singulier avait jamais lieu à son bord, il le punirait, au nom de l'autorité royale et de sa propre autorité, avec une sévérité effroyable.

— Malgré les liens de parenté qui m'attachent à M. de Kermandin, il ne s'agit de rien moins pour moi, dit le vicomte, en me battant avec M. de Narille, que de la perte de ma carrière d'officier. Quant à mon adversaire, je ne sais point jusqu'à quel excès de châtiment se portera envers lui, dans sa puissance arbitraire, le capitaine de vaisseau. Ceux mêmes, enfin, qui nous auront servi de témoins, courront aussi le plus sérieux danger. Voilà qui m'afflige, mon cher comte, ajouta d'Esprénil; mais toute cette complication de périls n'en rend que plus impérieuse la satisfaction demandée par votre compagnon.

Il fut convenu que l'affaire se viderait la nuit, au clair de la lune, dans une partie isolée du vaisseau ; que, pour ne point mettre d'officiers dans la confidence, chaque combattant n'aurait qu'un témoin pris parmi les aventuriers, Mafré pour Narille, et pour d'Esprénil Briolan.

A l'heure et au lieu fixés pour cette rencontre, les deux adversaires et leurs seconds se trouvèrent réunis. La lune, sur laquelle on avait compté pour éclairer le combat, était entourée de gros nuages humides qui ôtaient à sa lumière toute sa force. Les deux adversaires pouvaient à peine distinguer la pointe de leurs épées. Le plus habile en escrime perdait donc en grande partie le fruit de sa supériorité. On en vint presque immédiatement au corps à corps. Briolan, après quelques secondes remplies de l'ardente anxiété qu'éveille cette terrible phase du duel, crut apercevoir, malgré la nuit, une large tache de sang sur la poitrine de d'Esprénil. Il écarta sur-le-champ avec son épée les deux épées rivales, qui se choquaient encore.

— Vous êtes touché, vicomte! s'écria-t-il.

— Ce n'est rien, dit d'Esprénil, je puis continuer.

— Non, de par Dieu! reprit Briolan; ce maudit duel n'a déjà que trop duré. Je ne laisserai jamais recommencer cette odieuse lutte de ténèbres. Mafré, emmenez Narille, qui a vengé bien suffisamment sa cause et celle de ses aïeux; moi, je reconduis le vicomte dans sa cabine.

Et Saladin, prenant sous le bras d'Esprénil, se dirigea vers le logis de l'officier. Quelqu'un veillait dans ce logis : c'était Églé. Il faut avoir un peu vécu de cette jeune et audacieuse vie où le cœur plein de chaleur amoureuse, la cervelle pleine de visions enchantées, ne savent jamais si une balle ou une épée n'éteindra pas leur flamme, ne dissipera point leur magie; il faut avoir connu les deux ardeurs passionnées éveillées par ces deux mots tout-puissants d'honneur et de maîtresse pour bien comprendre ce qui se passait dans la cabine de d'Esprénil. S'il n'y a point quelque petite main bien chère dont vous ayez senti le goût à vos lèvres, quelques grands yeux bien adorés que vous ayez vus s'ouvrir devant vos yeux, tout en maniant une crosse de pistolet ou une poignée d'épée, je ne sais pas si Églé et d'Esprénil vous toucheront. Ils remuaient profondément le cœur de l'honnête Saladin. Le vicomte pressait sur sa bouche la main de sa maîtresse; Églé arrêtait un regard sublime, où se lisait tout ce qu'ont d'émouvant l'héroïsme et la tendresse, sur les traits pâles de son amant.

— Mais ! s'écria-t-elle tout à coup en s'adressant à Saladin avec un de ces accents de femme déchirants et passionnés qui causent d'incroyables vibrations dans le cœur, mais si sa blessure était grave, monsieur de Briolan ? Comme il vient de pâlir ! Ah ! mon Dieu ! voilà que j'ai peur !

Le grand danger des blessures de l'épée, c'est, comme on le sait, l'étouffement. Saladin appuya ses lèvres sur la plaie de son ami, et, en faisant jaillir le sang avec abondance, il mit un terme à l'accident qui avait causé l'effroi d'Églé.

— J'ai déjà vu, dit-il ensuite, beaucoup de blessures, et celle-là, j'en suis persuadé, n'est pas dangereuse. Il n'est pas venu de sang sur la bouche de d'Esprénil ; c'est un signe excellent. Toutefois, je désirerais beaucoup que l'on pût appeler le docteur du vaisseau.

D'Esprénil ne voulut pas y consentir. Le docteur était un homme âgé, dévoué à M. de Kermandin, ennemi du duel comme lui, et qui, dans une circonstance semblable, avait trahi la confiance d'un blessé. Saladin obéit aux volontés du malade, et il se retira en le confiant à la tendresse d'Églé.

Mais, le lendemain, quels furent le mécontentement et la surprise du comte, quand, se dirigeant de bonne heure vers la cabine de son ami, il aperçut d'Esprénil qui se promenait, une effrayante pâleur sur le visage, dans son uniforme d'officier !

— Vous avez donc pris le parti de vous tuer ? lui dit-il. Dans la situation où vous êtes, aimé d'une femme comme celle qui vous a reçu et soigné cette nuit, je vous le dis franchement, je vous trouve on ne peut plus coupable. Il est parfois presque aussi mal de trop abandonner sa vie que de la trop ménager.

— Hier, répondit le vicomte, il est une chose que je ne vous ai point dite : c'est que, dans la journée, le marquis avait rassemblé les officiers pour les prévenir que, d'un moment à l'autre, le *Régent* pouvait être attaqué. Nous venons d'atteindre les parages où ses instructions lui ordonnent de se tenir en garde contre des vaisseaux ennemis. En ce moment, mon cher comte, conviendrait-il à un officier de garder sa chambre en se disant malade? Il y aura un corps dans mon uniforme tant qu'il y aura une âme dans mon corps.

Saladin ne pouvait qu'approuver son ami ; mais les sentiments tendres de son cœur devaient être mis à une terrible épreuve. A chaque instant, chez le pauvre vicomte, la nature physique résistait à la nature morale Les plus graves accidents se produisaient ; une blessure qui n'eût rien été si on l'eût soignée régulièrement devenait de plus en plus menaçante par la façon dont elle était traitée. Après la plus fatigante des journées commença pour le malade et ceux qui l'aimaient la plus mauvaise, la plus inquiétante des nuits.

Saladin avait obtenu de rester avec Églé au chevet de son ami. Presque toutes les heures, il secouait un assoupissement involontaire, pour dégager du sang qui l'encombrait une plaie de moment en moment plus irritée. Églé était effrayante. Dans ses yeux noirs tout grands ouverts, à la fois enflammés et humides, on voyait un désespoir qui faisait des progrès d'incendie. Aux premières clartés que le matin envoya dans la chambre où cette triste scène se passait, plusieurs symptômes qui se montrèrent à la fois sur le visage du blessé donnèrent à Briolan un mouvement d'effroi indicible. Le matin est un moment fatal pour les malades ; c'est aux premières lueurs de l'aube que la mort frappe ses coups le plus volontiers. Saladin regarda la vie de son ami comme décidément en danger, et, dans le désespoir où le mettait l'absence des secours qui sont nécessaires aux blessures, près de ce cher et noble blessé, il s'écria :

— Mon Dieu ! le laisserons-nous donc mourir faute d'un médecin ?

Ces mots firent un effet magique sur Églé.

— Quoi ! dit-elle, un médecin l'empêcherait peut-être de mourir, et il n'y a point de médecin auprès de lui !

Aussitôt, par un de ces transports plus irrésistibles, plus ardents, plus sacrés dans le cœur des femmes que dans les cœurs les plus purs et les plus intrépides de héros, bravant tout, stupeur, scandale, courroux, elle s'élança de la cabine, et, courant sur le vaisseau, se fit indiquer par un marin, qui la regardait comme un fantôme, la chambre du capitaine. Elle arriva jusqu'au lit où dormait M. de Kermandin.

— Un médecin sur-le-champ ! dit-elle ; un médecin pour votre neveu, qui a reçu un coup d'épée et qui se meurt.

Et au bout de quelques instants, elle rentrait dans la chambre de son amant, traînant sur ses pas, pleins de surprise, presque d'épouvante, le capitaine et le docteur. Il était trop tard pour sauver d'Esprénil. Le premier regard du médecin, quand il eut interrogé la plaie, renfermait une sentence mortelle, qui fut comprise de tous, même d'Églé.

La pauvre femme s'était jetée au pied du lit de son amant, dont elle pressait avec désespoir une des mains contre ses lèvres. Comme la porte de la chambre était restée ouverte, beaucoup de gens étaient entrés. Le blessé aperçut Narille, qui se tenait sur le seuil de la cabine, n'osant point s'avancer, mais indiquant par la tristesse recueillie de ses traits combien il était ému du malheur dont il était la cause. Le vicomte tendit à son adversaire la main que sa maîtresse lui laissait libre avec cette grâce de chevalier qu'il devait emporter dans le tombeau. Il pouvait à peine parler, mais il comprenait tout ce qui se passait autour de lui. Il avait sur le visage cette expression de douceur et de pureté que les approches de la mort donnent aux visages des braves. Puis ce fut la main de Briolan qu'il étreignit. Au moment de ce dernier hommage rendu à l'amitié, un sourire parut sur les traits du malade, si beau, si loyal, si noble et si résigné, que les larmes coulèrent avec abondance des yeux de Saladin; mais ce qui était fait vraiment pour attendrir, ce fut le mouvement passionné par lequel il retira la main que baisait sa maîtresse, et pressa sur sa bouche à son tour les doigts d'Églé. Le regard d'ardeur, de respect, de tendresse, par lequel il accompagna le premier baiser donné à ces chers doigts qui ne quittèrent plus ses lèvres, renfermait tout le culte du preux pour sa maîtresse; il était plein de la passion qu'inspirent ces mains nobles, charmantes et sacrées, sur lesquelles l'âme se pose avec la bouche. Le marquis de Kermandin lui-même laissa voir des pleurs dans ses yeux.

Enfin le terrible moment arriva. Églé sentit la bouche de son amant qui ne pressait plus ses doigts; elle vit la suprême pâleur, celle qu'aucune ardeur du sang ni de la pensée ne dissipera plus, s'étendre sur le visage bien-aimé : elle comprit que d'Esprénil était mort. Alors elle se jeta une dernière fois sur son corps dans l'ivresse de la douleur; puis, se redressant avec rapidité, et courant par un élan brusque, imprévu, irrésistible, jusqu'à la fenêtre de la cabine, la fenêtre aux rideaux roses, elle l'ouvrit sans que nul eût le temps d'arrêter son bras et se précipita dans la mer. Quelques hommes coururent sur le pont, mais revinrent au bout d'un instant dire qu'il était impossible de la sauver.

Il y eut dans la cabine, autour du lit où le mort était étendu, un moment de stupeur. Le marquis de Kermandin fut le premier qui sortit du silence et de l'effroi où toutes les âmes semblaient plongées. Tirant, avec un geste d'autorité, sur le visage de son neveu, la couverture du lit où il venait d'expirer, et cachant ainsi à tous ces nobles traits qu'on ne pouvait regarder sans être ému au fond du cœur :

— Maintenant, messieurs, dit-il, je veux oublier les émotions auxquelles tout le monde ici s'est livré pour remplir avec calme et sang-froid mes devoirs de commandant et de juge. M. le vicomte d'Esprénil, mon neveu, est mort à la suite d'un duel; sa mort lui a évité un châtiment qu'aucune considération de ma part ne lui aurait épargné. Que ceux qui ont été ses complices se nomment, s'il y a en eux quelque véritable sentiment d'honneur.

Saladin, faisant trêve à sa douleur, prit la parole, et raconta devant tous ceux qui étaient là, avec une scrupuleuse exactitude, la façon dont le duel s'était passé.

— Messieurs, dit le marquis, quand le récit du comte de Briolan fut terminé, j'apprends avec plaisir qu'aucun officier de mon bord ne se trouve mêlé à cette affaire; ceux qui l'ont conduite sont tous étrangers au corps où nous avons l'honneur de servir. Ils ont abusé d'une façon bien coupable de l'hospitalité que nous leur donnions au nom du roi et de la France : dès ce soir cette hospitalité cessera pour eux.

IX

LES CARAIBES ET LEUR SOUVERAIN.

Le marquis de Kermandin ne faisait jamais de vaines menaces. Au moment où le soleil se couchait, après avoir consulté sa boussole, il ordonna qu'on tînt un canot prêt à être lancé sur la mer. Cet ordre exécuté, il fit venir Briolan, Mafré et Narille.

— Messieurs, leur dit-il, nous allons être tout à l'heure en vue de l'île Dominique. C'est là que je vous déposerai avec vos couteaux, vos fusils et de la poudre. Vous pourrez chasser et combattre, manger et vous défendre; vous serez hors de la société, dont vous avez violé les lois, mais votre existence et votre liberté resteront sous la garde de votre industrie et de votre courage. Votre sort, messieurs, est encore digne d'envie, en comparaison de celui que vous avez mérité.

Les trois aventuriers ne répondirent rien à cette concise et sévère allocution; mais Dranmor, qui les avait suivis et se tenait derrière eux, s'écria tout à coup en s'avançant vers le capitaine :

— Je trouve, en effet, monsieur, très-digne d'envie, en le comparant à toutes les destinées possibles, le sort que vous réservez à mes amis, et je vous demande à le partager.

— Votre désir sera exaucé, monsieur, lui dit le marquis. Et, saluant de la main les quatre compagnons, il se retira dans sa cabine.

Un instant après ce court échange de paroles, on découvrait la Dominique, et un des canots du *Régent*, conduit par six rameurs, recevait les aventuriers. Le canot aborda, au tomber de la nuit, dans une anse revêtue d'une pâle verdure, derrière laquelle s'étendaient, sous le ciel mélancolique du soir, des hordes noires de grands arbres, c'est-à-dire toute une sombre et menaçante forêt.

Employez deux bourreaux à pendre un homme, certainement il y en aura un qui aura envie de faire boire un coup au patient. La bonté trouve toujours moyen de se loger quelque part. Un des matelots qui exécutaient les ordres cruels du marquis se détacha de ses compagnons, s'approcha de Mafré, et, tirant d'un sac de toile une tortue :

— Tenez, fit-il, si vous savez vous y prendre, voilà de quoi faire un bon repas. Le capitaine ne s'est point occupé de votre souper ; moi j'ai été peiné de voir de pauvres gens qu'on envoyait le ventre vide, à une heure où l'on ne voit plus clair à tirer un coup de fusil, dans une île de sauvages. Même en plein jour, vous avez plus de chances ici pour être mangés que pour manger. Qu'est-ce donc la nuit ? Tâchez de bien accommoder cette bête-là ; mais, quand vous aurez soupé, ne dormez pas. Le capitaine sait bien ce qu'il fait en vous jetant dans l'île que voici. Sans parler des flibustiers qui, à chaque instant, viennent s'y promener, la Dominique renferme une terrible peste, une tribu de sauvages, conduite par un chef qui aurait de quoi se faire une fameuse perruque avec toutes les chevelures qu'il a scalpées.

Et l'honnête matelot, après avoir achevé ces paroles, prenant congé de nos aventuriers, très-reconnaissants de ses conseils et de son présent, alla rejoindre ses compagnons dans le canot du *Régent*, que bientôt on n'aperçut plus des rivages de la Dominique.

Mafré, qui s'était presque toujours montré à Briolan livré à une élégante paresse, le regard insouciant, le sourire moqueur, semblable à un de ces patriciens aux mille esclaves de la Rome impériale, Mafré prit tout à coup une peau nouvelle. Ce n'était plus le gentilhomme oisif et blasé que Saladin avait connu ; c'était un chef de sauvages industrieux, actif, l'œil ardent, l'oreille au guet, tous les traits éclairés d'une intelligence hardie et farouche.

— Çà, dit-il en s'adressant à Dranmor, souvenons-nous que nous avons été boucaniers. Quoique le poivre, le piment, le girofle, tous les assaisonnements nous manquent, je me fais fort d'accommoder, mieux qu'aucun cuisinier de l'Europe, la tortue qu'on nous a donnée. Holà ! Narille, votre trisaïeul n'a pas fait la cuisine, mais vous allez la faire aujourd'hui. Cassez et ramassez des branches, battez le briquet, allumez du feu et aidez-nous dans notre métier de rôtisseur. Vous, Briolan, prenez votre fusil et faites sentinelle. L'île où nous sommes est très-mal hantée, je le sais fort bien. Je ne serais pas étonné quand, aux premières clartés que jettera notre feu, quelque Caraïbe viendrait, sur le ventre, regarder s'il pourrait manger et notre souper et nous-mêmes.

Il semblait que Mafré eût le droit de commander. Narille exécuta sur-le-champ ses ordres, et Briolan lui-même se mit en devoir de lui obéir. Les apprêts du repas furent assez longs. L'art d'accommoder les tortues est un grand art. Enfin le moment arriva pourtant où les cuisiniers déclarèrent que leur besogne était finie, et où Saladin fut appelé pour prendre sa part du festin.

Assis sur le gazon, auprès du feu, et, on peut le dire, à la belle étoile, car ils avaient au-dessus de leurs têtes la plus claire, la plus transparente lumière d'astres qui ait jamais éclairé le ciel, nos aventuriers mangeaient, et d'assez grand appétit. Rien de bon comme le danger pour faire manger et dormir les gens de cœur. Ils mangeaient, dis-je, quand un sifflement se fit entendre à leurs oreilles, accompagnant une flèche qui vint tomber au milieu d'eux et se planter sur leur table, c'est-à-dire dans le gazon.

Ils n'avaient pas encore eu le temps de se lever qu'une grêle d'autres traits suivait celui-là, et ils s'étaient à peine mis en garde, que quatre ou cinq gaillards, équipés comme peuvent l'être les soldats de Satan, se jetaient sur eux en poussant des cris à faire avorter la chatte d'une sorcière. C'étaient des Caraïbes qui les attaquaient.

Heureusement nos gens n'étaient pas faciles à étonner longtemps. Mafré, le premier, se déroba aux enlacements d'un Caraïbe, qui lui appuyait un couteau sur la gorge, tira rapidement un poignard, et, d'un seul coup bien appliqué, envoya au grand Esprit l'âme de son adversaire. Saladin était parvenu à se servir de son épée. Dranmor luttait, comme un gladiateur antique, contre un sauvage qu'il étouffait. Narille seul n'avait point la fortune pour lui. Pressé par deux ennemis, blessé d'une flèche et d'un coup de massue, il semblait fort près d'aller rejoindre ses aïeux dans l'autre monde, quand Saladin, qui venait d'enfoncer son épée jusqu'à la garde dans une poitrine tatouée, aperçut le cas désespéré du marquis ; il courut aussitôt à son secours, atteignit un des sauvages dans les épaules d'un coup qui rompit les vertèbres et alla déchirer le cœur, puis se mit en devoir d'attaquer l'autre. Le Caraïbe vers lequel il se tournait, et qui venait de quitter Narille pour lui faire face, paraissait un combattant digne de lui. C'était un homme de haute taille, hardiment découplé, et, autant que permettaient d'en juger, d'une part la nuit, de l'autre son diabolique tatouage, ayant dans les yeux la sécurité et l'entrain d'un vaillant.

Tandis que Briolan s'affermissait sur ses jarrets pour engager un rude combat avec ce compagnon, Dranmor, qui venait de briser entre ses poignets de fer la mâchoire d'un Caraïbe comme un chasseur des Pyrénées brise les dents d'un ourson, Dranmor vint prendre en arrière l'adversaire de Saladin, et, d'une main dont il lui tordait l'épaule, l'étendant sur le sol, se disposa de l'autre à lui couper la gorge. Briolan, à aucun moment de sa vie, ne cessait d'être paladin. Un ennemi couché par terre, près de recevoir le coup mortel, lui rappela les us de la chevalerie.

— Holà ! Dranmor, dit-il, ne frappez point un homme renversé. Et toi, continua-t-il en s'adressant au sauvage, sans penser qu'un Caraïbe ne devait pas être très-familier avec le français, et toi, mon brave, rends-toi. Il n'y a point de honte à se rendre quand on est par terre et entre deux ennemis.

Comme, en prononçant ces paroles, il tendait au sauvage une main désarmée et ouverte, le Caraïbe, comprenant mieux sans doute le geste que le discours de son adversaire, laissa glisser à côté de lui sa massue, et, lâché par Dranmor, que la chevalerie de Saladin semblait rendre assez mécontent, se remit sur ses pieds.

Au moment où le comte de Briolan usait envers le guerrier sauvage de cette générosité, Mafré arriva, traînant par sa mèche unique de cheveux un Caraïbe sans armes et blessé. Ce n'était point probablement dans une pensée semblable à celle de Saladin que Mafré avait fait un prisonnier, on se l'est sans doute dit déjà ; les paroles de l'aventurier vont confirmer ce dont on était sûr d'avance.

— Messieurs, fit-il en s'adressant à ses compagnons,

voici un drôle arrivé le dernier contre nous, dont je suis parvenu à m'emparer vivant; il pourra nous être utile. Nous avons défait six Caraïbes; mais d'un moment à l'autre il peut en apparaître autour de nous toute une légion. Il arrive toujours un nombre qui oppresse la vaillance la plus démesurée. Après le combat, les traités. Tâchons de négocier maintenant ; pour cela, il est un moyen que j'ai employé déjà dans ma vie d'aventurier. Mon prisonnier, je le vois avec plaisir, a un compagnon. Nous avons deux prisonniers en notre puissance ; il faut dresser deux bûchers bien complets : je m'entends à cela on ne peut mieux. Sur ces bûchers, nous ferons monter les deux Caraïbes ; au moment où le premier nuage de fumée s'élèvera vers eux, ils entonneront leur chant de mort. Alors leurs amis viendront, et, pour les sauver d'un feu que nous aurons eu soin de ne pas trop attiser, afin de ne pas rendre nos négociations impossibles, ils demanderont à traiter avec nous. Les sauvages sont très-fidèles à leur foi ; s'ils nous promettent la liberté et la chasse dans l'île, nous sommes sauvés.

Saladin se sentait peu de goût pour des négociations dans lesquelles il fallait débuter par faire rôtir des prisonniers; il céda pourtant à l'opinion générale. Mafré montra autant de talent à l'occasion des bûchers qu'il en avait montré à l'occasion de la tortue. Le métier de rôtisseur d'hommes lui semblait aussi familier que celui de rôtisseur de bêtes. Deux poteaux fortement fixés dans le sol et entourés de bois sec s'élevèrent comme par enchantement. Les deux Caraïbes furent attachés à ces poteaux ; puis Dranmor se baissa, battit le briquet, alluma une branche d'arbre, et mit le feu à un bout du bûcher. Saladin regardait à l'écart, avec un sentiment de tristesse, même d'horreur, et cependant un certain plaisir d'imagination satisfaite, la scène terrible et bizarre qui était sous ses yeux : le monstrueux aspect des piloris auxquels, sous ce grand ciel, entre la mer et les arbres, deux fils des forêts étaient attachés, la physionomie dure et railleuse de Mafré, l'air grotesquement farouche de Narille, et enfin le beau visage de Dranmor, qui, éclairé par les premières lueurs de la flamme homicide, offrait le calme rayonnant, mais dur, ingrat, égoïste, d'un dieu païen.

Ainsi que l'avait dit Mafré, le sauvage dont on alluma d'abord le bûcher fit entendre, dès qu'il sentit l'odeur de la fumée, les premières paroles, ou, pour mieux dire, les premiers sons d'un chant triste, mais énergique, digne de sortir, pour aller retentir dans les bois, d'une poitrine de guerrier. Le second sauvage (c'était celui auquel Briolan avait tendu la main), quand il vit venir la fumée à son tour, se disposa aussi à chanter. Il ouvrit sa bouche, surmontée d'une moustache rouge comme celle d'un dragon chinois, et, d'une voix qui ne ressemblait guère à celle de son compagnon, aussi joyeuse que virile, il entonna un chant non de Huron, d'Algonquin, de Topinambou, mais de grenadier, et de grenadier français. Il jeta aux vents les premiers vers d'une de ces bonnes chansons sentant le vin et la poudre qui couraient dans les régiments d'alors :

En avant, Champagne et Navarre !
Champagne et Navarre, en avant !

Ce fut un prompt et puissant effet que celui de ces paroles françaises sur nos aventuriers. Saladin s'élança avec un emportement d'enthousiasme vers le prisonnier, brisa ses liens, dispersa à grands coups de pied le bois du bûcher, et, le serrant dans ses bras :

— Quoi ! s'écria-t-il, vous êtes Français, sans doute soldat, et nous allions devenir vos bourreaux ! Pourquoi diable ne parliez-vous pas ? Quel plaisir trouviez-vous à vous faire rôtir dans une peau de Caraïbe ? Enfin, maintenant, dites-nous qui vous êtes, comment vous êtes là, et ce que nous pouvons faire pour vous ?

Avec un bon accent français joyeux et martial, l'accent de la Tulipe causant devant sa tente, sur un tambour, le Caraïbe répondit :

— Je suis un ancien capitaine de grenadiers au régiment de Navarre ; je suis ici par une suite d'aventures qu'il serait peu opportun maintenant de vous conter. Ce que vous pouvez faire pour moi en ce moment, c'est de ne pas me brûler, vous le faites. Moi, je pourrai peut-être vous empêcher d'être mangés, je tâcherai de le faire. A présent, ce n'est pas de s'étonner ni de causer qu'il s'agit : nous devons songer à bien d'autres choses. Pour commencer par un point important, voilà mon camarade qui continue à brûler là-bas en chantant sa grande diablesse de chanson. Faites-moi le plaisir de le délivrer ; ma tribu va venir, et je vous promets de m'arranger en sorte qu'on vous sache gré de vos bons procédés pour nous.

Tandis qu'en effet ce singulier sauvage, ou ce plus singulier Français prononçait ces paroles, toute une bande de Caraïbes sortait du bois. Saladin aurait volontiers laissé le prisonnier courir rejoindre ses compagnons, s'en rapportant à sa bonne foi du soin de faire entendre raison aux sauvages; mais Mafré, moins chevaleresque et plus accoutumé aux bizarres espèces d'hommes que renferment les Amériques, se porta rapidement, le poignard au poing, près de l'ancien capitaine au régiment de Navarre, et lui dit d'une voix ferme :

— Si vous avez quelque autorité dans votre tribu, comme je le crois d'après les chevelures qui pendent sur vos épaules, montrez-le. Criez à deux guerriers principaux de venir vous parler, nous traiterons avec eux de votre liberté et de notre salut.

Le prisonnier obéit à Mafré. Sur quelques mots, ou pour mieux dire sur quelques cris sortis de sa bouche, deux personnages qui ne ressemblaient ni à l'ambassadeur d'Autriche ni au nonce du pape, et qui avaient évidemment cependant des intentions diplomatiques, se détachèrent de leur troupe et se dirigèrent vers les aventuriers. Les quatre compagnons étaient rangés militairement, le fusil d'une main, le poignard ou l'épée de l'autre; au milieu d'eux étaient le faux Caraïbe et son ami le peau rouge, qu'on avait détaché du bûcher.

Mafré, qui connaissait les mœurs des sauvages comme le marquis de Dangeau ou le duc d'Antin connaissaient l'étiquette des cours, vit, à la façon dont les deux guerriers américains abordèrent l'ancien capitaine de grenadiers, qu'ils avaient pris dans cet étrange personnage plus qu'un Caraïbe distingué, le roi même des Caraïbes. Aussi on ne fut pas longtemps à parlementer. Il fut convenu entre les deux ambassadeurs sauvages et Mafré, qui s'exprima dans le caraïbe le plus pur, que nos aventuriers, en échange de la liberté rendue par eux à un souverain et à un illustre guerrier de la Dominique, auraient le droit de chasse dans l'île et recevraient toujours dans les carbets, c'est-à-dire sous les toits sauvages, un accueil hospitalier. Ce traité conclu, approuvé par la tribu entière, et ratifié par tous les gestes et les cris qui rendent, entre Caraïbes, une convention sacrée, nos aventuriers se mirent sur-le-champ en route pour aller le soir même jouir de l'hospitalité promise.

Narille avait reçu d'assez graves blessures ; au bout de quelques pas, le sang qu'il perdait le força de s'arrêter. Alors les sauvages saisirent l'occasion qui s'offrait de montrer la sincérité de leur bon vouloir envers leurs nouveaux alliés. Ils formèrent à la hâte, avec des branches d'arbres, une litière où ils placèrent le blessé. Le marquis éprouvait une joie secrète, malgré les souffrances de son corps, à penser qu'il n'y avait rien de moins bourgeois que l'équipage dans lequel il s'avançait. On s'enfonça dans la forêt, et, après avoir suivi pendant une heure, sous de grands arbres ténébreux et farouches, des sentiers aux innombrables détours, on arriva devant un carbet caraïbe.

Le carbet est une grande maison verdoyante, aux murs tressés avec des roseaux et au toit couvert de feuilles de palmiste. Celui qu'on avait alors sous les yeux était assez vaste pour contenir toutes les familles d'une tribu. Disposé en fer à cheval, il occupait au milieu de la forêt une immense clairière, alors toute resplendissante d'une lumière azurée de lune. On pénétra par une ouverture (car de portes, ce rustique palais n'en avait pas plus qu'une caverne de dieu marin) dans une vaste pièce qu'entouraient des piliers chargés d'armes et de peaux de bêtes. Cette pièce était la salle à manger, la salle de réception, et même assez souvent la cuisine de Sa Majesté le roi des Caraïbes.

Tandis que Narille était respectueusement déposé dans un coin du royal appartement, et que les trois autres aventuriers s'entretenaient avec leur ami le grenadier, on n'oubliait pas dans la tribu un soin essentiel de toutes les existences civilisées et sauvages, bourgeoises et héroïques, on s'occupait du dîner. Une table qui ressemblait à un monticule, formée avec des peaux de bêtes, s'éleva au milieu de la pièce. On servit sur cette table des plats d'un aspect étrange et réclamant de formidables appétits, des animaux tout entiers qui avaient gardé leurs formes, et quelles formes! celles des monstres de l'Apocalypse. Quelque chose toutefois était plus effrayant encore que ces mets ; c'étaient d'autres mets d'une apparence plus mystérieuse et plus confuse, faisant songer à d'autres cadavres que des cadavres de bêtes.

Nos aventuriers avaient des dents et des estomacs aussi solides que leurs cœurs. Ils prirent courageusement ce repas, et Dieu sait ce qu'ils mangèrent! Quoique présidé par un officier français, le festin des Caraïbes avait un aspect plus farouche que joyeux. Les propos de table sont inconnus chez les sauvages. Toutefois, quand arriva l'instant occupé chez les Européens par le dessert, on apporta des pipes, on fit circuler des outres remplies d'une eau-de-vie énergiquement savoureuse, et quelques cris retentirent qui évidemment étaient un appel à la gaieté hurlante. Enfin il vint un moment où l'on ne se contenta point des cris ; on se leva et on dansa. C'était le capitaine au régiment de Navarre qui conduisait la danse, une danse à faire pleurer les Vénus et les Cupidons, comme disent les anciens, mais à enchanter tous les diables, les fantômes et les sorcières qui aient jamais figuré dans les rondes du sabbat.

La danse finie, on se sépara ; chacun se dirigea, par diverses ouvertures, vers le logis qu'il occupait dans la demeure commune. Le roi ordonna qu'on conduisît Narille, dont un docteur caraïbe avait très-industrieusement pansé les plaies, dans un appartement garni, dit-il, d'une bonne natte, et fit signe aux trois autres aventuriers de le suivre. Briolan, Mafré et Dranmor arrivèrent sur les pas de leur ami à une petite chambre écartée et discrète, qui, dans un carbet, pouvait certainement passer pour un boudoir, mais qui pourtant n'avait rien d'efféminé dans son aspect. Entre quatre murs couverts de fusils, de gargousses, de sabres, de massues et de haches, était une sorte de sofa qui ne ressemblait en rien au meuble voluptueux où fut cachée l'âme du héros de Crébillon. Ce sofa sauvage et guerrier était formé avec des peaux peintes de couleurs sanglantes ; les coussins étaient faits avec des dépouilles de loups et de renards, dont on voyait encore briller les dents. Ce fut sur ce siége, terrible comme la table qu'il venait de présider, que le capitaine s'assit et pria les aventuriers de s'asseoir. Puis il se baissa et se releva, tenant à la main une outre qu'à sa peau fine et couverte de dessins on reconnaissait pour la demeure d'un hôte précieux. Dans cette outre en effet était renfermée une eau-de-vie qui aurait pu faire son entrée, après les vins de Bordeaux, de Champagne et de Johannisberg, sur les meilleures tables européennes.

Le capitaine fit boire ses hôtes à ce vase sacré, y but lui-même ; puis, se sentant alors sans doute l'esprit joyeux, la parole libre et entreprenante :

— Vrai Dieu ! fit-il, je vais maintenant répondre aux questions qu'un de vous, messieurs, m'a faites en me délivrant du bûcher, quand j'eus chanté mon heureuse chanson :

En avant, Champagne et Navarre !

Vous vouliez savoir qui je suis, d'où je viens, comment, de grenadier français, je suis devenu roi sauvage. Maintenant que nous voilà bien établis, gais, à notre aise, je vais vous l'apprendre de grand cœur.

X

LE CHEVALIER DE FAVONETTE.

Je suis un gentilhomme gascon. Mon père, le baron de Favonette, est fort considére dans sa province ; mais c'est un terrible homme dans sa famille. Mes deux sœurs et moi, nous avions plus peur de lui, quand nous étions enfants, que des jeunes chats n'ont peur d'un gros dogue. Les deux pauvres filles, qui doivent être aussi maigres maintenant, mais beaucoup plus mûres qu'au temps où elles cachaient des pommes vertes dans leur tablier, le craignent toujours sans doute, car toute leur vie elles dépendront de lui, vu qu'il ne leur donnerait point en dot une couple de lapins et un boisseau de nèfles. Quant à moi, la crainte m'est peu familière, et j'étais encore sous son toit, gouverné par sa gaule, que depuis longtemps il ne m'effrayait plus.

Aucune figure ne m'a jamais beaucoup imposé ; j'ai ri la première fois que j'ai vu un Caraïbe, avec un nez vert et des moustaches rouges, enfin accommodé comme me voilà. Quoique le baron, qui portait une sorte de bonnet turc en toile blanche et une robe de chambre sang de bœuf, eût une physionomie assez redoutable, à quinze ans je défiais sa tyrannie. On avait commis une grande imprudence, on m'avait envoyé passer un mois à la ville voisine, chez mon parrain, un bon vivant, qui buvait plus de vin à un seul de ses repas qu'il ne s'en buvait toute l'année au château de Favonette, et, de plus, tournait des couplets où *drilles* rimait avec *filles*, *tendrons* avec *lurons*. A quinze ans, j'étais déjà fort comme un bœuf et éveillé comme un pierrot. Quand j'eus connu mademoiselle Jeanneton et mademoiselle Margot, quand je sus qu'il y avait des façons infiniment plus gaillardes, pour un garçon de mon âge, d'employer les heures de sa soirée que de rester entre ses deux sœurs, sous l'œil de son père, dans la lumière d'une chandelle, je voulus m'amuser, vive Dieu! et je m'amusai. Mais violons, bouteilles et cotillons veulent des bourses rebondies aussi bien que des santés solides : la bourse était mon côté faible. Les écus du baron étaient plus impalpables et plus invisibles que des farfadets. La bonne volonté de voler ne me manquait pas; mais que voler dans la maison paternelle? C'était la question. Une pie n'aurait su qu'y prendre.

Cependant, si mon père était avare, cela ne l'empêchait pas d'être orgueilleux. La vanité et l'avarice sont deux vilaines bêtes qui se donnent continuellement des ruades, et n'en sont pas moins presque toujours attelées ensemble. Un frère du baron, partant un de mes oncles, avait été autrefois chercher fortune à Rome et, je ne sais comment, y était arrivé à de grandes dignités. Il était un des prélats favoris du saint-père. Le cardinal Favonette voulut faire un voyage dans son pays; mon père décida qu'il se mettrait en frais pour fêter dignement le chapeau rouge de son frère. Il faut vous dire qu'au château de Favonette est attaché un souvenir dont ma famille est très-fière. Un pape y logea, dit-on, et, pour reconnaître l'hospitalité qu'il avait reçue, y laissa une mule enrichie de pierres précieuses. On ne m'avait jamais montré la mule du pape. C'est à peine si j'y croyais, quand, la veille du jour où le cardinal Favonette devait arriver, mon père porta lui-même dans la chambre destinée à son hôte, et déposa précieusement sur une grande cheminée, que n'avaient jamais souillée ni cendres ni bûches, la chaussure du saint-père. C'était une pantoufle rouge, d'un velours un peu râpé, il est vrai, mais où brillaient des pierres grenat et gros bleu, qui me parurent les plus éblouissantes merveilles du monde. Une pensée entra dans ma cervelle, qu'il ne me fut plus possible de déloger. Si je vendais la pantoufle du pape, me disais-je, quelle joyeuse vie je mènerais ! Convertie en bons écus bien sonnants et bien roulants, elle me donnerait certes plus de plaisirs qu'elle ne pourrait en donner à mon oncle le cardinal, quand il passerait un jour et une nuit à la contempler. Je m'en dis tant que, ma foi, je me décidai à me rendre le plus tôt possible maître de la mule. Mon père avait fermé à clef la chambre où ce trésor était déposé ; mais, en ce temps-là, les fenêtres me semblaient des entrées fort naturelles ; quand je me servais des portes, c'était par pure déférence pour les habitudes communes.

Au milieu de la nuit, je pénétrai par la fenêtre dans la chambre où mon oncle devait coucher, et la mule du pape fut au pouvoir du plus indigne des chrétiens. Courir à la ville ne fut pas long. Le lendemain, de bonne heure, j'entrai chez un usurier, et lui demandai de me prêter tout l'argent de ses coffres-forts sur ma pantoufle. J'appris alors que la chaussure du saint-père était une chaussure assez mesquine. Le pape, ô pudeur ! portait des pierres fausses sur sa mule ! J'avais commis un sacrilége presque inutile. Cependant je me fis donner encore quelques pistoles, et, au lieu de retourner à Favonette, je m'établis à la ville, chez des personnes d'humeur joyeuse, où les heures du jour et de la nuit coulaient comme l'argent de la poche d'un joueur, le vin d'un tonneau percé.

Mais, pendant que je me réjouissais, il se passait de terribles scènes au château paternel. La face du baron était devenue tour à tour plus rouge que sa robe de chambre, plus pâle que son bonnet turc, quand il avait vu son fils disparu avec la précieuse pantoufle. Son frère le cardinal arrivait le jour même où il constatait mon larcin. Au risque cent fois de suffoquer, le pauvre homme fut obligé, pendant vingt-quatre heures, d'étouffer sa colère; mais, une fois le prélat parti, il demanda ses bottes de voyage, fit seller le meilleur de ses bidets, et galopa vers la ville. J'étais chez ces joyeuses personnes dont je vous parlais, dans une salle basse, où l'on buvait, ouait aux dés et dansait, quand l'auteur de mes jours m'apparut, aussi menaçant, plus menaçant même qu'un fantôme; car c'était bien un fouet et non pas l'ombre d'un fouet, comme ces spectres dont parle Scarron, qu'il tenait à la main. On se jeta entre moi et le chef de ma famille; j'évitai les coups de fouet, mais je reçus une malédiction à faire entr'ouvrir la terre sous mes pas et tomber le ciel sur ma tête, si le ciel et la terre prêtaient quelque appui à l'autorité parternelle. Cette malédiction achevée, puis suivie d'un arrêt par lequel j'étais condamné à ne plus revoir jamais les tourelles de Favonette, mon père disparut, remporté par le bidet qui l'avait apporté.

On n'est jamais tout à fait fâché, dans la jeunesse, quand on vous laisse même sur le pavé, même sans le sou, en compagnie de la liberté. Toutefois l'instant arriva bien vite où mon cas me parut assez triste. J'avais beaucoup bu, mais il s'agissait de manger. Il y avait une odeur qui m'avait toujours autant flatté que celle du vin, c'était l'odeur de la poudre. Un régiment passait qui allait livrer son drapeau aux balles, je me fis soldat; ce régiment était le régiment de Navarre.

Au bout de dix ans, quoique l'on m'eût pris souvent à ne pas être aussi ferme des jambes que du cœur, j'avais l'honneur de commander une compagnie de grenadiers. On était alors en paix, et on m'avait envoyé en garnison dans un port de mer. Un matin que je me promenais sur la jetée, je rencontrai le baron de Favonette, oui, le baron lui-même; il avait devant lui mes deux sœurs, qui marchaient d'un air lamentable, et accrochées l'une à l'autre comme aux jours de leur petite jeunesse; à son bras était une grosse femme aux yeux brillants et aux joues vermeilles, dans laquelle je devais saluer, indignation et misère! la baronne de Favonette. Mon père me reconnut. Flatté par mes épaulettes de capitaine, il oublia son ressentiment, me pressa sur sa poitrine, et me permit de l'engager à dîner avec mes sœurs et ma bellc-mère. J'appris à table toutes ses affaires : il s'était remarié en grande partie pour me jouer un tour, il en convenait; toutefois, mêlant à sa colère contre moi une passion qu'il n'oublait jamais, il avait tâché de faire le plus riche mariage possible. Il avait sacrifié les parchemins aux écus, la vanité à l'avarice; sa femme était la fille d'un riche marchand, qui avait désiré devenir beau-père d'un baron de Favonette. C'était pour les affaires de sa femme qu'il avait été obligé de se rendre au port de mer où nous venions de renouer paternellement et filialement notre très-ancienne connaissance.

Par le plus fatal caprice du sort, mon père s'offrait à moi dans un moment où j'étais plus tourmenté que je ne l'avais jamais été de l'infernal besoin d'argent. On menait dans le régiment de Navarre une vie à faire en quelques heures un logis pour le diable des plus respectables bourses. Toutes les nuits se passaient entre les dés, les verres et les ribaudes. Dans une de ces nuits-là, je perdis pour plus de dix années de ma solde. Je savais que mon père avait en portefeuille de quoi me tirer d'embarras. Je pris le parti de tenter un effort sur son cœur, tout fermé que je le savais à triples verrous. Le baron me fit voir qu'il n'avait point changé; à mes premières paroles, il me montra un visage connu, un front de taureau prêt à vous encorner. Ma foi! l'indignation alors me saisit, je ne songeai plus qu'à jouer au vieil Harpagon quelque tour à laisser pour toujours en lui des traces sanglantes.

Je voulais lui faire un vol comme celui de la pantoufle; mais que lui prendre? Au logis qu'il habitait, dans une des plus mauvaises hôtelleries de la ville, on était bien sûr qu'il ne laisserait jamais traîner seulement une boucle de soulier ou de culotte. Un matin que je méditais sur les obstacles offerts à mon dessein, je vis passer sur le port un Turc qui lorgnait une grosse Maritorne : c'était le capitaine d'un navire barbaresque, accusé de faire un commerce peu chrétien pour peupler le harem du grand-seigneur. Uue diabolique inspiration fondit tout à coup sur moi; je m'approchai du musulman et je lui dis :

— Si vous le voulez, seigneur turc, je vous vendrai, pour un prix fort raisonnable, une femme beaucoup plus grasse et beaucoup plus appétissante que celle qui attire votre attention en ce moment.

Je conclus avec l'infidèle le marché, et l'heure est fixée où je dois livrer la marchandise. Je cours alors chez mon père; je le trouve avec la baronne.

— Ma belle-mère, dis-je, me promet depuis très-longtemps de venir visiter les navires qui sont dans le port; il fait aujourd'hui un gai soleil, qu'elle prenne mon bras, et je lui ferai voir toutes sortes de curiosités marines.

Madame de Favonette met sa mante, son époux me la confie, nous partons; je rejoins le Turc, qui m'attendait à l'entrée de sa galère; nous entrons dans la barbaresque, j'y laisse la baronne, et je rapporte des sequins infidèles, mais très-bien vus dans la chrétienté. Ainsi j'avais vendu ma belle-mère; ne pouvant pas voler autre chose à mon père, je lui avais volé sa femme. C'était un délit fort sérieux. Le baron, à qui j'avais fait des contes bleus, passa toute une nuit sans savoir ce qu'était devenue sa moitié; mais le lendemain la vérité fut connue et de lui et de toute la ville. Je n'eus alors que le temps de me sauver, et au plus vite. Ce n'était plus cette fois une malédiction qui me menaçait, mais la prison, peut-être la corde. Je m'enfuis tout le long des côtes; je rencontrai un pirate qui me prit à son bord, et maintenant vous voilà sur la trace de mes aventures.

Un jour, mon pirate débarqua dans la Dominique; il fut attaqué par les sauvages, pris et mangé avec tous ses compagnons, excepté un seul, l'homme qui vous parle. On m'avait pris aussi, mais on ne me mangea point; les Caraïbes me trouvèrent une figure qui leur revint, ils me traitèrent bientôt comme un des leurs, et comme je me montrai dans leurs chasses, ainsi que dans leurs guerres, plus brave, plus adroit, beaucoup plus avisé qu'eux, ils me choisirent pour leur chef. Moi, chevalier de Favonette, ancien capitaine au régiment de Navarre, je suis maintenant roi des Caraïbes.

J'avais eu toujours des idées très-philosophiques; nul n'est philosophe comme un vrai soldat. Ma nouvelle condition a développé infiniment ces idées. J'ai vu tant casser de têtes, arracher de chevelures et rôtir de chair humaine, que j'ai sur la vie et la mort de mes semblables, aussi bien que sur ma mort et ma vie, une doctrine pleine de résignation. Je ne sais pas où diable on va quand on a reçu un coup de couteau dans la poitrine ou un coup de massue sur le crâne; mais, si dans cet endroit-là, quel qu'il soit, je suis toujours prêt à envoyer les autres, je suis toujours prêt à y aller moi-même. C'est là toute mon humanité. De là vient, messieurs, que j'ai failli vous tuer, puis me laisser griller. Je n'attache aucune importance à toutes ces choses. Cependant, c'est par là encore que je suis soldat; j'aime l'eau-de-vie et comprends l'amitié. J'étais et je suis resté ce qu'on nomme un franc luron, un bon diable. Vous êtes mes hôtes, touchez là, je suis content d'être avec vous. Vous riez, j'aime le rire; j'ai plaisir à voir autour de moi mener la vie gaiement et bravement.

Et le chevalier de Favonette cessa de parler pour boire un nouveau coup à l'outre où il avait puisé déjà une partie de sa gaieté. Saladin se sentit quelque inclination pour l'ancien capitaine. Si ce n'était pas un preux, c'était un soldat; s'il n'avait point l'élégance de d'Esprénil, il avait sa bravoure. Mafré s'amusait de cette philosophie, fort distincte de celle qu'on enseignait à M. Jourdain, mais, par plus d'un point, très-rapprochée de la sienne. C'était grand dommage que Narille ne fût point là. Quel homme moins bourgeois que M. de Favonette? Dranmor souriait de son calme et mystérieux sourire.

Le lendemain, le roi Favonette mena ses hôtes, devenus tout à fait ses amis, chasser le bison avec sa tribu. Après avoir couru sous le ciel toute la journée, on rentra le soir avec un grand appétit. On se mit autour d'une table présentant l'aspect dont nous avons déjà parlé. Quelques mets étaient d'effrayantes bêtes, quelques autres avaient un mystère devant lequel plus d'un appétit eût reculé. Mafré, plus lié ce jour-là qu'il ne l'était la veille avec le souverain caraïbe, lui dit tout à coup, en lui désignant un plat que Briolan venait instinctivement de repousser :

— Voilà un ragoût qui ne me revient pas. De quoi diable est-il formé ? Il me semble, ma foi, que cette chair a des formes qui ne sont ni d'un oiseau, ni d'un poisson, ni d'aucune bête, mais plutôt....

— Ah ! mon Dieu ! dit Favonette, achevez votre pensée, d'un homme. Je ne vous le cacherai point, ce plat est fait avec l'épaule d'un Caraïbe ennemi, tombé en notre pouvoir il y a deux jours.

Puis, prenant une physionomie qui voulait exprimer la plus haute convenance :

— Je n'aime point beaucoup ces sortes de plats, je vous l'avouerai ; mais vous savez ce qu'on fait en Europe dans certaines maisons où l'on reçoit des gens d'opinions diverses en matière religieuse. On a, les vendredis et les samedis, des plats gras et des plats maigres. Moi, je tâche aussi d'avoir deux ordinaires. Ma tolérance ne me permet pas de proscrire la chair humaine, mais je n'en mange point.

XI

LE NUAGE ROSE.

Favonette, malgré l'indifférence philosophique qu'il aimait à professer pour l'espèce humaine, avait pris en grande passion nos amis. Sans trop s'inquiéter si leur séjour était agréable ou non à ses sujets, il les retenait dans son carbet avec de nouvelles instances, toutes les fois qu'ils venaient lui annoncer l'intention de se séparer de lui pour aller fonder un boucan. Cependant la vie sauvage n'avait point changé les mœurs et l'humeur de Saladin. C'était un de ces caractères toujours touchants, quelquefois irritants, comme on va le voir, qui resteront les mêmes jusqu'au tombeau, sinon au delà, ainsi dont il faut qu'on prenne son parti. Tatoué de la tête aux pieds et coiffé avec des plumes d'aigle, notre héros aurait marché dans la vie comme s'il eût été revêtu de l'armure de

Bayard ou de François Ier. Il n'avait abandonné aucun de ses sentiments, même son tendre respect pour les femmes. Ce qui l'étonnait et l'indignait chez les Caraïbes infiniment plus que le goût de la chair humaine, c'est la manière dont les femmes étaient traitées, la solitude où on les retenait, les ouvrages grossiers auxquels on condamnait ces mains qui auraient dû être chez des guerriers des objets chers pour les lèvres et sacrés pour le cœur.

Un matin, ces pensées avaient été remuées chez Saladin avec plus de force que d'habitude, par la manière dont le chef des Caraïbes, Favonette, avait ordonné à une de ses compagnes d'allumer son calumet ; notre gentilhomme prit son fusil et s'en alla dans les bois. Quoique les forêts de l'Amérique, tout en surpassant de beaucoup en majesté les forêts du Périgord, n'eussent point pour Briolan le même charme que ces premiers asiles de ses rêves, elles le touchaient encore avec une force extrême. Après les vieux châteaux, rien de plus ami des cheveliers que les forêts. Saladin s'avançait donc, livrant son âme à l'amour des arbres ; il éprouva bientôt une de ces ivresses qui sont renfermées dans les souffles et la lumière du ciel. Il se sentait bon, fier, généreux et hardi, disposé à combattre des lions et à franchir des barrières de flammes pour épargner une larme à de beaux yeux.

Saladin, en parcourant les bois avec cet éclatant cortége de pensées, aperçut tout à coup, au bout d'un sentier, un cheval et deux créatures humaines. Une de ces créatures était sur le cheval et c'était un homme, l'autre à pied et c'était une femme. L'homme avait l'air solennel et l'accoutrement compliqué d'un sauvage de distinction. Son visage était encadré dans une sorte de bonnet à cornes et tout barbouillé de vermillon. Il avait une expression de vanité à la fois recueillie et triomphante. Un père de famille romain, un quirite ayant le droit de faire travailler sa femme et de mettre à mort ses enfants, ne devait point porter la toge avec plus de gravité que n'en mettait ce personnage à porter son mantean de peau de bison. Sur ses traits et dans toute sa personne éclatait le sentiment qui cause la plus vive irritation aux âmes chevaleresques, l'orgueil du tyran domestique.

La femme, suivant la coutume des femmes sauvages, qui, comme les nôtres, ont de la grâce et de bien d'autres choses un instinct que nous ne soupçonnons pas, n'avait point le visage tatoué. Elle était plus belle que ne le sont d'habitude les compagnes des Caraïbes. Son teint était coloré d'une façon un peu trop uniforme. Elle n'avait point, comme les Philis de nos madrigaux, là des lis et là des roses; elle avait des roses partout. C'était une teinte rosée, au lieu d'une teinte cuivrée, qui était répandue sur ses traits, et une teinte rosée sans fadeur. Tout son visage était de la même couleur que les doigts de l'Aurore ; ses yeux étaient grands, bien fendus, d'un beau noir, et possédant tout le mystère qu'on est en droit d'exiger d'un regard féminin; mais la pauvre femme avait un air très-conforme à sa façon de voyager. Briséis, conduite entre deux soldats à la tente d'Agamemnon, ne devait pas marcher d'un pas plus humilié que le sien.

Un homme qui se prélassait sur un cheval, tandis qu'une femme à ses côtés marchait à pied ! On conçoit quelle indignation un pareil spectacle devait exciter chez Saladin. Tout autre eût passé son chemin, excepté peut-être ce glorieux fou dont le vétéran de Lépante fut le pieux et moqueur historien. Le seigneur de Briolan sentit son visage se couvrir de l'honnête rougeur que faisaient monter les spectacles forcés et fréquents en ce monde des choses félonnes ou discourtoises sur le pauvre front noble et malade du héros de la Manche. Il s'arrêta, et l'envie lui prit d'appliquer la crosse de son fusil au milieu de la poitrine du sauvage; mais, pendant qu'il méditait cet acte d'agression, l'homme à cheval lui adressa la parole, en langue caraïbe bien entendu, de sorte que Saladin eut assez de peine à comprendre. Comme le caraïbe, toutefois, n'est pas fort compliqué, et que depuis très-longtemps Briolan, dans la prévision d'une vie de boucanier, avait prié Mafré, passé maître en ce langage, de le lui apprendre, il parvint à se rendre compte de ce que le barbare voulait lui dire. Le Caraïbe voyageur demandait à Briolan, qu'il prenait pour un de ces boucaniers habitués aux mœurs et aux idiomes des forêts, s'il était loin du carbet des *Longues Oreilles* (les Longues Oreilles étaient les sujets de Favonette, où il allait, comme chef et ambassadeur des *Grandes Bouches*, traiter une question de grand intérêt. Saladin lui répondit dans un caraïbe assez pénible, mais cependant distinct, que le carbet des Longues Oreilles, où il demeurait, n'était pas fort éloigné, toutefois qu'il lui semblait à une trop grande distance pour les pieds d'une femme, d'une femme surtout qui marchait à côté d'un cheval. Et il complétait sa pensée en indiquant par gestes au sauvage qu'il ferait fort bien de céder sa monture à sa compagne.

Peindre l'étonnement qu'exprimèrent les traits du Caraïbe aux discours et aux signes de Saladin ne serait point chose facile. Sa physionomie fut d'abord celle d'un homme qui cherche à se persuader que ses oreilles et son regard lui font d'infidèles rapports ; mais il n'y avait point moyen de se méprendre sur la pensée de Briolan. Le gentilhomme, voyant que le sauvage hésitait à le comprendre, recommença ses gestes et propos d'une façon plus énergique. Alors le chef des Grandes Bouches, laissant échapper en paroles sa surprise et sa colère, s'écria d'une voix retentissante :

— Pour que ta langue parle ainsi, étranger, il faut qu'elle se remue au hasard. L'Esprit, sans doute, s'est éloigné de toi. Tu veux qu'un guerrier s'humilie devant une femme. Que diraient les *Grandes Bouches*, et même les *Longues Oreilles*, s'ils voyaient l'*Éclair qui tue* à pied et le *Nuage rose* à cheval? Étranger, continue ta chasse et tâche de retrouver ta sagesse. Pour des mots moins insensés que les tiens, l'*Éclair qui tue* a quelquefois arraché des chevelures sur des têtes plus effrayantes que la tienne.

— L'*Éclair qui tue*, repartit avec impétuosité Saladin, n'arrachera point un cheveu de ma tête, et tout à l'heure il touchera la terre, non pas de ses pieds, mais de tout son corps, que je vais y faire rouler.

Puis, s'adressant à la compagne du discourtois Caraïbe :

— Beau *Nuage rose*, ajouta-t-il de l'accent le plus tendre et le plus galant, je vais te donner le cheval qui devrait déjà te porter.

Saladin, en achevant ces mots, jeta son fusil, arme pour laquelle il professait le dédain le plus profond, et tira son épée. L'*Éclair qui tue* fit reculer son cheval en arrière pour prendre champ, ainsi qu'un chevalier du temps jadis, puis il se précipita au galop contre Saladin, la bride abandonnée sur le cou de son cheval, qu'il conduisait uniquement des jambes, d'une main agitant sa lance, de l'autre sa massue. Briolan était en garde. Non-seulement les Navarrais, les Maures et les Castillans, mais tous les démons, tous les dragons, tous les monstres possibles et impossibles auraient pu fondre sur lui sans déranger ni son regard ni son poignet. La force dans le jarret et dans le bras, la valeur dans la poitrine et dans les yeux, il attendit le sauvage. Au moment où le Caraïbe, par un mouvement naturel, mais maladroit, leva sa main en arrière, afin d'asséner à son ennemi un coup plus fort de massue, Saladin, étendant son poignet, l'atteignit en pleine poitrine d'un coup d'épée. Les deux bras du Caraïbe se détendirent, sa tête tomba sur son sein, pesante et inerte comme une tête dont vient de s'emparer un sommeil maudit. Son cheval se cabra avec l'épouvante et la révolte du coursier qui, au lieu d'un corps vivant, ne sent plus sur lui qu'un cadavre.

Briolan était vainqueur. Après un premier et rapide moment donné aux fanfares triomphales qui éclataient dans son âme, il songea à celle pour qui il venait de combattre. Le *Nuage rose*, muet témoin de toute cette scène, qu'elle avait à peine comprise, était appuyée contre un arbre, ne s'évanouissant pas, parce que l'évanouissement est inconnu aux femmes sauvages comme les flacons et les pastilles d'éther, mais à peu près aussi étrangère à ce qui se passait sous ses yeux que si elle avait été évanouie. Saladin s'inclina respectueusement devant elle, prit sa main, qu'elle lui abandonna sans aucune résistance, et la plaça sur son cœur, puis essaya de lui faire nettement comprendre, avec son caraïbe le plus pur, sa voix la plus douce, ses gestes et ses regards les plus expressifs, tout ce que nous venons de raconter.

Le grand danger de notre preux était de s'adresser à une de ces femmes au caractère dépravé, tristes exceptions dans leur sexe, qui aiment, il faut bien le dire, à être battues. Le *Nuage rose*, fort heureusement, n'était pas de ces perverses natures. Les manières respectueuses du gentilhomme l'attendrirent tout d'abord ; rapidement remise de son effroi, elle fit des efforts pour comprendre les douces paroles que murmurait cette bouche courtoise, et ces efforts eurent un plein succès. La femme sauvage devina en quelques instants ces lois de la chevalerie que tant de siècles ont encore si mal gravées dans bien des intelligences. Briolan lui faisait signe de s'asseoir sur le cheval dont il venait de renverser le chef caraïbe ; c'est ce qu'elle fit, d'un air fort noble, ma foi.

Saladin prit alors la bride du coursier, et, le conduisant avec la gravité qu'aurait mise un page à conduire le palefroi d'une reine, il se dirigea vers le carbet de Favonette en compagnie de la dame caraïbe. Favonette était assis à la porte de son carbet, entre Mafré et Dranmor, fumant avec eux le calumet, quand il aperçut, au bout d'une des vertes routes où plongeait sa vue, Saladin et sa conquête.

— Que diable est cela ? s'écria-t-il ; quel gibier le comte de Briolan rapporte-t-il de sa chasse ? Il est avec une femme, et une femme caraïbe, par la mordieu ! une femme de la tribu des *Grandes Bouches*. Par l'enfer ! pourvu qu'il n'ait pas enlevé la belle ! Si cela était, je ne sais point comment je pourrais le sauver, non-seulement de nos ennemis, mais de mes sujets.

Et l'ancien capitaine, évidemment inquiet, se précipita, suivi de Dranmor et de Mafré, au-devant de Saladin. Briolan raconta, de l'air du monde le plus fier et le plus satisfait, toute sa conduite envers l'*Éclair qui tue* et le *Nuage rose*. L'humeur la plus sombre, le plus chagrin dépit, se peignaient sur les traits de Favonette, au fur et à mesure que le comte poursuivait complaisamment son récit. Tous les sentiments, du reste, qu'exprimait le visage du souverain des *Longues Oreilles* semblaient partagés par Dranmor et surtout par Mafré.

— La peste soit de votre chevalerie, Briolan ! s'écria ce dernier ; la voilà qui devient presque aussi insupportable que la gentilhommerie de Narille. Vous avez fait une vraie folie en traitant cette sauvage comme une marquise ou une duchesse. Il faut que vous vous débarrassiez au plus vite du *Nuage rose* en la rendant aux Grandes Bouches, avec force peaux de renards, de bisons, de castors, et nombres d'outres pleines d'eau-de-vie. C'est le seul moyen de prévenir le mal que peut causer votre bel exploit.

— M. de Mafré a raison, se hâta de dire alors Favonette. Il faut apaiser sur-le-champ les Grandes Bouches, et pour cela ne point garder un instant ce *Nuage rose* de tous les diables. Je vais appeler quatre de mes guerriers, qui se muniront de présents et ramèneront la dame à son carbet lestement, en la faisant marcher à pied, comme il convient à une créature de son espèce, n'en déplaise à votre chevalerie, monsieur le comte.

— Vrai Dieu! dit alors Saladin, la flamme aux joues, l'éclair aux yeux, Mafré et vous, monsieur de Favonette, je vous croyais d'autres compagnons! Vous voici prêts à me maudire, parce que j'ai attiré un péril sur vous. C'est moi, ou du moins c'est mon corps, que vous serez obligé de livrer aux Grandes Bouches, si les Grandes Bouches vous font tant peur; car, tant que je serai vivant, tant que j'aurai ce cœur et cette épée qui se répondent, je ferai respecter le *Nuage rose*, comme si c'était, non pas une duchesse ou une marquise, Mafré, mais une reine! Toutes les femmes sont reines pour les Briolan.

Autant qu'il pouvait aimer quelqu'un, Favonette aimait Briolan, qui, le premier, s'était jeté dans ses bras, quand il avait chanté la chanson française, et dont l'humeur si franchement audacieuse le charmait.

— Allons, fit-il, puisque vous le prenez ainsi, notre cher comte, nous supporterons tous les suites de votre chevalerie. On se battra pour le *Nuage rose;* seulement, comme je ne répondrais pas de mes sujets, s'ils apprenaient pour quelle cause ils vont s'exposer aux flèches empoisonnées, aux balles et aux casse-têtes, je vous prierai de ne point leur raconter votre exploit. Je leur trouverai un autre grief contre les Grandes Bouches que la façon dont l'*Éclair qui tue* faisait voyager sa femme, car cette façon, ils l'approuveraient fort. Vous n'êtes point ici parmi des chevaliers, monsieur de Briolan, mais vous êtes parmi des hommes qui savent fort bien se battre, et qui vous le prouveront; vous êtes aussi parmi des hommes qui vous aiment, et qui, je le crois, vous le prouvent.

En achevant ces derniers mots, le prince des Longues Oreilles tendit à Saladin, d'un air vraiment royal, une main que notre gentilhomme serra avec un sincère attendrissement. Le sacrifice de Favonette, que lui reprochaient les regards sévères, quoique sans courroux, de Dranmor et de Mafré, lui causait un chagrin réel; un coup d'œil jeté sur le *Nuage rose* l'empêcha de le repousser. Il dit à l'ancien capitaine de grenadiers, d'une voix où l'on sentait la sainte trinité de vertus qui règne aux cœurs héroïques, la franchise, le courage et la bonté :

— Je vous remercie, mon ami, et je suis sûr, après tout, que je vous fais combattre pour une bonne cause. Ce qui est bien dans un bois du Périgord doit être bien dans une forêt de l'Amérique. Ce ne sont point, en tout cas, des passions coupables qui me mettent au cœur ce que j'y sens en ce moment.

— Mon cher Briolan, dit Mafré, vous êtes jeune, vous êtes brave, voilà ce qui met dans votre cœur des mouvements qui ont pour vous un immense charme! Si vous étiez au milieu d'autres compagnons que nous, ce charme-là, vous courriez grand risque de ne point le faire comprendre; mais, nous autres gens de périls et de hasards, nous avons tous une paladinerie qui est indulgente pour la vôtre. Le fait est, ajouta-t-il avec un sourire mélancolique et comme répondant à une pensée qu'avaient éveillée en lui ces derniers propos, le fait est que l'élégance et le plaisir sont ce qu'il y a de mieux en ce monde, et que la bravoure est, après tout, ce qu'il y a de plus élégant, le danger ce qu'il y a de moins ennuyeux.

On entra, sur ces mots, au carbet. Tandis que Favonette réunissait les chefs des Longues Oreilles pour les préparer, par des récits de sa façon, à la guerre contre les Grandes Bouches, Saladin conduisait le *Nuage rose* à la chambre qu'il habitait. Par un retour aux mœurs sauvages, la belle, quand elle fut seule avec son chevalier, voulut le traiter en maître, et se précipita à ses genoux. Le bon Saladin la releva, la fit asseoir sur le sofa caraïbe, c'est-à-dire sur l'amas de peaux de bisons et de castors qui garnissait un des coins de sa chambre, et prit place à ses pieds. Alors, lui saisissant la main, il lui dit de sa voix la plus tendre :

— Chez les guerriers rouges, on vous faisait obéir ; avec moi vous commanderez. Aimer et respecter les femmes, c'est là une religion chez ceux qui sont les plus braves et les plus vaillants parmi les guerriers pâles.

Le *Nuage rose* trouvait cette religion sublime et son apôtre charmant.

XII

LA GUERRE DANS LA FORÊT.

La diplomatie ne joue pas un très-grand rôle dans les guerres entre Caraïbes. Depuis longtemps les Grandes Bouches et les Longues Oreilles étaient prêts à se dévorer littéralement pour la cause qui amène d'ordinaire tous les combats des sauvages, pour la possession d'un terrain de chasse. Les Grandes Bouches prétendaient chasser seuls dans une partie de la forêt où sifflaient matin et soir les flèches des Longues Oreilles. En envoyant l'*Éclair qui tue* ouvrir une négociation au carbet Favonette, au lieu de se jeter simplement sur leurs rivaux de chasse, les Grandes Bouches avaient montré une modération qui n'était pas dans leurs mœurs. Quand ils retrouvèrent le corps de leur ambassadeur étendu sanglant et inanimé près du quartier de leurs voisins, ils ne pensèrent pas à engager une enquête pour savoir comment s'était fait le meurtre, mais tout simplement à venger une mort par d'autres morts. Ils emportèrent le corps de l'*Éclair qui tue*, qu'ils ensevelirent avec toutes les cérémonies propres à réjouir une ombre de Caraïbe : hurlements, danses funèbres, sacrifices humains; puis ils se mirent en route armés, et avec maint moyen de combat que nous allons connaître tout à l'heure, pour exterminer ceux auxquels il leur était le plus agréable d'attribuer le trépas de leur chef.

Favonette, qui connaissait à fond les mœurs sauvages, avait prévu d'avance tout ce que feraient ses ennemis. Il savait et le temps qu'ils consacreraient à leurs pratiques funèbres, et le moment où ils commenceraient leur attaque. A l'instant donc où la tribu des Grandes Bouches se mettait en route pour aller chercher sa vengeance, on donnait le signal du départ dans la tribu des Longues Oreilles. Favonette ne voulut pas laisser à ses adversaires l'avantage d'être les agresseurs. Il prit la résolution de les rencontrer et de leur livrer bataille au milieu de la forêt.

Quand les Longues Oreilles sortirent de leur carbet, il se levait dans le ciel un beau soleil d'automne qui n'empêchait point de souffler à travers les airs un vent âpre et bruyant, aux inspirations martiales. Favonette était aussi fier qu'Alexandre, et avait lieu de croire que le soleil s'intéressait tout autant à la journée qu'allaient éclairer ses rayons, qu'il avait pu s'intéresser jadis aux journées du Granique et d'Arbelle. Ce grand capitaine était monté, sans étriers et sans selle, sur un petit cheval de race sauvage, aux membres grêles, mais prompts et robustes, à la tête grosse et expressive, à la queue imposante et à la crinière colérique. Près de lui s'avançaient, sur des chevaux semblables au sien, et qu'ils montaient aussi à la caraïbe, Dranmor dans sa calme beauté, Mafré, le visage empreint de son habituelle insouciance. Saladin était à pied. Il n'avait point pu se résoudre à monter à cheval en sauvage; il trouvait dans l'équitation caraïbe quelque chose qui répugnait à son élégance guerrière. Il s'en allait donc comme un paladin dont un enchanteur a volé le coursier favori. Il était fort gai, du reste, quoique à pied. Le courage faisait circuler dans tout son corps ses agréables chaleurs. Les rêves à l'éclat d'armure, aux voix de cymbales et de trompettes qui remplissent le matin des belliqueuses journées, tourbillonnaient autour de lui. Il se sentait agile et dispos, pur de cœur, ardent d'esprit, propre à savourer les farouches délices des combats.

On s'avançait depuis deux heures dans la forêt, sous des voûtes qui résonnaient de chants d'oiseaux et que paraient toutes les teintes d'une verdure d'automne, quand, au détour d'une allée, un des hommes qui marchaient à l'avant-garde roula tout à coup sur le gazon. Une flèche venait de l'atteindre au milieu du corps, une des flèches les plus infernales qu'ait inventées le génie caraïbe : ce trait mortel était coupé à l'endroit où se joignaient le bois et le fer, non pas coupé tout à fait, mais de manière à se rompre une fois entré dans la chair. Le bois avait glissé à terre, et le fer s'était enfoncé dans la blessure, ne pouvant plus, comme une balle, être arraché que par des tenailles. Deux guerriers des Longues Oreilles se précipitèrent près de leur compagnon blessé, et tombèrent frappés comme lui par des mains invisibles.

Favonette fit arrêter sa troupe. D'un œil accoutumé à sonder les secrets du feuillage, il eut bientôt aperçu, à travers les arbres, une embuscade de Grandes Bouches. Il montra aux siens les archers ennemis, dont quelques-uns s'étaient établis au milieu des branches comme des chats-tigres, et une pluie de traits mêlée de quelques balles commença à tomber dans la forêt. Ni Mafré ni Dranmor ne semblaient novices dans ce genre de combat. Tous les deux s'étaient jetés à bas de leur cheval et s'étaient logés derrière des arbres, d'où ils envoyaient à leurs ennemis des balles portant toutes la mort avec elles. Les chênes qui servaient d'abri à ces deux terribles tirailleurs avaient leur écorce toute déchirée de flèches. Saladin regardait toute arme qui se lance comme arme de poltron ou de valet. Il attendait avec une brûlante impatience l'instant où l'on renoncerait aux projectiles pour engager le corps à corps, cette forme de combat si chère à l'héroïsme, où les cœurs, en battant les uns contre les autres, sentent ce qu'ils valent. En attendant cet heureux moment, il négligeait avec trop de dédain de se garantir des traits dont l'air était traversé. Une des redoutables flèches dont nous avons parlé l'atteignit à la cuisse ; elle avait été décochée sans doute par une main vigoureuse, car son fer disparut entièrement dans la chair de notre héros, qui devint sanglante et gonflée.

Mafré, qui vit la blessure de son compagnon, s'élança à travers les traits, saisit le gentilhomme au milieu du corps, et l'entraîna malgré lui derrière son rempart. Cependant le sort ne semblait pas se déclarer pour les Longues Oreilles. Ils avaient été surpris, ce qui est un malheur presque irréparable dans une guerre de sauvages. Leurs ennemis, mieux garantis qu'eux, souffraient moins et faisaient plus de mal; tous les guerriers longues oreilles attendaient avec la même impatience que Saladin la fin d'un combat où évidemment ils avaient le dessous; mais, au moment où les traits de leurs adversaires s'épuisaient et où ils espéraient dans leur valeur pour changer la face de la bataille, une attaque vint fondre sur eux, terrible, imprévue, et d'une nature à faire bien autrement frémir Briolan d'indignation que toutes les balles et toutes les flèches du monde.

Les Grandes Bouches lançaient contre leurs ennemis ce qu'on appelle en Amérique les *casques*, c'est-à-dire les chiens sauvages. Ce sont des chiens abandonnés par les boucaniers, qui, dans la liberté et le péril des bois, ont pris la nature des bêtes féroces. Ils sont d'une maigreur effrayante, qui toutefois ne nuit point à leur force. Les lévriers qui composent dans les forêts allemandes la meute du chasseur infernal doivent avoir ces corps efflanqués où se cache le démon de la vitesse, ces yeux creux et éclatants qu'anime le démon du carnage. Ce sont des spectres hideux de lévriers, mais des spectres qui mordent et qui dévorent, dont on sent l'haleine et la dent. Une affreuse lutte s'engagea entre les Longues Oreilles et ces formidables alliés des Grandes Bouches. Le combat de l'homme contre la bête a quelque chose de monstrueux, d'infernal, d'impie, qui doit faire pleurer les dieux. Entre ces mâchoires vivantes, qui versent leur bave dans les blessures, la chair humaine éprouve des frissons d'horreur que ne feront jamais pénétrer en elle ni le fer, ni l'acier, ni le plomb. Sous la morsure de ces atroces et indignes adversaires, les êtres de notre espèce sentent le dégoût mêler ses tortures à celles de la douleur; puis, à tout ce qui nous frappe et nous terrasse déjà dans une pareille lutte se joint encore une terreur de mystère : ce courage qui nous étonne, cette furie qui nous déchire, ne sont ni notre courage ni notre furie. Nous ne savons point de quels souffles ces passions sont nées; les éclairs de ces yeux sanglants partent d'un foyer inconnu. C'étaient de terribles objets que les cadavres dont ce combat couvrait le gazon de la forêt. Quelques lambeaux de chair informes, quelques ossements fumants et empourprés, indiquaient seuls la place où un guerrier était tombé. Les Grandes Bouches avaient lancé sous les arbres un immense troupeau de *casques* ressemblant aux vagues d'une marée, horribles vagues qui déchiraient tout ce qu'elles avaient renversé.

La déroute fut bientôt générale parmi les Longues Oreilles; devant cet effroyable amas de gueules sanglantes, on fuyait comme devant des flammes et des flots. Dranmor et Mafré placèrent entre eux deux Saladin, à qui sa blessure rendait douloureux chaque pas. Ils rejoignirent Favonette, qui, dans sa retraite, avait longtemps montré la poitrine. Ils arrivèrent sur ses traces, après avoir dépisté l'affreuse horde de bêtes et d'hommes qui les poursuivaient, au carbet d'où ils étaient partis le matin avec de si joyeux espoirs.

Une grande confusion régnait au quartier des Longues Oreilles. A tout instant arrivaient des guerriers épouvantés et blessés qui se laissaient tomber, le regard consterné, la bouche muette, tous les membres appesantis, dans chaque coin du carbet; les femmes et les enfants, cherchant des époux et des pères qui ne reparaissaient pas ou qu'ils voyaient revenir sanglants et frappés de terreur, poussaient des cris à déchirer sous la terre les oreilles des morts. Favonette, au milieu de ce tumulte, conservait sa tranquillité et son énergie. Il marchait d'un pas calme à travers cette foule effarée; lorsqu'il rencontrait devant lui un corps étendu sur le sol, il se baissait pour voir si c'était la mort ou la peur qu'il avait devant les yeux, et, quand c'était la peur, il avait des imprécations guerrières qui souvent mettaient sur leurs pieds, en armes, des gens qu'on n'aurait cru bons qu'à dormir sous terre.

Favonette n'osa point toutefois, malgré le courage qu'il était parvenu à faire rentrer dans nombre de cœurs, attendre les Grandes Bouches au sein de ses foyers. Ses gens n'étaient point encore en état de recommencer avec quelque chance de succès une bataille. Il résolut de quitter son carbet avec toute sa tribu, les femmes, les enfants, les blessés qui pourraient marcher ou qu'il serait possible de transporter, et d'aller camper au bord de la mer sur une baie voisine. Cette baie offrait, entre les flots et des rochers, un espace presque inaccessible, et, cet espace envahi, les Longues Oreilles avaient en rade une petite flottille de canots sur lesquels ils pouvaient fuir leurs ennemis et gagner une île prochaine.

Mais la retraite ordonnée par Favonette devait être chose difficile et cruelle. Il ne s'agissait point seulement d'abandonner des lieux connus, ce qui est une terrible douleur chez toutes les nations, et surtout parmi les sauvages, car les sauvages ont pour les lieux l'amour des enfants. Ils ont, là où ils habitent, mille secrètes intelligences avec toute sorte d'êtres invisibles qui enchantent leurs heures silencieuses. Il s'agissait d'une chose plus déchirante encore pour ces malheureux que d'une séparation avec un toit, des foyers et des arbres ; leurs ennemis allaient paraître, leur fuite devait avoir lieu sur-le-champ, il y avait là nombre de blessés qu'ils ne trouvaient aucun moyen d'emporter avec eux.

Il y a deux blessés qui nous intéressent, nous : l'un, c'est notre ami Saladin : l'autre, c'est ce pauvre Narille, auquel peut-être on ne pense plus guère. Narille avait été blessé, s'en souvient-on ? dans le combat qui avait failli finir pour Favonette par un auto-da-fé, et sa blessure, encore fort mal guérie, ne lui avait point permis le matin de prendre part à l'expédition générale ; toutefois il pouvait marcher. Mafré et Dranmor, qui avaient un instant abandonné Saladin pour courir à la case de Narille, trouvèrent le marquis debout, habillé et examinant ses armes ; ils lui apprirent en quelques mots les événements de la journée, et lui enjoignirent de les suivre. Le sang-froid ne manquait pas à Narille, puisqu'il était brave comme on l'a vu déjà ; mais ce qui faisait défaut à notre bourgeois-gentilhomme, c'était la façon simple et silencieuse de prendre les choses qu'acquiert difficilement l'espèce essentiellement bavarde et affairée à laquelle il appartenait. — Comment diable les Grandes Bouches s'y étaient-ils pris pour battre les Longues Oreilles ? — Ils s'étaient servis de chiens. — Bon ; c'étaient donc de bien terribles bêtes que ces chiens ? Comment étaient-ils faits ? Que ne les avait-on assommés ? Tandis que Narille faisait toutes ces questions, auxquelles ses compagnons ne répondaient qu'avec impatience et en le pressant d'achever ses préparatifs de départ, il se passait du temps. Les événements marchent vite dans des instants comme ceux qui s'écoulaient alors pour la tribu Favonette. Quand, Narille enfin équipé et lassé de faire des questions mal accueillies, les trois aventuriers arrivèrent dans la grande salle du carbet, une portion de la tribu était déjà partie.

Quelles furent la surprise et l'inquiétude de Mafré et de Dranmor lorsqu'ils ne retrouvèrent plus Saladin à l'endroit où ils l'avaient laissé? Le pauvre Briolan souffrait tellement de sa blessure, où le fer était encore plongé, qu'évidemment il n'avait point pu marcher. Ses amis comptaient le prendre sur leurs bras. Quelque sauvage, dans une barbare pitié, aurait-il imaginé de le tuer et d'aller jeter son corps à la rivière voisine? Mafré se souvenait qu'autour de lui on projetait d'en agir ainsi envers des blessés qu'on voulait à toute force soustraire aux Grandes Bouches et à leurs chiens. Rempli d'anxiété, il court vers Favonette et l'interroge. Favonette, tout entier occupé à surveiller la retraite de ses guerriers, n'avait rien vu. On était au milieu d'une foule, d'un mouvement, d'un bruit à désespérer toute recherche. Mafré, cependant, ne perdit point courage et se mit à traverser dans tous les sens cette cohue pour retrouver son compagnon. Ses efforts furent inutiles; il ne pouvait point pourtant se résoudre à quitter le carbet sans connaître le sort de Briolan.

Déjà il restait presque seul sur les lieux où tout à l'heure tant d'êtres se pressaient. La colonne de guerriers dont Favonette fermait la marche, et à laquelle il avait forcé Dranmor et Narille de s'adjoindre, s'éloignait. Mafré ne voyait autour de lui que quelques enfants et quelques femmes à qui la retraite avait plus coûté qu'aux autres membres de la tribu. Avec un chagrin que tempérait seule cette confiance dans le hasard qui n'abandonne jamais entièrement un aventurier, il prit enfin le parti d'aller rejoindre le gros de la troupe fugitive.

La marche, jusqu'au campement nouveau qu'on allait chercher, eut toute la tristesse qu'il est facile d'imaginer. La perte de Saladin, pour qui l'on avait entrepris une guerre si désastreuse, augmentait les soucis que laissait voir sous ses tatouages le front de Favonette. Il y avait quelque chose de si franc, de si expansif, d'un charme si viril, mais si puissant dans la personne de Briolan, que les plus rudes et les plus insensibles natures s'attachaient à lui. Dranmor même semblait ému ; sur ses beaux traits, aussi étrangers à la pitié que les traits d'Apollon ou de Mercure, on lisait la même expression de regret que sur la face de dragon chinois du capitaine Favonette.

Cependant on touchait à l'inexpugnable asile où les Longues Oreilles devaient enfin braver les Grandes Bouches. Déjà quelques femmes, quelques enfants, quelques guerriers sans armes, qui marchaient à l'avant-garde, avaient franchi la ceinture de rochers dont était entouré ce lieu. Ainsi qu'il arrive presque toujours dans la marche des grandes foules, dans les émigrations que causent les pestes ou les guerres, quand on arrive au but désiré, au sol promis, il y a un moment de confusion incroyable. Chacun veut toucher le premier la terre qui ne brûle plus des pas de l'ennemi, d'où ne s'exhale plus une haleine malade, et l'on se pousse, l'on se heurte, souvent même on se bat. La folie s'empare de ceux qui jusqu'alors avaient soutenu les autres de leur calme. Ces scènes de tumulte se passèrent dans la tribu des Longues Oreilles, quand tous les yeux virent la retraite souhaitée. Les guerriers que Favonette était parvenu à réunir en troupe régulière rompirent leurs rangs. Le désordre se mit dans toutes les bandes qui composaient l'émigration. On voyait des créatures humaines se précipiter les unes sur les autres, comme des moutons que poussent des chiens à l'entrée trop étroite d'une étable. Mafré, Dranmor et Narille se tenaient à l'écart pendant que s'écoulaient les flots orageux de cette cohue. Tout à coup ils voient passer devant eux, à l'endroit où la foule est le plus tumultueuse et le plus pressée, quelque chose qui attire leurs regards, une femme portant un homme sur ses épaules. Cet homme, ils le reconnaissent, c'est Saladin, Saladin évanoui, car le gentilhomme aurait plutôt souffert mille morts que de se laisser porter par une femme. Quant à la robuste héroïne qui sauve ainsi Briolan, on l'a deviné, c'est le *Nuage rose*.

Le *Nuage rose* prouvait son dévouement pour Saladin à son énergique et sauvage manière. Ne songeant plus à ce qu'elle avait appris sur sa dignité de femme, occupée d'une seule chose, de sauver l'homme pour qui elle s'était prise de passion, elle portait son précieux fardeau hardiment et lestement, comme le parlefroi favori d'une châtelaine porte sa maîtresse. Les trois compagnons de Briolan la virent disparaître derrière un rocher, dans la route où elle s'était engagée résolûment, avant d'avoir pu lui faire comprendre leurs signes.

Quand la confusion eut enfin cessé et que la tribu tout entière eut pris possession de son campement, ils se mirent à la recherche de leur ami et de celle qui l'avait sauvé. Près d'une source comme on en rencontre souvent en Amérique sur les rivages de la mer, ils découvrirent ceux qu'ils cherchaient. Le *Nuage rose*, agenouillée sur la terre, avait appuyé contre son sein la tête du jeune comte, qu'elle baignait d'eau fraîche. Saladin ouvrait les yeux, et les tournait, pleins de la tendresse instinctive d'un regard d'enfant pour le visage maternel, vers la figure penchée sur la sienne. A peine revenu à la vie, il sentait le bien-être d'une atmosphère féminine. Mafré appela Favonette, qu'il aperçut en ce moment à quelques pas de lui. Le capitaine s'entendait assez bien à l'art de panser les blessures, surtout les blessures faites par les flèches des Caraïbes ; il ne perdit point de temps à témoigner sa joie de ce qu'il retrouvait un compagnon aimé, il se mit sur-le-champ à une opération qui fut douloureuse, mais efficace. En fouillant avec un instrument en fer dans la blessure comprimée par des bandages, il parvint à arracher la pointe de la flèche. Quand Favonette eut mené à bonne fin son entreprise chirurgicale, Mafré, Dranmor et Narille s'entretinrent avec leur compagnon, lui racontèrent leurs inquiétudes et le dévouement du *Nuage rose*.

Une vive émotion couvrit de rougeur les traits de Saladin, lorsqu'il apprit de quelle manière il avait franchi la distance qui séparait le carbet où il s'était évanoui des lieux où il revoyait la lumière. Il saisit la main du *Nuage rose*, qui ne s'était pas éloignée pendant que Favonette faisait son office de chirurgien, mais avait servi constamment d'oreiller au blessé, attachant sur lui, avec une intrépide tendresse, un regard qu'enflammaient également le courage et la douleur. Il saisit cette main et y appuya quelque temps sa bouche. A cette caresse d'un caractère si touchant, si nouveau, si étrange pour elle, que Saladin lui avait faite déjà, mais jamais d'une façon aussi ardente et aussi respectueuse à la fois, la pauvre créature sentit tout le sang de ses fortes veines gonfler son cœur à le faire éclater.

XIII

CI-GÎT LE NUAGE ROSE.

Le camp des Longues Oreilles occupait un vaste espace, d'une part bordé par la mer qui l'échancrait, de l'autre entouré de rochers. Cet espace semblait avoir été destiné à l'usage auquel il servait. Une nation entière pouvait y trouver un asile pendant des mois. L'eau, ce besoin du corps, et je croirais presque de l'âme, l'eau n'y manquait point. On y voyait une source profonde et limpide en-

13

tourée de gazon et d'où s'échappait un ruisseau qui allait à travers les sables du rivage se perdre dans la mer. C'était un de ces lieux comme il s'en trouve sur les côtes de notre patrie où les Gaulois se réfugièrent pour lutter contre les légions romaines, lieux de grand air, lieux de plein ciel, où le cœur se sent toute sorte d'énergies.

Les Longues Oreilles avaient construit à la hâte des huttes où s'était établie chaque famille. Dans une de ces cabanes, une des plus verdoyantes et des mieux tournées, Saladin s'abritait avec le *Nuage rose*. Le cousin de la belle Brigitte était plongé dans la vie sauvage. Tout en restant chevalier, et chevalier bien épris de sa dame, par ces secrets qu'il possédait de concilier les choses diverses, l'humeur d'Amadis et le tempérament de Galaor, il était tout rempli de douceur pour la charmante fille des Grandes Bouches. Comme on s'impatiente contre Esplandian, quand on le voit tenir obstinément rigueur à cette demoiselle qui le suivait en habit de page! Saladin, tout en entendant aussi bien le grand amour que s'il fût né du beau Ténébreux, savait s'y prendre avec les autres amours. Il n'écrasait point ces chères violettes, quelquefois d'une odeur si douce et si enivrante, sous leur jolie cape verte, qu'on rencontre dans tous les chemins tant qu'on voyage avec la jeunesse. Ne faisait-il pas bien? Du reste, qu'il fît bien ou non, voilà ce qu'il faisait.

Le *Nuage rose* eut donc avec notre chevalier de belles et heureuses journées, de ces journées qui deviennent de désespérants et de charmants fantômes quand elles ne sont plus et qu'on leur survit; mais le *Nuage rose* devait-elle survivre à son bonheur? Un soir, la fille des bois était couchée aux pieds de Saladin, sur le seuil de la hutte qui avait été pour elle un palais, un temple, un paradis. Les guerriers longues oreilles, après leur repas, se livraient à des danses que conduisait gravement Favonette, et que regardaient avec intérêt Narille, Dranmor et Mafré. Le *Nuage rose* et Saladin se tenaient à l'écart dans l'isolement cher aux couples amoureux. Le *Nuage rose* avait appris quelques mots de français, et Saladin, comme nous l'avons vu, parlait assez couramment le caraïbe. Puis d'ailleurs les jeunes hommes et les jeunes femmes de tous les pays parlent à peu près la même langue, ce que chacun sait fort bien. Saladin et sa compagne s'entendaient donc à merveille. Livrés aux enchantements de leur jeunesse, du ciel, du soir et de l'amour, ils voyaient s'écouler des heures au vol et au gazouillement d'oiseau.

Le matin même on s'était battu : les Grandes Bouches avaient donné un assaut au camp des Longues Oreilles. Saladin s'était, comme toujours, signalé parmi les hardis. Plus d'un guerrier sauvage, escaladant les rochers avec un cœur de Titan, avait, grâce à l'épée de Briolan, suspendu à l'herbe des montagnes, perles rouges d'une effrayante rosée, les gouttes du sang qu'il perdait. Le *Nuage rose* parlait au gentilhomme de ses combats; elle lui demandait si, parmi ceux contre lesquels il avait lutté de l'œil et du bras, il n'avait pas remarqué un guerrier à la taille gigantesque, d'un aspect sombre et menaçant, comme un chêne qui se dresse dans un ciel nocturne : ce guerrier portait une coiffure faite avec deux cornes de buffle, des plumes d'aigle et une peau de renard blanc qui descendait jusque sur son dos; il avait le visage rayé de blanc et de noir, une bouche qui n'avait rien d'humain, des yeux qui jetaient à tous ceux qu'il rencontrait le frisson et la pâleur.

— Il me semble, dit en souriant Saladin quand le *Nuage rose* lui eut tracé ce portrait, il me semble, ma belle, avoir vu le personnage dont vous me parlez, qui est, en effet, accoutré comme une figure de cauchemar, et a la prétention évidente d'être fort effrayant. J'aurais aimé le saisir par une de ses cornes, et lui faire avec mon épée une raie rouge sur son visage bariolé de noir et de blanc; mais cela n'a pas été possible : le drôle ne se démenait pas de mon côté. Comment appelez-vous ce fils d'enfer?

— On l'appelle le *Vent d'Hiver*, répondit le *Nuage rose*, et on l'a toujours appelé ainsi, même quand sa mère était encore jeune et s'inquiétait pour lui du sort des premiers combats. Comme le vent d'hiver, il a toujours été impétueux et malfaisant. C'était le frère de l'*Éclair qui tue*, le maître dont vous m'avez délivrée. L'*Éclair qui tue*, auprès de lui, était bon comme une ondée de printemps. Le *Vent d'Hiver* ne s'est jamais plu qu'à faire souffrir et à tuer; et, quoiqu'il ne craigne pas la mort, quoiqu'on ne voie rien sur son visage quand il pénètre dans sa chair du fer ou du feu, ce sont les êtres sans défense, les enfants et les femmes, dont il aime par-dessus tout les tourments. De toutes ces belles choses qui font qu'au lieu de me glacer d'effroi votre courage me fait pleurer de tendresse, lui n'a jamais rien su. Il trouvait toujours que l'*Éclair qui tue* n'était pas assez cruel pour moi. Une fois il me frappa au visage et voulut me crever un œil, parce que j'avais refusé de laver le poitrail de son cheval. Quelle haine il aurait contre moi, quels coups il chercherait à nous porter, s'il savait que la mort de son frère et tous les combats qui l'ont suivie viennent de nous!

— Mon cher *Nuage rose*, fit Saladin, je me moque de votre *Vent d'Hiver*, de ses haines et de ses vengeances. Vous savez comment je le recevrais s'il venait nous poursuivre ici. Ne pensez plus, ma belle, à cet homme stupide et lâche; car ce sont des lâches, malgré la bonne contenance qu'ils trouvent moyen de faire pendant qu'on les rôtit, tous vos infâmes sauvages! ce sont des lâches, puisqu'ils ne craignent pas de frapper qui ne peut répondre à leurs coups! Oubliez, pauvre reine méconnue et outragée, tous les butors dont vous avez été forcée de subir les sots et farouches caprices pendant si longtemps. Vous avez trouvé enfin ce qu'on nomme un chevalier dans la langue des vrais braves, c'est-à-dire un homme qui, au lieu de crever les yeux des belles, les adore, en fait ses étoiles, ses soleils, ses dieux; un homme qui, au lieu d'être le tyran et le bourreau des faibles, est leur serviteur et leur soldat; enfin vous avez trouvé un homme qui vous aime et vous le dit de la façon qui vous plaît.

Le *Nuage rose* étendit ses deux bras vers le cou de Saladin, attira vers sa bouche le noble visage de son amant, et, sur ce front qu'enflammaient les pensées héroïques, déposa un baiser où frémissait toute son âme, cette âme jeune et sauvage inondée alors d'un amour profond comme les gouffres de la mer, pur comme l'air des forêts. Cependant la nuit arrivait. Les danses des

Caraïbes touchaient à leur fin; les amants rentrèrent dans leur cabane. Bientôt on n'entendit plus dans le camp des Longues Oreilles que le frémissement de la mer, les murmures du vent, et ce bruissement mystérieux que font partout les ténèbres.

Pourtant tout le monde n'était pas endormi dans cette cité guerrière. Sans parler des amoureux, qui ne sont pas fort dormeurs de leur nature, bien des gens, chez les Longues Oreilles, étaient éveillés. Si l'on était entré dans la hutte qu'habitait Favonette, on eût, je crois, trouvé le digne souverain fêtant, en compagnie de Mafré, de Narille et de Dranmor, l'outre où il puisait d'aussi philosophiques inspirations que celles qu'offrait à Caton d'Utique le divin Platon. Mais un homme dormait qui n'aurait point dû dormir, ou du moins, s'il ne dormait pas entièrement, soutenait une lutte assez malheureuse contre le sommeil; c'était la sentinelle qu'on avait placée à la porte du défilé par lequel il était le plus facile de pénétrer dans le camp. Si cette sentinelle coupable avait eu le cerveau plus libre, l'œil plus ouvert, elle aurait remarqué là tournure suspecte d'un renard blanc qui, venu du côté des montagnes, se dirigeait vers les huttes qu'elle était chargée de garder. Ce n'est pas chose étonnante qu'un renard blanc dans une île américaine, mais ce serait chose étonnante partout qu'un renard blanc marchât comme marchait celui-là. Les sauvages mettent des peaux de renard blanc pour s'approcher des bisons; un œil de bison seul aurait dû prendre pour un vrai renard l'être qui venait de s'introduire chez les Longues Oreilles. Il y avait trois jours, un guerrier longue oreille, mécontent de son roi ou de ses concitoyens, avait passé chez les Grandes Bouches. Le *Vent d'Hiver* avait donc appris les amours de Saladin et du *Nuage rose*, l'existence qu'ils menaient, et jusqu'à l'endroit qu'ils habitaient dans le camp. Maintenant, en voyant le renard blanc se traîner vers la hutte occupée par Briolan et sa beauté caraïbe, on peut, je crois, deviner quel ennemi et quel danger menaçaient les deux amants.

C'était un tableau inouï que celui qu'éclairait alors la lune de son regard malade. Un renard à la fourrure blanche glissait sur le gazon; mais, en avant et en arrière de ce renard se dessinaient, comme les membres monstrueux de quelque fabuleux animal, des jambes et des bras humains. Il y a un diable caché, dit-on, dans le cerf que la meute du chasseur noir poursuit dans la nuit, à travers les clairières brumeuses des forêts d'outre-Rhin; il y avait un être qui ne valait certes pas mieux qu'un diable caché, mais, par exemple, caché assez mal dans le renard, qui se traînait en ce moment sur les rivages de la Dominique.

La hutte de Saladin et du *Nuage rose* renfermait une couche fort étroite, faite, comme toutes les couches de sauvage, avec un peu de feuillage et quelques peaux de bêtes. Un époux caraïbe, pressé du désir de dormir, n'aurait point manqué de s'installer sur l'unique lit de la cabane et de faire coucher sa femme par terre. Saladin connaissait parfois le besoin du sommeil (c'est un besoin auquel Amazan se livrait près d'attraits qui valaient ceux du *Nuage rose*, quand il fut surpris par la princesse de Babylone); mais Saladin, comme on le sait de reste, pour goûter le plus nécessaire des repos, n'était pas homme à rien faire contre sa chevalerie. C'était le *Nuage rose* qui occupait la couche du logis. Briolan était étendu sur le sol en travers de la porte, et protégeait ainsi de son corps, tout en dormant, le sommeil de sa compagne, comme un serviteur dévoué protége le sommeil de son roi.

Le *Nuage rose*, ainsi que tout enfant de race sauvage, avait les sens plus fins, plus sûrs et plus prompts que ne le sont des sens d'Européens. Accoutumée à dormir au milieu des périls, des surprises, dans de frêles abris assiégés de maints effrois, le moindre bruit chassait de ses paupières le poids léger que le sommeil y déposait. Un bruit presque imperceptible que fit en s'entr'ouvrant, poussée par une main de la plus merveilleuse dextérité, la porte en joncs de la cabane, éveilla le *Nuage rose;* la fille caraïbe se mit sur son séant, et, à la clarté d'une lampe sauvage faite avec une huile particulière qui jette en brûlant des lueurs argentées, elle aperçut au seuil de la hutte le renard blanc. Ce n'est pas un œil comme celui du *Nuage rose* qu'un déguisement aurait pu tromper. D'ailleurs, tout déguisement disparut bientôt. Arrivé au but qu'il voulait atteindre, l'être humain qui se cachait dans une fourrure de renard rejeta en arrière la peau velue sous laquelle étaient masqués ses traits; le *Nuage rose* vit alors un personnage comme nos jeunes filles n'en verront jamais dans leurs plus cruels et leurs plus désordonnés cauchemars : le *Vent d'Hiver* était devant elle; le regard féroce et mystérieux de la bête fauve éclairait son visage rayé de blanc et de noir; entre ses dents luisantes et aiguës brillait un couteau à scalper. Le *Nuage rose* sentait l'horreur courir dans tous ses membres, le feu dévorer son cerveau, le froid mordre son cœur; cependant, en fille intrépide des forêts, elle cherchait à soutenir cette vision terrible. Par un effort surhumain, elle était parvenue à rassembler ses esprits prêts à la quitter, et la voix, que les affres avaient arrêtée d'abord dans son gosier, arrivait enfin dans sa bouche quand elle aperçut le *Vent d'Hiver* se pencher sur Saladin endormi, et, saisissant le couteau qu'il tenait entre ses dents, en menacer la gorge de notre héros. Alors, par un mouvement énergique et rapide, par un bond prompt et sûr comme celui d'un chat-tigre, la Caraïbe s'élança sur celui qui voulait tuer son amant. La terreur, elle ne la sentait plus, elle s'était délivrée de ses étreintes glacées; le sublime vainqueur des épouvantes, le dévouement, embrasait de ses ardeurs ce cœur passionné de femme; elle saisit d'une main, dont un instant les nerfs furent de feu, les muscles d'acier, le bras que le *Vent d'Hiver* levait contre Saladin.

Notre gentilhomme fut réveillé par un bruit de lutte et par le choc d'un corps qui tombait sur lui. Ce corps, c'était celui du *Nuage rose*, frappée dans la poitrine par son ennemi. L'héroïque fille, en tombant, trouva moyen d'occuper encore celui qui l'avait frappée, et de crier à Saladin :

— Défends-toi, ami, je meurs pour toi.

Elle n'avait pas achevé ces mots, que Briolan était debout, l'épée à la main, ardent et terrible comme la vengeance et la colère. Entre le gentilhomme français et le

Caraïbe, le combat ne fut pas long. L'épée de Saladin entra, sortit et rentra dans le corps du *Vent d'Hiver* en épée qui veut se désaltérer et qui n'y parvient pas.

Oh! la puissance de la mort, elle ne nous a pas été refusée, elle nous a été accordée à pleines mains; il n'en a pas été de même de la puissance de la vie. Saladin avait tué le *Vent d'Hiver*; le corps de cette bête humaine était là inanimé et sanglant devant lui, devenu cette chose qu'on nomme cadavre; mais le *Nuage rose* aussi gisait sur le sol. Dans ce gracieux corps, qu'animait il y avait quelques instants une âme généreuse, rien ne vivait plus. Sur ce sein chaud encore, mais d'une chaleur décroissante, et dont la source était désormais tarie, sur ce sein tout à l'heure frémissant des élans héroïques et amoureux, la mort avait posé son implacable et inerte main. Une morne blessure d'où suintaient quelques gouttes de sang, voilà ce qu'offrait cette poitrine faite pour les bouquets de fleurs et pour les baisers.

Saladin ne pouvait pas se décider à croire que toute espérance était perdue; il alla chercher Favonette, si expert en blessures. Le chef des Longues Oreilles arriva, suivi de Narille, de Dranmor et de Mafré. Il avait bu quelques coups de trop à la source de sa philosophie, à son outre sacrée. Il était en ce moment de sa plus insouciante humeur. C'est une chose chère aux hasards cruels, aux dieux mauvais, que de faire venir la légèreté et l'indifférence là où il faudrait la charité et la tendresse. Sur la route où les larrons ont laissé un homme à demi tué, il est bien rare que ce soit le bon Samaritain qui passe. Du reste, Favonette n'aurait rien pu pour sauver le *Nuage rose*, quand il aurait eu le cœur de saint Vincent de Paul et la main d'Ambroise Paré. Il n'avait que trop raison lorsqu'il dit, en promenant son regard de Caraïbe et de grenadier du *Nuage rose* au *Vent d'Hiver* :

— Voilà des gens qui sont morts autant qu'on puisse l'être. La femme a une blessure étroite, mais profonde; la mort lui a été injectée au cœur. Quant à l'homme, il est troué, ce qui s'appelle troué. Quelles furieuses bottes vous lui avez portées, Saladin! Je voudrais que toutes les Grandes Bouches en eussent autant que lui à travers le corps. Toutefois, s'ils étaient tués de cette façon, il serait impossible à ceux de mes gaillards qui ont conservé un goût endiablé pour les rôtis humains de contenter leur gourmandise. Au point de vue chevaleresque, cet homme est très-bien tué, mais il l'est mal au point de vue culinaire.

L'air et les propos de Favonette, en cette occurrence, irritaient Saladin. Il lui répondit d'une manière très-succincte au sujet du *Vent d'Hiver*, sur lequel le chef des Longues Oreilles l'accablait de questions, et il finit même par le congédier, ainsi que Mafré et Narille. Il ne voulut garder auprès de lui, pour rendre les derniers devoirs au *Nuage rose*, que Dranmor, dont la figure était dure et impassible, mais recélait cette vertu qu'a la beauté de n'être jamais pour l'esprit, dans quelque situation qu'il se trouve, un objet d'irritation.

Avec Dranmor, il veilla près du *Nuage rose* toute la nuit, et le lendemain l'enveloppa dans un linceul fait avec les peaux les plus douces qu'il put trouver. Il ne voulut point, dans les funérailles qu'il fit à cette fille des forêts, suivre les us des sauvages. Le pauvre *Nuage rose* avait trop souffert des mœurs au milieu desquelles sa vie s'était passée. Il l'ensevelit aussi simplement qu'une créature trépassée puisse être ensevelie. Sur le rivage de la mer, à l'endroit où le sable finit et où le gazon commence, il creusa une tombe. Cette tombe était voisine de la source où il s'était réveillé de l'évanouissement causé par ses blessures sur le cœur qui maintenant ne battait plus. Il déposa précieusement ce trésor sacré d'un corps que l'on a aimé dans la fosse qu'avaient creusée ses mains. Il combla cette fosse avec de la terre, et, aidé de Dranmor, scella dans cette terre un morceau de rocher sur lequel il écrivit :

Ci-gît le Nuage rose.

Le tombeau du *Nuage rose* regarde la mer du côté du levant. Les premiers rayons de l'aube y glissent; dans le flux, il sert de limite aux vagues. Je ne sais point quelle sépulture plus digne, je dirais presque plus charmante, pourrait être désirée par ceux qui attachent quelque prix à la façon dont doivent reposer leurs restes.

XIV

Briolan n'était point rêveur : homme de guerre et non poëte, s'il était mort à l'hôpital, il n'aurait point fait pendant son agonie des élégies à la façon de Gilbert. Toutefois la mort du *Nuage rose* lui donna de la mélancolie. Pendant plusieurs jours, il alla au soleil levant et au soleil couchant s'asseoir sur le tombeau de la rive, où, tout comme s'il eût été rimeur de son métier, il prêtait un sens mystérieux d'un vague rapport avec sa tristesse aux vents, aux nuages, à tous les jeux d'ombre et de lumière; puis son chagrin s'affaiblit, et il passa de l'humeur attristée à l'esprit ennuyé, ce qui n'est pas un changement très-heureux. Le fait est que sa situation n'avait rien de bien gai. Les yeux qu'il aimait, les yeux de Brigitte, où brillaient-ils? A des distances de son regard que des rayons d'étoiles auraient pu seuls parcourir. La pauvre fleur sauvage que de bons destins lui avaient envoyée pour parfumer les heures de l'exil, le vent de la mort l'avait cueillie. Enfin le passe-temps des braves cœurs, le danger, lui manquait depuis quelques jours. Les Grandes Bouches n'avaient point vengé la mort du *Vent d'Hiver*. Devant l'enceinte où s'étaient réfugiés les Longues Oreilles, ils se tenaient d'un air découragé. Mafré avait fait remarquer qu'étant montée en artillerie à peu près comme l'armée d'Agamemnon, il n'y avait point de raison pour que l'armée assiégeante ne fît pas durer ses travaux pendant dix ans. Un siége de dix années à soutenir dans un coin de la Dominique, ce n'était point, pour une âme aventureuse, une perspective séduisante. Saladin était donc tout à fait morose, quand un soir il lui sembla que la bienfaisante déesse des aventures daignait de nouveau s'occuper de lui.

On peut toujours regarder la mer avec une espérance. Bien souvent on n'y voit passer que des mouettes et des hirondelles, mais on sait qu'il y a certainement un endroit sur son immense et redoutable surface, celui-là ou celui-ci, que traversent, à la merci de maintes puissances inconnues, quelques existences humaines. Toujours à l'horizon quelque embarcation peut paraître : d'honnêtes gens, de bons pêcheurs, de tranquilles marchands, ou des garnements sans autre boussole en cette vie que la boussole marine, qui vont où veut et sait le diable.

Le vaisseau qu'on aperçut un soir à la hauteur du camp des Longues Oreilles ne paraissait point appartenir à l'espèce des navires inoffensifs et laborieux : c'était un bâtiment aux formes élancées et audacieuses, aux voiles et à la carcasse noires, qui avait dans son allure je ne sais quoi de provocant et de matamore, sentant enfin son pirate d'une lieue.

Ce bâtiment s'avança vers la baie qui échancrait le camp des Longues Oreilles. Favonette, dès qu'il aperçut ce mouvement, appela tous ses hommes aux armes. Saladin et ses compagnons ne furent pas les derniers à se mettre sur le pied de guerre. Quand chacun fut armé jusqu'aux dents, on s'avança sur la rive au-devant du vaisseau, qui se mettait en état de défense. Ainsi, des deux côtés, arcs bandés, canons et fusils chargés, enfin armes prêtes à frapper. C'est ainsi que s'abordent volontiers les hommes quand ils se rencontrent par hasard au milieu des solitudes de la nature ; cela soit dit en passant et sans amertume. « Il faut bien que l'humanité se saigne un peu, » répétait souvent Favonette du ton dont quelques-uns disent : « Il faut bien que jeunesse se passe. » Du reste, en cette occasion, il n'y eut point de sang versé.

Les gens du camp laissèrent avancer le vaisseau jusqu'à une portée de mousqueton, et, quand le navire fut à cette distance, Mafré s'écria : « Mais, si je ne me trompe, c'est le *Cid Campeador* que nous avons sous les yeux, et voici, sur le gaillard d'arrière, deux de mes anciennes connaissances : Pierre le Sombre et le blond Wòlfgang de Werchingen, couple heroïque d'amis qui défie tous les couples de guerriers antiques. Voilà tantôt dix ans que Wolfgang et Pierre boivent la vie à la même coupe. Toujours à côté l'un de l'autre dans les combats, le même boulet les a souvent menacés. Ils pendront au même gibet, comme deux fruits jumeaux à une branche d'arbre, s'il leur arrive jamais d'être saisis par la potence. Ma foi ! je les revois avec plaisir. La dernière fois que je les ai quittés, c'était dans les mers de la Chine. Comme on se rencontre dans cet univers ! Cela prouve bien (Mafré retombait ici dans sa triste et habituelle réflexion) que le monde est malheureusement fort petit.

Cependant, tout en parlant ainsi, le vicomte Ascagne

attachait au bout de son fusil un mouchoir blanc qu'il agitait en signe de salut fraternel. Ce signe ne fut pas laissé sans réponse par le vaisseau. Deux hommes d'une belle tournure, dignes de commander au *Cid Campeador*, se penchèrent en dehors de la balustre, travaillée comme le balcon d'une maison andalouse, qui bordait le gaillard d'arrière de l'élégant vaisseau, et témoignèrent par leurs gestes qu'ils reconnaissaient celui dont ils recevaient les saluts. Le fait est qu'avec de bons yeux on pouvait reconnaître Mafré de fort loin. Il ne ressemblait point à celui-ci, à celui-là ou à cet autre ; il était fait comme le fils seul de sa mère. Narille aurait bien dépensé trois millions d'années, si les années lui avaient été données par millions, pour apprendre la façon dont son compagnon portait la tête, s'appuyait sur ses jambes, levait la main...; et ç'aurait été temps dépensé en pure perte. Mafré était l'inimitable Mafré.

Le *Cid Campeador*, désormais traité en ami, s'avança donc en changeant d'allures, avec un air de royale confiance, dans la baie où il se disposait tout à l'heure à entrer mèche allumée. On jeta l'ancre tout près de la rive que couvraient les Longues Oreilles, et sur cette rive furent bientôt portés par un canot agile les deux hommes qu'avaient salués Mafré, Pierre le Sombre et Wolfgang de Werchingen. Lequel était Pierre? et lequel était Wolfgang? C'est ce qu'on pouvait facilement distinguer. Les deux amis étaient à peu près de la même taille; tous deux avaient des formes hautes et hardies comme le vaisseau sur lequel ils étaient montés; mais l'un avait sur sa chevelure la couleur des ailes du corbeau, et l'autre celle des épis ; l'un avait les yeux d'un noir luisant comme la cavale d'un démon, l'autre avait les yeux d'un bleu vif comme le manteau de Jésus-Christ. Ces physionomies aux traits si différents étaient éclairées par un même regard, par un regard intelligent, triste et audacieux, se ressentant de la mer et du danger, des combats et des orages, un regard de pirate penseur. Il n'y a point de raison pour qu'un penseur ne soit point pirate.

Pierre et Wolfgang, Mafré et Dranmor, car Dranmor connaissait tous ceux que connaissait Mafré, se donnèrent l'accolade ; puis le vicomte Ascagne, conduisant les nouveaux venus au capitaine Favonette, lui dit avec cet accent que Narille cherchait à graver dans sa mémoire :

— Voici, mon cher chevalier, deux vaillants auxquels vous serez heureux, j'en suis certain, de donner l'hospitalité dans votre camp. MM. Pierre le Sombre et Wolfgang de Werchingen, commandants du vaisseau pirate le *Cid Campeador*, sont de ces hommes que vous chérissez quand vous ne vous coupez point la gorge avec eux. Ce soir, s'ils viennent dîner sous votre toit, vous serez, mon digne Favonette, président d'une vraie Table Ronde. Le roi Artus, que vous connaissez bien, car vous m'avez dit que, dans le château de Favonette, il y avait des romans de chevalerie, le roi Artus n'avait point la joie de promener ses regards sur plus braves visages que ceux dont vous serez entouré. Si ces messieurs veulent nous donner un coup de main, nous ferons passer quelques mauvais instants aux Grandes Bouches et à leurs chiens.

Cette dernière phrase sonna d'une façon particulièrement agréable aux oreilles de Favonette, et il tendit la main aux deux capitaines pirates avec toute la grâce bienveillante dont il pouvait disposer; puis, dans un discours bref, mais amical, il leur offrit le libre usage de son camp et de tout ce qu'il contenait. Pierre et Wolfgang répondirent qu'ils avaient besoin seulement d'eau, que leur équipage en manquait, et qu'ils étaient venus en chercher à cette source, qui leur était connue, des rives de la Dominique. Favonette, en grenadier français, ne manqua point de faire toutes les plaisanteries que peut tenir en réserve contre l'eau un buveur de vin; puis, après ce sacrifice aux grâces badines, il assura ses deux hôtes, d'un ton sérieux, qu'ils pouvaient faire remplir à la source de son camp toutes les tonnes de leur vaisseau; enfin il termina son discours en les invitant à venir prendre leur part dans sa hutte d'un dîner où l'eau ne manquerait point, mais, comme disent les Caraïbes, l'eau de feu.

Quelques heures après ce dîner, quand on en eut fini avec toutes les danses qui suivent les repas des sauvages et que l'élément caraïbe pur se fut tout à fait retiré de la société, Mafré raconta l'histoire de Pierre le Sombre et du blond Wolfgang de Werchingen. « J'aurais pu, dit-il en s'adressant aux deux pirates, qui étaient assis en face de lui, vous laisser le soin de nous apprendre vous-mêmes vos aventures : je sais que je vous rends un service en vous épargnant cette besogne. Vous êtes tous deux de ceux qui aiment mieux penser et agir que parler. Moi, je ne crains point la parole; je l'avouerai, elle m'amuse. J'aurais aimé, comme César, faire voler sous les pieds de mon cheval, au milieu des traits, le galet des rives bretonnes, et me livrer, dans le sénat, à des dissertations sur l'immortalité de l'âme. »

Mais les dissertations de César, j'en suis très-fermement convaincu, l'amusaient plus qu'elles n'amusaient le sénat; les récits de Mafré dans toute leur ampleur ne divertiraient peut-être pas le lecteur autant qu'ils le divertissaient lui-même. Voici donc en très-peu de mots ce qu'il apprit fort longuement à ses compagnons sur les gestes et les caractères des deux capitaines du *Cid Campeador*.

Rien de plus distinct à leur source que les deux existences dont une amitié romanesque avait maintenant confondu le cours. Une même passion s'était emparée de Pierre le Sombre et du blond Wolfgang, l'amour du danger et de l'aventure; mais c'était par deux routes opposées qu'ils étaient arrivés tous deux à la fantasque et orageuse région de la vie où leurs âmes se complaisaient. Pierre avait eu tous les malheurs accablants et réels qu'il peut y avoir pour une créature humaine en ce monde. Il était né en Espagne, dans les cachots du saint-office, d'une fille noble, persécutée par toute sa maison pour une faute amoureuse. A la plus lugubre des enfances avait succédé pour lui la plus douloureuse des jeunesses. Sa mère venait d'être rendue à la liberté et réunie à l'homme qu'elle aimait, quand cet homme mourut atteint par une vengeance. Pierre vit son père expirer sous ses yeux; des horreurs du cachot il passa aux horreurs de l'assassinat. Plus tard, en Corse, où sa destinée errante l'avait conduit, il devint épris d'une jeune fille; cette jeune fille disparut au milieu d'un incendie, allumé dans la maison de ses aïeux par une haine séculaire. Pierre, alors, ne voulut pas se tuer ; il pensait qu'il y avait, pour sortir de la vie, des portes plus hautes que le suicide ; mais il résolut de se livrer au péril, la seule consolation des âmes fortes, de jouer son existence contre le sort dans une éternelle partie. Toutes les lois divines et humaines lui étaient devenues indifférentes ; car, pour sa part, il ne reconnaissait dans l'univers que des puissances cruelles et insensées : il prit le parti de se faire pirate. Il ne voulut point naviguer sur la Méditerranée : c'était une mer trop lumineuse ; il voulut aller promener ses jours sur la surface, tantôt sombre, tantôt livide, de l'Océan. Dans le petit port des rives normandes qu'il choisit pour le lieu de son embarquement, il rencontra Wolfgang de Werchingen.

Wolfgang était né dans le plus riant faubourg d'une des plus jolies villes de l'Allemagne : sa mère était l'enfant gâté d'une bonne et riche famille ; son père, conseiller aulique, n'avait au monde d'autre goût que le violon et les tulipes. Tout lui réussit. Il devint amoureux. La femme qui lui plaisait lui donna son cœur tout entier, et ce cœur était des plus charmants ; mais il prit en horreur et mépris une réalité douce et brillante pour lui comme un songe. Il était de ceux qu'entraîne en son abîme cette sirène qui habite des gouffres bien autrement profonds que les gouffres marins, l'idéal. Épris de l'infini et de l'inconnu, plus inquiet que le vent et les nuages, il détruisait à plaisir tous les tranquilles bonheurs dont l'entouraient d'aimables et souriants génies. La tendresse de sa mère était sans charme pour lui ; il bâillait sous les tilleuls et devant les tulipes du jardin paternel. Quant à sa maîtresse, il la torturait par toutes les exigences, les querelles, les ennuis, les caprices du plus fatigant et du plus fatigué des amours. Un jour, il rencontra un homme qui avait mené la vie des pirates ; aussitôt il se sentit entraîné vers les mers. Les tempêtes, les vagues, et ces combats humains qui viennent parfois se mêler à leurs terribles jeux, lui paraissaient devoir seuls répondre au bruit et au mouvement de son âme. Accoutumé à ne lutter jamais contre un seul de ses désirs, il ne résista point longtemps à la fantaisie de devenir pirate. Mère et maîtresse, patrie et famille, il repoussa dédaigneusement loin de lui tout ce qui fait la joie des cœurs paisibles et modérés. Il quitta le nid et s'élança dans l'abîme. Cependant, chez les plus intraitables et les plus fières des âmes, quelque sentiment tendre existe toujours. Le blond Wolfgang se prit pour Pierre le Sombre d'une affection dont il fut du reste bien payé. Entre ces deux hommes, les mers et le péril avaient fait naître et grandir une amitié semblable à celles qui se développent parfois sous la voûte des cloîtres. Par exemple, rien d'héroïque comme la tendresse dont ils s'aimaient. Chacun des deux eût suivi avec bonheur son ami dans la mort, mais n'eût pas dit une parole pour l'empêcher de s'y élancer.

Du reste, si intéressants que fussent les deux capitaines du *Cid Campeador*, ce n'est pourtant point d'eux qu'on s'occupa le plus au dîner de Favonette. Il était dit que Narille aurait la plus grande influence sur les destins auxquels son destin s'était mêlé. L'homme qui avait déjà fait bannir ses amis du *Régent* n'était pas au bout de ses équipées.

Entre Narille et Favonette, il n'y avait pas ce bon et loyal compagnonnage qui existait entre nos autres héros et l'ancien capitaine de grenadiers. C'était une chose assez plaisante : Favonette trouvait que Narille ne sentait pas son gentilhomme, qu'il était tout rempli d'affectation et de boursouflure dans ses façons de grand seigneur. Avec un sens de la plus singulière finesse, le roi sauvage, qui lui, après tout, avait un sang de vieux chevalier dans les veines, s'était aperçu qu'il avait affaire à un homme d'une autre espèce que les hommes nés aux flancs des rocs et des coteaux, dans de sombres nids, pour la vie de l'aigle ou du vautour. Enfin Narille lui déplaisait. Narille, de son côté, trouvait M. de Favonette mal appris, infecté d'une odeur de caserne, fait pour boire au cabaret avec la Tulipe et non point pour s'asseoir à un repas galant entre des hommes de qualité. Plusieurs fois ces deux personnages avaient échangé d'assez aigres propos ; une querelle entre eux pouvait éclater d'un moment à l'autre.

Quand Mafré eut raconté l'histoire de Pierre et de Wolfgang, on se mit à deviser sur divers sujets. Entre autres choses, on parla de la vertu. — Moi, disait Favonette, moi, capitaine de grenadiers, qui ai fait la guerre en Italie, et traité des couvents de nonnains comme le grand-seigneur ne traite pas son harem, non certainement ; moi qui n'ai jamais pris conseil que des bouteilles pour parler d'amour aux femmes ; moi qui ai vendu ma belle-mère aux Turcs, j'ai été un jour vertueux comme un séminariste de seize ans. J'ai pratiqué la vertu naïve, j'ai été honnête, sensible, et je m'en suis mordu jusqu'au sang les doigts que voici. Il faut que je vous raconte cette histoire-là.

J'étais en garnison à Bordeaux, une ville comme toutes les villes de bon vin, où l'on prend tout vivement et chaudement, où l'on va grand train dans le plaisir. Je m'amusais, je jouais, je buvais, je dansais ; j'avais alors un trémoussement de timbale dans les mollets ; et mon argent dansait aussi. Il y avait à Bordeaux, en ce temps-là, une vieille usurière dont je ne vous dirai pas le nom, mais dont je vous dirai le surnom. On l'avait surnommée *la Dentue*. L'affreuse fée ! elle avait une face de sorcière égyptienne et des dents de crocodile ; son cœur était pire que son visage. Toutes les mauvaises choses y avaient leur place ; c'était un vrai nid à crapauds. Je ne sais pas quel métier elle eût refusé. Un beau matin, je lui fis une visite. On connaissait son logis dans mon régiment. Il y avait peu de camarades qui, de temps en temps, n'allassent, comme on disait, se faire enlever une livre de chair par la Dentue. Le jour où je me rendis chez elle, je puis dire que j'avais besoin d'argent. Ma bourse était à sec, plus à sec que ne le serait mon gosier si j'étais trois jours sans eau-de-vie.

— Voyons, dis-je à la Dentue, j'en passerai par tout ce que vous voudrez ; tondez-moi jusqu'à la peau, coupez même, s'il le faut, le cuir, mais donnez-moi de l'argent.

— De l'argent ! me répondit l'infâme vieille, de l'argent ! par malheur, je n'en ai pas, je ne puis vous prêter qu'en nature.

— De par tous les diables ! m'écriai-je, allons-nous

recommencer l'histoire des mousquetons, des tapisseries et des souricières? Je veux de beaux et bons louis, bien luisants, comme vous en avez ici, j'en suis sûr, sous des serrures dont on devrait vous voler la clef. Allez à Belzébuth avec votre nature !

— Ma nature, fit-elle avec un atroce sourire, ma nature n'est pas à dédaigner. Si l'objet que je vous envoie ne vous représente point trois cents écus qui vous seront payés comptant, que notre marché soit nul.

Le diable vous conseille quand on l'a dans sa bourse. Je fis affaire avec la vieille, je griffonnai tout ce qu'elle voulut, et je retournai chez moi attendre ce qu'elle devait, m'avait-elle dit, m'envoyer le jour même. J'ignorais ce que j'allais voir arriver.

Tandis que je réfléchissais à mon marché en fumant ma pipe, on frappa un petit coup à ma porte. Il faisait chaud, je m'étais mis à l'aise; je croisai décemment ma robe de chambre sur mes jambes libres de toute culotte; j'ôtai ma pipe de ma bouche, et j'allai ouvrir. Je ne sais quoi me disait que ce n'était pas un grenadier qui avait cogné. Ce n'était pas un grenadier en effet, mais c'était bien la plus jolie fille que j'aie vue de ma vie, une enfant de seize ans, avec des joues, des yeux, une bouche, un minois enfin et une tournure à vous griser mieux que vingt bouteilles. Le joli tendron! je crois vraiment que je devins poëte, car je me dis : C'est Vénus qui entre chez moi en jupon court. Oui, je me dis cela; puis, prenant l'enfant par la main :

— Qu'y a-t-il pour votre service, ma reine?

Elle tira d'un petit tablier un morceau de papier plié

en quatre, et me le remit, en baissant les yeux, d'une main qui tremblait. Voici ce qu'il y avait sur ce chiffon de papier : « Trois cents écus payables sur l'heure à celui qui amènera Fanchon souper avec moi. » Au bas de ces mots, il y avait une signature que je reconnus : celle du marquis de Gervisy, le colonel de mon régiment.

— Ah çà! chère petite, m'écriai-je, que veut dire ceci? Vous êtes mademoiselle Fanchon, n'est-ce pas? mais qui vous a envoyée vers moi?

— Je viens, monsieur, de la part d'une personne à qui vous avez été demander de l'argent ce matin, et qui m'a assuré que vous comprendriez bien ce que ce billet voulait dire.

Je regardai l'enfant : une cerise qu'on vient de tremper dans l'eau n'est point plus rouge que n'étaient ses joues, et je crus voir une larme qui tremblait dans ses yeux.

— Morbleu! je comprends, fis-je alors; peste de la Dentue! le bel emploi qu'elle me donne! Je vois, mon enfant, à votre rougeur et à votre air chagrin que vous savez ce dont il s'agit. La Dentue me devait trois cents écus payables en nature; la nature dont elle me paye, c'est vous. Que je vous mène ce soir chez M. de Gervisy, et je toucherai ce qui m'est dû. Si je fais le généreux, les amis me quittent, tandis que les créanciers m'arrivent.

Et je donnai tout bas au diable la Dentue de ne pas avoir pris pour elle-même la besogne dont elle me chargeait. L'argent, comme on sait, ne sent point son origine; les écus qu'on a fait sortir de la poche d'un homme étranglé ou pendu dansent aussi gaiement que les autres; cependant ce qu'exigeait de moi le besoin d'argent me blessait ; je maudissais la grotesque vergogne qui avait sans doute empêché cette indigne sorcière de livrer elle-même la marchandise dont elle trafiquait sous le manteau. Puis je pensai rapidement que j'avais toujours eu un talent tout particulier pour la mascarade, qu'à la nuit tombante je me grimerais de façon à être méconnaissable, et conduirais en toute sécurité la petite chez mon galant colonel. Il ne me restait plus que l'ennui de porter à un autre le morceau dont je me serais fort bien accommodé, et encore la distance qui me séparait de l'instant où l'effet de la Dentue devait être livré pouvait rendre, le susdit effet restant sous ma garde, cet ennui beaucoup moins poignant.

Je pris, en me rapprochant du tendron, un air qui annonçait sans doute que l'esprit des saints et des vierges ne venait point de descendre dans mon cœur, car Fanchon recula tout effarée.

— Allons, ma chère enfant, lui dis-je, ayons de la philosophie; vous ne savez pas trop sans doute ce que c'est. Eh bien! je vais vous l'apprendre. C'est une façon tranquille et sensée de se soumettre à ce qui doit arriver forcément. Vous êtes une ingénue, n'est-ce pas? et c'est fort joli d'être ingénue. Moi, qui vous parle, j'ai été ingénu aussi ; mais l'ingénuité n'a qu'un temps. En soupant avec M. de Gervisy, qui est un homme fort bien tourné, si vous perdez quelques-unes des grâces que vous possédez maintenant, il est des grâces, encore ignorées de vous, que bien certainement vous acquerrez ; allons, ma belle, de la sagesse.

Mais voilà que Fanchon se mit à sangloter, et, de cette

bouche qui jusqu'alors semblait avoir peine à prononcer des mots faibles comme de petits soupirs, sortirent des paroles vives, animées, rapides; il semblait que la belle venait d'être possédée, je ne dirai pas d'un démon, mais d'un ange terriblement enflammé :

— Quoi! disait-elle, un officier, et un officier français, fera un métier dont mon frère Jacquot le meunier ne voudrait pas! Vous qui vous croiriez déshonoré si votre père avait vendu de la farine, vous ne rougirez point d'un commerce qui est en horreur à tout chrétien, vous vendrez une femme, une pauvre fille (et là redoublant ses sanglots, puis tombant à mes genoux), une pauvre fille qui vous supplie de lui venir en aide, qui met sous votre protection tout ce qu'elle a de plus cher, son seul bien, son trésor d'indigence. Ah! capitaine, si vous êtes bon (et on dit qu'il y a de bons cœurs sous l'uniforme, ceux qui sont durs avec qui se défend aiment à se montrer doux avec qui ne peut se défendre); si vous êtes bon, capitaine, ma prière vous touchera, et, tenez, je sens qu'elle vous touche, voilà que vous me regardez avec des yeux que j'aime, comme me regarderait mon père ou mon frère.

Je ne sais point quels bêtes d'yeux j'avais, mais le fait est que je me sentis touché.

— Allons, lui dis-je, une jolie fille n'aura pas demandé en vain une chose même déraisonnable à un soldat. Relevez-vous, ma chère enfant, retournez chez cette infâme Dentue, et jetez-lui au nez les morceaux de ce billet en lui disant que le chevalier de Favonette la méprise, mais remplira ses engagements envers elle comme si elle s'était acquittée loyalement de sa dette vis-à-vis de lui. Je conçois, ajoutai-je en souriant, que tout le monde ne se donne pas le luxe d'être vertueux, car la vertu coûte parfois un peu cher. Enfin, j'ai obligé une aimable personne, et j'ai fait, pour ce qui me concerne, quelque chose de nouveau.

Fanchon me remercia avec des regards et des mots qui vraiment me firent plaisir; je me sentais au cœur je ne sais quoi qui me rappelait le temps où j'allais tout enfant dormir sur les bottes de foin. Quand Fanchon fut partie, ce bonheur champêtre se dissipa un peu. Je trouvai que la vertu était quelque chose de diablement fugitif, impalpable, bon pour les gens qui n'ont plus ni chair ni os. Ce qui était, au contraire, terriblement lourd, pesant, écrasant même, c'était la dette dont je m'étais chargé vis-à-vis de la Dentue. Pour un homme déjà malade d'un flux de bourse, je m'étais administré un bon remède. J'avais le soir une dette qui égalait toutes mes dettes du matin. Voilà ce que m'avaient valu la Dentue et mon honnêteté.

Enfin, après de rudes moments, je me tirai pourtant d'affaire. Toutes maigres, fébriles, épuisées, que pour la plupart elles étaient, les bourses du régiment se saignèrent afin de secourir la mienne. Il y avait quelques jours que j'avais payé la Dentue, et il ne me restait plus qu'un souvenir décidément assez agréable de ma grandeur d'âme envers Fanchon, quand un jeune officier de dragons, le vicomte d'Ervise, m'invita avec tous mes camarades à souper.

Pour être très-gai à un souper, il va sans dire qu'il

faut beaucoup y boire; mais il n'est pas mauvais d'y arriver après avoir déjà un peu bu. Je marchais dans l'agréable nuage où vous mettent les fumées du vin quand j'entrai chez le vicomte d'Ervise; aussi je crus me tromper en voyant assise auprès de lui, sur un petit sofa, Fanchon, la Fanchon dont j'avais sauvé la vertu, avec un pied de rouge sur les joues, les épaules au jour, ou, pour mieux dire, à la lumière des bougies, et sur les lèvres le plus lutinant des sourires lutins. Voilà, pensai-je, les tours du vin. Dans quelque princesse de théâtre des plus hardies et des plus dégourdies, je vais m'imaginer de reconnaître mon ingénue! Cependant la donzelle me regardait de l'air dont dut être regardé saint Antoine par les filles d'opéra de l'enfer pendant qu'il disait ses patenôtres et se tournait du côté de son cochon. Mais on passa dans la salle à manger; je songeai à boire et je bus. J'avais oublié toutes les ingénues de ce monde, lorsque, au milieu des bruits de maints propos et de maints chocs de verres, une voix s'éleva qui réclamait le silence. C'était la voix de cette belle qui me rappelait Fanchon. L'infante voulait conter une histoire qui amuserait, elle en était sûre, tous les convives, et l'un d'entre eux surtout. Il s'agissait, disait-elle, d'un tour joué par la Dentue à un capitaine de grenadiers. On comprend si je connaissais l'histoire que je fus forcé d'entendre. Quand la traîtresse eut fini son récit, elle attacha sur moi un regard qui me désignait aux lardons de toute la compagnie.

— Ma foi! m'écriai-je, vous pouvez vous flatter de jouer avec un fameux talent les ingénues.

— Vous me faites là, monsieur de Favonette, repartit

cette bonne pièce, un compliment que je reçois avec le plus grand plaisir, car c'est mon métier de jouer les ingénues: Si vos goûts vous amenaient plus souvent au théâtre, vous auriez pu me les voir jouer ici, à Bordeaux, où, depuis deux mois, j'ai débuté.

— Ainsi donc, Fanchon, la Fanchon qui a représenté pour moi la vertu, n'a jamais existé?

— Si fait, reprit la princesse; Fanchon était une pauvre fille que la Dentue avait promis de vendre et qu'elle a, je crois bien, vendue en effet au marquis de Gervisy; mais, moi, Florine, je me suis permis de prendre un moment son rôle. Je voulais rendre service à la Dentue, envers qui j'avais contracté quelques petites obligations, heureuse d'ailleurs, capitaine, de fournir à un galant homme l'occasion de mettre sa délicatesse au jour.

Autour de moi, continua Favouette, on rit beaucoup, et je ne fus point le dernier à rire. Vis-à-vis de Fanchon ou Florine, je pris le tour de bonne grâce; mais de cette aventure je gardai deux aversions, l'une modérée, philosophique, pour la vertu; l'autre, ma foi, aussi violente, aussi passionnée, aussi déréglée que possible, pour la Dentue. L'exécrable usurière! si Bordeaux avait été sous la loi caraïbe, je l'aurais mise dans une chaudière, quoiqu'elle eût été, bouillie, plus mauvaise qu'un vieux corbeau. Un officier du régiment fit sur elle une chanson que je ne trouvais pas encore assez emporte-pièce, quoiqu'elle commençât ainsi :

C'est de chair d'ogre et non de fille
Que Belzébuth fit la Narille,

La Narille qui pille, pille,
La Narille, etc., etc.

— Ah çà! interrompit avec impétuosité Narille, que veut dire mon nom dans cette chanson?

— Cela veut dire, ma foi, repartit Favonette, que le vrai nom de la Dentue m'est échappé. Mon usurière s'appelait mademoiselle Narille. Par égard pour vous, je ne la nommais pas, mais je ne me pendrai point parce que je l'ai nommée.

On se souvient peut-être que Narille avait, en effet, une tante qui était usurière, et usurière à Bordeaux. Il crut que Favonette, instruit de cette particularité fâcheuse, voulait le railler dans ses sentiments les plus chers.

— Je ne présume point, s'écria-t-il les joues empourprées de la plus enflammée des colères, je ne présume point qu'à Bordeaux personne porte mon nom, si ce n'est ma tante, mademoiselle de Narille, chanoinesse du chapitre noble de Bavière, personne d'une vie austère et simple, mais pleine de mérite et de piété.

— Ah! s'écria Favonette, comprenant tout d'un coup sur l'origine de Narille ce qu'il n'avait fait que soupçonner, ah! vous avez une tante à Bordeaux qui s'appelle Narille! Eh bien! elle est chanoinesse comme je suis archevêque, et, tenez, je vous le dirai franchement, comme vous êtes marquis!

Une tonne d'eau-de-vie ou un baril de poudre jetés dans un incendie ne produiraient pas une explosion plus brûlante et plus vive que celle qui fut produite par ces derniers mots quand ils tombèrent sur la colère de Narille

— Monsieur, s'écria-t-il, sortons, palsambleu ! sortons; si le soudard, si le sauvage, n'a pas éteint en vous le gentilhomme, si vous avez jamais été gentilhomme, monsieur, palsambleu ! sortons.

— Je sortirai tant que vous voudrez, repartit impétueusement Favonette; quoique le duel ne soit pas à la mode dans mes États, je sais encore comment on manie une épée. Votre épée, monsieur de Briolan, que je paye au neveu de la Dentue ce que je dois à sa tante.

La querelle entre Favonette et Narille s'était engagée d'une façon qui ne permettait point de songer à l'apaiser. On sortit tumultueusement de la hutte où venait de se passer le plus malencontreux des soupers; mais, dès qu'on fut dehors, Favonette, retrouvant tout son sang-froid, dit qu'il fallait marcher en silence jusqu'au lieu où se viderait le différend, car ses sujets, pensait-il fort judicieusement, ne manqueraient pas, dans leur ignorance du point d'honneur, s'ils étaient instruits de son danger, de courir sus à son adversaire.

On obéit au conseil de Favonette. On s'avança doucement jusqu'à un endroit solitaire du rivage que la lune éclairait d'une façon toute particulière. Là Narille mit habit bas; Favonette n'avait rien à mettre bas. Il n'y avait que les couleurs de son tatouage entre sa peau et l'épée de son adversaire. On plaça les deux champions vis-à-vis l'un de l'autre, et Mafré, tout en envoyant au diable la meurtrière vanité de Narille, prononça le mot sacramentel : Allez !

C'était un spectacle bizarre, que celui d'un sauvage tirant l'épée au bord de la mer, dans la pose académique d'un maître d'armes, avec un homme en culotte courte et poudré, car Narille avait une boîte à poudre qu'il portait comme les chevaliers portaient la boîte à la charpie, et dont il se servait au milieu de toutes les vicissitudes de sa vie. Dans les combats, les gens comme Narille sont souvent les favoris du sort. Tandis que Favonette, dont le poignet était devenu un peu roide par l'exercice de la massue, pressait en quarte l'épée de son adversaire, l'heureux marquis fit un dégagement en tierce, très-leste et très-fin, qui tatoua d'une nouvelle couleur la poitrine du roi sauvage. Le chevalier de Favonette était grièvement blessé; il rompit un peu en cherchant à conserver sa garde, mais son poignet et ses genoux fléchirent, et il tomba dans les bras de Mafré, qui était accouru auprès de lui.

— Qu'on me porte à mon logis, fit-il d'une voix faible, en observant encore un plus grand silence que celui dans lequel nous sommes venus ici; puis éloignez-vous tous au plus vite, messieurs les Européens : si je venais à mourir, ce qui peut arriver d'un moment à l'autre, vous seriez tous, jusqu'au dernier, obligés d'aller me rejoindre, et en passant par des portes désagréables. Je connais mes Caraïbes; ils vous aimeraient mieux sur leurs tables qu'autour de leurs tables; ils seraient enchantés d'une occasion qui leur permettrait de vous tuer, de vous saler, et de vous manger en accomplissant un devoir envers la mémoire de leur chef.

Favonette fut reporté à sa cabane comme il le désirait; mais aucun de nos aventuriers ne pouvait se résoudre à le laisser dans le mauvais état où il était. Cependant le blessé, après avoir indiqué lui-même l'appareil qu'on devait poser sur sa plaie, fit à ceux qui l'entouraient de telles instances pour les décider à se mettre en sûreté, qu'il triompha de leur généreuse résistance. Dans un moment où ses souffrances semblaient se calmer un peu, où le sang qui, pendant une heure, n'avait pas cessé d'arriver à ses lèvres, venait tout à coup de s'arrêter, où sa respiration prenait une allure plus régulière, on le quitta. Saladin lui serra la main avec émotion; puis, avec tous ses compagnons, il suivit Pierre et Wolfgang jusqu'à l'endroit où était amarré le vaisseau pirate le *Cid Campeador*.

Wolfgang et Pierre annoncèrent à leurs hommes qu'il fallait sur-le-champ mettre à la voile. L'imprévu n'étonne point les pirates : en quelques instants, le vaisseau fut prêt à s'abandonner aux vents, et, tandis que Favonette, dans le fond de sa hutte, était tiré par la vie d'un côté, par la mort de l'autre, comme un soudard par deux ribaudes, Narille, frais et bien portant, fumait une pipe à côté de Dranmor en regardant le *Cid Campeador* fendre les flots. Saladin se promenait sur le pont du navire en philosophant avec Mafré, et en levant de temps en temps les yeux vers les étoiles, qui, pour toute sorte de mystérieuses raisons, sont non moins chères aux chevaliers qu'aux poëtes.

XV

Les pirates! mot qui sonne pour certaines oreilles de jeunes garçons ce que sonne le mot d'amoureux pour des oreilles de jeunes filles. Parmi ceux dont les yeux d'enfant ont vu la mer, qui n'a été pirate aux jours printaniers de la vie, pendant de longues promenades au bord des flots? C'est un voleur si poétique qu'un pirate, que ce n'est plus un voleur. Quelle tache pourrait s'imprimer sur une existence qui se passe tout entière entre le bruit des balles, l'éclair des épées et l'écume des vagues? Ainsi pense-t-on quand on court le matin sur le galet avec ses jambes de quinze ans, après avoir lu à son réveil l'histoire du capitaine Roch ou de Montbars l'exterminateur.

Saladin, qui avait de véritables pirates sous les yeux, ne pensait point tout à fait ainsi : c'étaient, à vrai dire, des coquins assez repoussants que les marins du *Cid Campeador*. Cependant il ne faut point non plus exagérer ce qu'ils avaient de mal, et donner par là un trop grand triomphe à ces bonnes et ennuyeuses gens ennemis de tout rêve qui veut se faire chair, dont c'est la manie de répéter : « Ah! ce que vous rêvez, vous ne le trouverez guère. Vous allez chercher des bergers comme Daphnis, n'est-ce pas? qui enchantent les arbres et se font aimer des étoiles, vous trouverez Pierrot et Jeannot; vous comptez vivre avec des pirates élégants, hardis, qui jouent au lansquenet avec une grâce de roués et prennent des sorbets avec une majesté de pachas : vous vivrez avec des soudards sales, grossiers, etc., etc. » Eh! bonnes gens! je sais aussi bien que vous ce qu'il y a de vrai et ce qu'il y a de faux dans mon rêve. Je m'ennuie au coin de votre feu à causer avec vous sur votre voisin et sur votre jardin; je veux faire ceci parce que vous ne le faites pas; je veux aller là parce que je ne vous y verrai pas. J'ai rêvé que sur l'Océan, dans un vaisseau corsaire, je n'aurai pas sous les yeux vos faces de bourgmestres. En cela mon rêve ne me trompera pas.

Ce n'étaient guère des bourgmestres, en effet, ni des tabellions, ni des financiers, que Saladin regardait agir sur le pont du *Cid Campeador;* c'étaient des hommes, et cela seul formait leur bon côté, qui avaient, au milieu de toutes les passions brutales empreintes dans leurs mouvements et sur leurs traits, la distinction de la valeur et du désouci. Ils étaient là des gaillards de tous les pays : des Italiens, des Espagnols, des Flamands, gens en définitive de même race, de la race à la forte échine et à l'œil sans peur, qui traitent la mort comme des écoliers turbulents traitent leur pédagogue, lui faisant mille niches, l'appelant tantôt par ici, tantôt par là, feignant de vouloir se laisser prendre, puis glissant en anguilles dans ses doigts; atteints souvent cependant par sa férule, mais ne quittant point l'air mutin sous le coup.

Le moment où Saladin contemplait ces chercheurs de dangers était une belle et chaude après-midi où les lions de la mer (pour me servir de l'expression dont je ne sais quel Père de l'Église a baptisé les vagues) avaient l'air de faire leur sieste sous le soleil; les pirates se livraient à des passe-temps de toute nature : ceux-là sont habiles à tuer le temps qui sont habiles à tuer les hommes. Beaucoup jouaient : les gens de mer aiment le jeu de passion; on jouait au lansquenet, au pharaon, aux dés, et à ce jeu italien, si cher à Arlequin et à Pantalon, qu'on nomme le jeu de *mourre*. Quelques-uns buvaient, d'autres devisaient. Parmi ces derniers, il y en avait un qui attira d'une façon particulière l'attention de Saladin : c'était un grand homme au visage brun qu'éclairait un œil unique d'une lumière sombre et ardente.

— Eh bien! Matero, lui disait un compagnon au visage brun comme le sien, mais où brillaient deux grands yeux pleins d'une gaieté de Bohême, tu ne joues donc pas aujourd'hui, toi qui aimes le jeu comme ma mère aimait les grelots?

— Et avec quoi diable veux-tu que je joue, Gadil? répondit le borgne.

— Eh! pardieu, fit Gadil, avec le prix de ton œil; les règlements ont été exécutés pour toi comme pour tout le monde. Tu as la chance de recevoir en plein visage une balle qui, au lieu d'aller se loger dans ton cerveau et de donner la volée à ton âme, pour parler d'une façon chrétienne, t'enlève seulement un œil dont personne n'a que faire, à moins d'être un dameret, l'œil gauche, et tu gagnes ainsi trois cents écus ou un esclave. Tu préfères l'esclave à l'argent; on te le laisse choisir tel que tu pourrais en tirer maintenant six cents écus : c'est du moins ce que me disait Broque (et celui-ci doit se connaître en hommes, puisqu'il a été élevé dans la boutique de son père, qui tenait un magasin ambulant de chair humaine sur l'Océan). Et c'est quand tu possèdes une pareille somme que tu t'écartes du jeu! Ah çà! Matero, deviendrais-tu prudent, avare? Craindrais-tu les hasards aux dés? Par Belzébuth! j'en serais fâché; la couardise au jeu mène à la couardise dans la guerre.

— Tu parles comme un écervelé, Gadil; tu as la manie de secouer des mots comme ta mère secouait des grelots pour entendre des sons, n'importe lesquels. Je crains les hasards comme ton frère Marfin, qui se fit pendre pour tenir compagnie à la Didana, craignait l'enfer. Si je ne joue pas, c'est que je n'ai rien à jouer: Je me suis assuré d'une chose dont je me doutais : mon esclave était un moine.

— Et alors?

— Et alors... tu sais fort bien ce que j'en ai fait. Il n'est plus rien maintenant que ce que nous serons tous un jour, je ne sais quoi dont je ne m'inquiète guère.

— Pour quatre mois passés dans les cachots du saint-office, tu as gardé contre la robe des moines une singulière rancune, Matero. Moi, je n'en voudrais pas à qui m'aurait fait passer dix ans dans un cul de basse-fosse. Je trouve que ceci ressemble à cela, qu'on est partout à peu près de la même façon. Comme mon frère Marfin, pour faire plaisir à un compagnon ou à une maîtresse, je me laisserais accrocher à la potence.

— Toi-même, Gadil, tu te déplairais fort dans les prisons du saint-office, et pourtant, si les moines n'avaient fait que me mettre en prison, je n'aurais pas de haine contre eux; mais, en me mettant au cachot, ils ont tué tout ce qu'il y avait pour moi de vivant et d'aimé au monde. Tu ne sais donc pas comment s'est passé mon supplice, Gadil? J'allais me marier avec la seule femme dont le visage m'ait donné au cœur quelque chose de gai et de bon; on célébrait mon repas de fiançailles. A côté de ma fiancée, il y avait un moine ami de la maison, dont j'ai encore devant les yeux le crâne pâle et la trogne rouge. J'avais bu un peu, et le vin m'a toujours été dangereux compagnon; je vis ou je crus voir le moine qui prenait des libertés avec ma fiancée, je lui jetai un verre à la face. Son visage ne fut pas atteint; mais sa belle robe blanche fut gâtée. Il se leva furieux et voulut se retirer, malgré les instances de toute la compagnie, qui le suppliait de pardonner à un jeune homme pris d'amour et de vin. Le lendemain, j'étais jeté dans les cachots de l'inquisition, où mon corps fut mis à de rudes épreuves. Au bout de quatre mois, je sortis et je courus au logis de ma fiancée. Il n'y avait plus dans son logis que son père et sa mère; l'oiseau de la cage, la fleur du vase, avait disparu. Pendant que je songeais à ma promise sur les chevalets, le chagrin l'avait emportée. Ah! me dis-je, voilà ce que cela me coûte, un peu de vin versé sur la robe d'un moine! eh bien! je verrai ce qu'on me fera payer pour le sang de tous les moines qui me tomberont entre les mains répandu jusqu'à la dernière goutte! Et je commençai contre le froc la guerre que je continue. D'abord, avec une bande de gens hardis, pleins de respect pour leurs caprices, mais de mépris pour le caprice des lois, je mis le feu au couvent de mon ennemi, de mon moine au nez rouge et au front pâle. Celui-là se sentit mourir. Puis, avec ces mêmes gens, je m'embarquai sur la mer, où plus d'un vaisseau m'a porté déjà, et toutes les fois, depuis ce temps, que dans un navire où je suis entré en maître j'ai rencontré un religieux, tu le sais, je me suis vengé de ce que j'ai souffert, de ce que je souffrirai toujours; j'ai mis du sang sur ma vieille plaie, qui ne peut point se guérir. L'homme que j'ai abattu cette nuit, j'avais découvert que c'était un moine, et j'ai préféré ma vengeance aux trois cents écus qui me revenaient à cause de mon œil.

— Trois cents écus! fit Gadil. C'est une chose coûteuse que la vengeance, Matero, et, suivant moi, c'est un petit plaisir. Un homme est sitôt mort! on a aussi vite fait de tuer un homme que de boire un verre de vin.

Saladin ne perdit pas un mot de cet entretien, qui lui donna une idée exacte des mœurs de ses nouveaux compagnons. Tandis qu'il réfléchissait sur ces bizarres et barbares paroles, Pierre le Sombre s'approcha de lui tenant une paire de pistolets à la main.

— Tenez, fit-il en montrant ses armes à Briolan, ne voilà-t-il point de beaux pistolets montés avec élégance et somptuosité? Eh bien! ce n'est pas ce bois précieux, ce ne sont ni cet argent ni ces rubis qui en font la valeur; ce que je veux vous faire admirer, c'est leur justesse. Je parie que je coupe d'ici ce cordage que vous voyez là-bas.

Entre Pierre et l'objet qu'il désignait se trouvaient des

groupes de matelots au milieu desquels sa balle devait forcément passer.

— Songez-vous sérieusement à tirer dans ce pêle-mêle d'hommes ? s'écria Briolan.

Il n'avait pas achevé ces mots, que la balle de Pierre était partie; en allant casser le cordage, elle avait sifflé aux oreilles de cinq ou six pirates dont pas un ne s'était retourné.

Briolan se souvint alors de ce que lui avait raconté Mafré sur ces boucaniers dont les repas étaient interrompus par des coups de pistolet que leurs chefs tiraient sous la table, dans leurs jambes, afin de leur rappeler l'idée du danger. Quoique le monde, comme le pensait Mafré, pût être certainement plus varié et plus amusant qu'il ne l'est, on doit reconnaître que les hommes sont fort différents les uns des autres. Au milieu des gens que commandaient Wolfgang et Pierre, il est plus d'un habitant de telle et telle ville qui se serait trouvé dans un mauvais rêve. Rien ne charmait plus Saladin que le mépris de la vie. La façon d'être des pirates avec le danger lui donnait de l'indulgence pour maintes choses qui plaisaient peu à sa délicatesse. Il était heureux dans ce monde de pistolets toujours chargés, d'épées toujours tirées, comme le serait un libertin dans un monde de ceintures dénouées, dans le monde de Giorgion et de Boccace.

Cependant une terrible épreuve allait s'offrir à son honnêteté. Au moment où le jour baissait, un pirate, logé à soixante pieds au-dessus du niveau de la mer, dans le haut d'un mât, cria qu'il apercevait une voile. Les gens du *Cid Campeador* n'avaient pas été très-contents du dernier combat qu'ils avaient livré, et ils avaient été mécontents surtout d'une occasion perdue récemment par la prudence, nouvelle chez eux, d'un compagnon qui les commandait une semaine où Pierre et Wolfgang avaient été pris tous deux en même temps d'une épouvantable fièvre. Ce capitaine par intérim n'avait point voulu qu'on attaquât un gros navire musulman qui lui semblait armé en guerre. On avait su depuis, par une circonstance fortuite, que ce navire était chargé de galions, de belles esclaves, et n'avait pour équipage que cinq ou six vieux Turcs. Tous les pirates du *Cid Campeador*, indignés, avaient juré de s'élancer sur le premier vaisseau qu'ils rencontreraient, quand même il aurait aux flancs triple ceinture de canons. Ainsi donc, aussitôt qu'on eut signalé une voile, il n'y eut plus qu'une seule pensée, celle de se préparer au combat.

Saladin se mit à réfléchir, et le résultat de ses réflexions fut une situation d'esprit des plus pénibles. Il allait lui, galant homme, fils de preux, soldat au cœur sans tache, se trouver au moment d'un combat dans les rangs d'une troupe de bandits. Se battre avec des brigands contre des gens honnêtes lui semblait odieux, ne pas se battre lui paraissait dur et probablement ne l'empêcherait pas d'être pendu, si ceux avec qui l'avait mis le sort étaient vaincus. Or Saladin, cela va sans dire, aurait reçu une volée de balles en souriant, aurait vidé une coupe empoisonnée comme un verre de vin de Chypre, aurait même monté l'escalier d'un échafaud comme l'escalier d'une maison de fête ; mais de figurer sur une potence ainsi qu'un larron, de sentir la corde de chanvre autour de son cou, que le fer seul avait le droit de toucher, c'était une pensée qu'il ne pouvait soutenir. Il voulut, par tous les moyens qui étaient en son pouvoir, conjurer cette chance ignominieuse, et il alla trouver Pierre et Wolfgang au moment même où ils devisaient entre eux avec joie sur la rencontre espérée.

Mafré, Dranmor et Narille, venant tous trois par un côté opposé à celui d'où venait Saladin, abordèrent en même temps que lui les commandants du *Cid Campeador*.

— Monsieur de Werchingen, dit Saladin (la figure de Werchingen, à l'instant où lui parla Briolan, avait quelque chose de guerrier, mais de noble et de doux, qui justifiait la confiance que notre héros venait de se sentir en lui), monsieur de Werchingen, si le vaisseau qu'on a signalé est un vaisseau de guerre, je conçois que vous l'attaquiez, et si ce n'est pas un vaisseau français, si par une heureuse volonté du destin c'est un vaisseau anglais, j'aurai grand plaisir à vous aider; mais, si c'est un de ces faibles et tranquilles navires, comptoirs ambulants tenus par des marchands pacifiques qui sont aussi bourgeois sur les mers que les bourgeois d'Amsterdam ou de Londres au fond de leurs rues, l'attaquerez-vous? Laissez-moi espérer que non. Vous êtes faits, vous, le capitaine Pierre, et même la plupart des gens que vous commandez, pour la besogne des soldats et non pour celle des bandits. Avilir par un vol sans danger vos sabres, vos fusils et vos figures guerrières, c'est ce que vous ne voudrez pas.

Pierre le Sombre fronça le sourcil. Werchingen répondit en gardant sur son visage l'expression de souriant courage, d'élégante hardiesse qui avait encouragé Saladin.

— Monsieur de Briolan, nous sommes des pirates, ce que vous saviez fort bien le jour où vous nous avez tendu votre main et où vous avez choqué votre verre contre les nôtres. Nous sommes braves, mais notre valeur n'est point valeur de chevalier. Vous autres, il y a en définitive dans la vie toutes sortes de barrières qui vous arrêtent ; vous ne respectez pas la force, soit, mais vous respectez la faiblesse. Nous sommes libres, nous, de tout respect. Notre course à travers ce monde ne rencontre aucun obstacle, c'est là ce qui en fait pour moi tout le charme. J'ai enfourché un coursier qui ne se cabre pas plus devant le corps d'un enfant ou d'une femme que devant des légions armées. Nous marchons comme la mort, dont nous arborons la couleur au haut de notre navire, en renversant sans distinction tout ce qui heurte notre pied, celui qui résiste et celui qui cède, celui qui fait le vaillant et celui qui tremble de peur.

— Ma foi, fit Mafré en prenant brusquement la parole, il faut, Saladin, que je vous dise à ce sujet ma façon de voir. Tous vos scrupules sont des entraves qui gênent l'âme dans son essor. Courir un peu à travers la vie de cette course dont vous a parlé si bien Werchingen, voilà qui offre quelque intérêt, quelque amusement digne d'une intelligence et d'un cœur sans vulgarité. Faites ce que vous voudrez, laissez votre épée dans son fourreau et vos pistolets à votre ceinture pendant que nous nous battrons. Pour ma part, je suis pirate au fond de l'âme, et je me jetterai avec plaisir sur le vaisseau, quel qu'il soit, que son mauvais destin amènera sous notre canon.

— Palsembleu ! s'écria Narille, j'imiterai ce cher Mafré ; je ne sais rien qui soit moins bourgeois qu'un pirate.

— Narille, fit Briolan, il y a quelque chose de fort roturier, c'est d'être pendu, et cela pourra bien vous arriver. Vous, Mafré, vous prendrez la potence en philosophe ; vous, Dranmor, en bohémien. Aussi ne vous en parlerai-je pas. Bonne chance, messieurs ; prenez sans moi cet essor dans lequel je ne suis pas digne de vous suivre. Malgré mon goût pour les aventures, il est des aventures que je ne connaîtrai pas, celles que les Briolan d'aucun temps n'ont connues.

Cela dit, Saladin se retira dans la cabine où était son hamac. La nuit vint. Dans les premières heures, elle lui parut longue ; il pensait avec horreur et dégoût à la scène que pouvait éclairer pour lui le soleil du lendemain. Les gens dont la fortune l'avait fait le compagnon n'appartenaient à aucune nation : c'étaient des pirates, et voilà tout. Un vaisseau français serait peut-être attaqué par le vaisseau qui servait d'asile à un Briolan. Saladin se promit, si la fortune ne pourvoyait point au salut de son honneur, d'y pourvoir lui-même. Il résolut de mettre dans sa bouche le canon d'un pistolet et de se faire sauter la cervelle dans le cas où les boulets partiraient du *Cid Campeador* pour aller briser des mâts pavoisés aux couleurs de France. En se tuant, il se pencherait sur la mer, qui recevrait son corps. Après la sépulture du cimetière de famille, il n'est pas de sépulture plus honorable, pour un homme de naissance et de valeur, que cet Océan où tant de nobles existences se sont intrépidement abîmées. Quand il eut pris son parti, Briolan se sentit ce calme aux martiales douceurs qui donne aux héros, la veille de leurs combats, les meilleurs de tous les sommeils. Il s'endormit de ce somme profond qui est le don des enfants et des braves. Le lendemain il fut réveillé par Mafré, qui lui cria en le secouant :

— Réjouissez-vous, Briolan : c'est un vaisseau de guerre, et un vaisseau anglais, qui est devant le *Cid Campeador !*

XVI

La joie de Saladin, on la devine. Les rayons du soleil qui étaient entrés avec Mafré dans sa cabine étaient moins éclatants que ses pensées; au lieu de l'infamie, c'était la gloire qui venait à sa rencontre. Il allait se battre pour la France et contre les ennemis de la France qu'en fils des chevaliers de Poitiers et d'Azincourt il avait le plus plaisir à retrouver devant son épée, les Anglais. Quand il monta sur le pont, tous les pirates y étaient déjà réunis. Devant le *Cid Campeador*, à une distance que le vol d'un boulet aurait pu quatre fois franchir, était un bâtiment pavoisé aux couleurs anglaises. Les deux vaisseaux se tenaient immobiles dans ce redoutable silence, l'épreuve des cœurs vaillants, qui précède l'instant des combats. Ce fut le *Cid Campeador* qui rompit ce silence le premier. Un boulet parti de ses flancs alla se loger dans la carcasse du navire anglais. Alors commencèrent les tonnerres et les éclairs, tout l'orage des canons. Quoique le *Cid Campeador* fût de plus grande dimension que la plupart des navires pirates, il n'était pas de taille pourtant à soutenir avec avantage contre un vaisseau de guerre une lutte de bordées. Pierre le Sombre et Wolfgang songèrent, dès les premiers moments du combat, à commander la manœuvre familière aux flibustiers, c'est-à-dire l'abordage ; c'est ce que désirait ardemment Saladin, qui, inoccupé au milieu de tout ce fracas d'artillerie, attendait le moment du corps à corps comme un fiancé attend la première heure de la nuit nuptiale. Auprès de lui, Dranmor, Mafré, et même Narille, se servaient, les deux premiers avec beaucoup d'adresse, le troisième sans trop de gaucherie, d'excellentes carabines qui envoyaient aux Anglais de vraies balles de corsaire, des balles mâchées destinées à donner une mort accompagnée de tortures.

Le mouvement que le *Cid* avait à faire pour aller, comme une panthère aux flancs d'un lion, se suspendre aux flancs de son ennemi, était un mouvement dangereux. Une bordée de canons anglais atteignit avec tant de justesse, d'aplomb et de violence le vaisseau pirate, que tout l'équipage flibustier crut un instant en avoir fini avec la vie des combats. Le *Cid* bondit, puis tourna sur lui-même comme un homme frappé mortellement d'un coup de feu. Si ceux qui le montaient avaient eu l'habitude de la prière, plus d'une supplication se serait en ce moment élevée vers le ciel; mais pas une parole, pas un cri, ne s'échappa des bouches intrépides que la mort menaçait de fermer.

Le *Cid* ne s'abîma point; on eût dit qu'une âme héroïque respirait dans ce bois fumant et le soutenait au-dessus des flots. La manœuvre, un instant interrompue, fut continuée; la distance qui séparait les pirates de leurs adversaires diminua et disparut enfin tout à fait. Le navire flibustier et le navire anglais se pressèrent l'un contre l'autre comme les chevaux écumants de deux cavaliers qui cherchent à se désarçonner. La voix de Pierre le Sombre retentit, et des harpons furent lancés, au milieu des balles, par des mains sanglantes et noircies, sur le vaisseau britannique; puis des hommes, ou du moins des êtres faits comme des hommes, s'élancèrent le pistolet et le sabre à la main, le poignard entre les dents, sur le bâtiment harponné. L'abordage commençait.

On se battit pied contre pied, et quelquefois poitrine contre poitrine. A chaque instant, des corps tombaient sur les planches sonores du navire et roulaient en décrivant de sanglantes traînées. La plupart des pirates mouraient à merveille. Un peu d'ombre au fond de leurs yeux, qui s'apaisaient sans rien perdre de leur fierté, voilà tout ce que la mort faisait en eux. Les convulsions, les regards effrayés, tout ce qui déshonore l'agonie, était inconnu à l'équipage du *Cid Campeador*.

Pierre le Sombre et le blond Wolfgang semblaient à

l'abri du plomb et de l'acier. Ils sortaient triomphants de toutes les luttes dans lesquelles ils s'engageaient, toujours le jarret plus souple, la main plus sûre et l'œil plus hardi. Quant à Saladin, il se faisait, comme à son ordinaire, distinguer parmi les vaillants. La lame de son épée était écarlate, un feu ardent et soutenu brûlait dans ses yeux. Il se battait de tout son cœur, à la façon de Henri IV, du roi Jean, de François Ier. Moins accoutumé que ses compagnons aux combats de mer, il était trahi quelquefois par ses pieds, qui glissaient sur les planches vacillantes du vaisseau. Il chancelait alors, mais bientôt il se raffermissait sur ses jambes. Son âme soutenait son corps, comme un cavalier soutient et enlève son cheval. Mafré et Dranmor étaient fort beaux, et Narille ne faisait point mauvaise figure.

Les heures passent vite au milieu des coups de sabre et des coups de fusil. La guerre réussit encore mieux que l'amour à faire prendre au temps une marche accélérée. Saladin croyait encore être au moment où il s'était élancé du *Cid* sur le vaisseau anglais, et il y avait déjà près de deux heures que la tuerie de l'abordage avait commencé. Le nombre des hommes couchés augmentait, celui des hommes debout était, surtout du côté des Anglais, devenu d'une singulière petitesse; mais l'équipage du navire britannique savait qu'avec les pirates il y a peu de profit à se rendre, et aimait mieux en finir avec la vie que de s'engager dans la série de fâcheuses aventures qui devait commencer pour lui à sa captivité. D'ailleurs, son capitaine combattait encore. Ce capitaine avait une belle figure de soldat, il était de grande taille, une de ses mains serrait un pistolet dont le canon était noir et fumant, l'autre tenait une épée rouge comme l'épée de Saladin. Le long de ses joues, sillonnées par des cicatrices et par des rides, tombaient des gouttes de sueur et serpentaient des filets de sang. Briolan, que la mêlée rapprocha de lui, fut saisi de respect en le voyant, et se sentit un ardent désir de l'arracher à la mort; il lui cria en anglais de se rendre; mais, au moment même où sa voix s'élevait, un coup de pistolet fut tiré presque à bout portant sur le déterminé soldat; le capitaine tomba frappé d'une balle dans la poitrine; alors les gens qui étaient autour de lui jetèrent leurs armes; le combat était fini, et l'équipage du *Cid Campeador* triomphait.

Les pirates valent mieux dans le combat qu'après la victoire. Dans les regards où brillait une ardeur guerrière, l'ardeur du gain s'alluma. Tous ces gens, qui tout à l'heure étaient des héros, devinrent des voleurs. On se répandit sur le navire conquis comme dans une cité prise d'assaut. Tous les coins furent fouillés Saladin éprouva, comme on se l'imagine, un profond dégoût au milieu de toutes ces marques de rapacité. Cependant il suivait avec curiosité, et, il faut bien le dire, avec amusement, la foule des pillards dans sa course à travers toutes les chambres du navire. Un grand plaisir, à mon avis, que le rêve seul donne aux gens paisibles, mais que la guerre donne aux gens remuants, c'est d'entrer comme chez soi en un lieu qui ne vous appartient point, de visiter d'autorité, en touchant à ce qui vous plaît et brisant ce qui vous offense, une demeure inconnue. C'est ce plaisir que goûtait Briolan.

En traversant la chambre du capitaine, il aperçut sur le parquet, auprès d'un petit secrétaire qu'on venait de briser, un médaillon ; il se baissa pour le ramasser. Le médaillon était un portrait de femme entouré d'un cadre d'une grande valeur par les diamants et les rubis dont il était semé. Eh bien ! le visage du portrait valait encore mieux que son cadre. du moins ce fut l'opinion de Saladin. Ce visage offrait quelque rapport avec celui de Brigitte ; chose bizarre, il avait les traits particuliers aux femmes des Briolan : ce nez droit et mince qui rend une physionomie sévère, et ces grands yeux veloutés, fleurs célestes, qui tempèrent par leur douceur la sévérité des lignes les plus austères. Briolan contempla avec attendrissement ce calme et charmant visage. Au milieu du sanglant désordre qui l'entourait, il ouvrait avec délices son cœur encore tout fumant des flammes guerrières aux fraîcheurs des amoureuses pensées. Les grandes et belles tendresses s'épanouissent dans les âmes viriles aux heures martiales; Saladin était pris de passion rêveuse pour ce portrait qui lui rappelait Brigitte.

C'est une loi de probité, observée rigoureusement parmi les pirates, de réunir chaque objet dont les hasards du pillage vous ont fait le maître à la masse des objets pillés. Cette masse sert au partage qui se fait entre les vainqueurs, d'après les règles fort anciennes du code flibustier. Tous les gens du *Cid*, Pierre et Wolfgang, aussi bien que leurs soldats, s'étaient rassemblés sur le pont du vaisseau conquis, et avaient fait un monceau, qui aurait tenté un pinceau vénitien, de richesses de toutes natures. Le vaisseau anglais, quoique bâtiment de guerre, avait une cargaison de navire marchand. Il était chargé de présents qu'adressait à un souverain d'un lointain pays le gouvernement britannique, puis il renfermait tous ces objets de luxe que traînent avec eux les officiers de terre et de mer des armées anglaises. A côté du butin inanimé était le butin vivant. Ceux des Anglais qu'avaient épargnés les sabres et les balles étaient réunis en groupe, comme l'imagination d'un poëte peut en placer dans le royaume des tristesses éternelles, sur les bords d'un fleuve infernal. Ces malheureux, dépouillés de leurs vêtements et les mains liées derrière le dos, attendaient les maîtres qui les réclameraient pour esclaves, afin de les vendre dans les colonies à des planteurs où à des boucaniers.

Saladin assista en spectateur attentif à ce partage, qui se fit dans un ordre merveilleux. On commença par appeler les blessés à venir réclamer les droits que les lois leur donnaient. D'abord arrivèrent les borgnes, et même les aveugles; il y avait deux hommes que les coups de feu avaient entièrement privés de la vue. Ceux-ci avec un de leurs yeux arraché, ceux-là avec deux trous sanglants à la place où leurs regards brillaient, s'avancèrent guidés par un des maîtres de leurs corps hideux et de leurs âmes sinistres, par le démon du lucre, et demandèrent la portion de butin que leur assurait le droit de leurs blessures. Un des aveugles, ainsi que l'y autorisait la loi, choisit deux esclaves. Comme il les voulait sains et robustes pour en tirer meilleur profit, il promena ses mains encore toutes barbouillées de sang sur les membres nus des Anglais prisonniers. Ceux sur lesquels s'arrêta son choix étaient deux des plus blonds et des plus vermeils enfants de la Grande-Bretagne ; ils avaient des formes de lutteurs qui auraient intéressé un statuaire, de tristes et intrépides regards qui auraient rendu un poëte songeur. C'était un spectacle odieux que les mains de ce scélérat, déjà plongé à moitié dans la mort, se promenant sur cette noble et vivante proie. Le second aveugle et les borgnes prirent, l'un de l'argent, les autres des objets précieux. Après ces blessés vint un flibustier qui avait eu les deux jambes brisées par un boulet : celui-là désigna, d'une voix éteinte et avec un regard mourant, pour sa part de butin, un harnois de cheval couvert de pierreries ; puis vinrent des manchots, des hommes sans poignets, enfin des mutilés de toute espèce. Quand ces débris humains se furent consolés, dans les cupides jouissances, des coups qui avaient fait leurs corps laids et bizarres comme leurs âmes, Pierre et Wolfgang, par une courtoisie dont la bravoure de Saladin et de ses compagnons empêcha l'équipage de murmurer, appelèrent les étrangers du *Cid* à venir prendre les premiers leur part dans les dépouilles qu'ils avaient aidé à conquérir. Mafré, Dranmor et Narille ne firent aucune façon, chacun d'eux choisit ce qui était à sa convenance ; mais, quand on pressa Briolan de faire un choix à son tour :

— Je n'ai rien à prendre, dit-il; j'ai, au contraire, quelque chose à donner.

Et, tirant de sa poche le portrait qu'il avait ramassé, il en détacha le cadre, dont il fit remarquer les pierreries, et le remit à Wolfgang en le priant d'en faire ce qu'il jugerait à propos.

— Pour moi, ajouta-t-il, je demande seulement qu'on me laisse ce petit morceau d'ivoire qui me paraît plus précieux que tous les diamants dont il est entouré, car il est d'une valeur qu'aucun lapidaire ne peut apprécier.

— Ni aucun pirate, dit en souriant Mafré.

On devine si la demande de Briolan fut accueillie. Pierre et Wolfgang firent des efforts pour l'engager à joindre un autre prix à ce prix modeste et fantasque de sa valeur. Quoiqu'il y eût là les plus belles armes du monde, et que le cœur de Saladin eût une grande tendresse à l'endroit des armes, il ne voulut pas autre chose que ce portrait. Les pirates ne comprirent rien à cette humeur, mais ne s'étonnèrent pas ; ils étaient habitués à ne s'étonner jamais.

Quand le partage fut terminé, l'attention de Saladin fut attirée par un spectacle plus émouvant qu'aucun de ceux qu'il avait encore vus. Les blessés anglais, ceux du moins qui pouvaient remuer, s'étaient instinctivement traînés les uns vers les autres sur un point de leur vaisseau. Là, ils souffraient, gémissaient, se tordaient, sans que nul songeât à les secourir. Il n'était point d'usage, chez les pirates, de donner des secours aux blessés. Briolan aperçut, parmi ces malheureux, le capitaine, qu'il avait vu tomber frappé d'une balle en pleine poitrine et qu'il avait cru mort, ce vieil et héroïque soldat pour lequel il s'était senti des mouvements d'admiration et de pitié. L'officier anglais était très-grièvement blessé, mais enfin il vivait encore. Son regard rencontra celui de Saladin quand notre héros se tourna de son côté.

Le gentilhomme français ne put point supporter la vue

d'un homme brave, et qui semblait de naissance, mourant comme un chien au milieu de créatures humaines. Il appela Wolfgang et lui demanda avec instance, comme une faveur par laquelle il croirait ses services pendant le combat amplement récompensés, de faire donner des soins au commandant du vaisseau vaincu. Wolfgang dit qu'il y consentait, quoique ce fût déroger à toutes les habitudes des pirates. Il fit un signe à un grand diable au visage basané, qui portait une trousse de chirurgien à sa ceinture, et Briolan put contempler un docteur digne de faire le service médical d'une troupe de Bohémiens.

Le personnage qui venait d'accourir auprès de lui était dans un équipage sanglant et bizarre. Il y avait des taches rouges jusque sur le lambeau d'étoffe blanche qui entourait sa tête en manière de turban ; d'énormes lunettes d'or, prises sans doute dans quelque pillage, encadraient son nez, qui s'abaissait sur une moustache d'hidalgo. Sur ses hauts-de-chausse, d'une ampleur orientale, tombait un tablier d'apothicaire, humide et lourd de sang. Ce fut avec ce répugnant acolyte que Saladin s'en alla trouver l'officier anglais. Il prit le blessé entre ses bras, et, suivi du formidable chirurgien, il se rendit, à travers une route coupée par des flaques sanglantes, comme un chemin de traverse par les eaux d'une pluie d'orage, jusqu'à la cabine qu'il occupait sur le *Cid Campeador*.

Après un examen attentif, le chirurgien bohème déclara que la blessure qu'il avait sous les yeux était mortelle. Il n'y avait même point moyen de chercher à extraire la balle qu'elle renfermait ; mais la mort, que cette plaie amènerait infailliblement, pouvait se faire longtemps attendre. Le capitaine anglais était un de ces blessés qui sont condamnés, avant de partir pour le voyage inconnu qu'aucune puissance, ils le sentent, ne pourrait leur éviter, à rester de longues heures sur les confins de cette vie. Ces blessés ont un lamentable destin quand une mère ou une maîtresse, une femme qu'ils aiment, est à leur chevet, mesurant avec l'infini de la douleur les instants de leur agonie. Quand ils meurent seuls ou entourés de visages virils, ils ont un sort heureux au contraire, puisqu'ils peuvent entrer d'un pas lent et digne dans la mort, comme fit le soldat qu'avait recueilli Saladin.

L'Anglais avait compris la pitié généreuse dont il était l'objet de la part de Briolan. Dès qu'il put parler, il se tourna de son côté, et lui dit d'une voix affaiblie, mais sans émotion :

— Je suis heureux, monsieur, d'avoir en mourant une figure comme la vôtre sous les yeux. Vous me paraissez un brave homme, et même, malgré la compagnie où vous êtes, un homme de qualité. Votre noble conduite et votre visage loyal m'ont fait du bien. Pour l'éternité comme pour une nuit, c'est un bonheur de ne point s'endormir sur des spectacles ou des pensers honteux.

— Hélas! monsieur, repartit Saladin, je regrette de n'avoir rien pu pour vous rendre à la vie, et de faire en cet instant si peu pour vous conduire honnêtement à la mort. Si je savais un moyen de donner à vos derniers moments en ce monde, je ne dirai pas du calme, ils en ont, mais quelque douceur, avec quel plaisir je le saisirais!

— Monsieur, reprit alors le blessé, je vous le répète,

par votre façon d'agir et par votre aspect, vous m'avez déjà fait éprouver un bien dont je suis fort reconnaissant; mais ce qui pourrait me rendre mes derniers moments d'une véritable douceur, c'est une seule chose que personne ici, je le crains bien, même en ayant pour moi la générosité dont vous faites preuve, ne pourrait me donner. J'ai perdu, pendant le combat de ce matin, l'objet qui m'était le plus cher en ce monde, quoiqu'il fût inanimé, du moins pour tout regard indifférent : le portrait d'une femme qui a emporté, il y a bien longtemps, le meilleur de mon cœur et de ma vie en son tombeau.

Un éclair de joie parut dans les yeux de Saladin.

— J'ai un bonheur que je n'osais espérer ! s'écria-t-il ; le portrait que vous avez perdu et que vous désirez si ardemment, je suis à peu près sûr de l'avoir trouvé. Mes compagnons ont pris le cadre, moi j'ai gardé l'ivoire ; tenez, le voilà.

Un catholique qui voit arriver le dieu qu'il craignait de ne pas sentir sur ses lèvres n'éprouve point plus d'allégresse que n'en ressentit l'Anglais quand Briolan lui tendit la bien-aimée peinture.

— Voilà ce que j'aimais! fit-il, et ce que je reverrai, si l'on voit quelque chose là où je vais.

Et sa bouche se fixa au médaillon dans un long baiser; puis, se tournant vers Briolan, qui le contemplait d'un regard attendri, il lui dit avec une voix pleine de douceur et de noblesse :

— Je veux vous nommer, à vous qui me semblez si généreux et qui avez eu pour moi tant de bonté, celle dont la chère image me cause de tels transports de tendresse à mes derniers moments. Le portrait que j'embrasse est celui de ma femme, Anne de Briolan, comtesse de Windsay.

Ces mots causèrent à Saladin la vive émotion que font toujours éprouver au cœur et à l'esprit de l'homme les surprises du destin. Il avait entendu souvent parler à sa mère, dans son enfance, d'Anne, sa tante, qui avait épousé, en dépit de tous les instincts cavaliers, jacobites et catholiques de sa famille, un seigneur anglais, protestant et attaché à la cause de Guillaume d'Orange. Il savait qu'Anne était pleine de beauté et de vertu, et qu'elle était morte jeune. Aussi, avec l'humeur qu'on lui connaît, on comprend quelle tendre et mélancolique dévotion il avait eue, tout enfant, pour cette sainte inconnue de son ciel domestique.

— Monsieur, dit-il à lord Windsay, laissez-moi aussi baiser ce portrait. J'en ai le droit : c'est celui de ma tante. Je suis le comte Guy-Tancrède-Saladin de Briolan.

Ce fut le tour du comte de Windsay à s'étonner. Il interrogea notre héros sur les hasards qui l'avaient jeté dans la compagnie des pirates. Au fur et à mesure que Saladin parlait, son visage prenait une expression plus vive de confiance et d'amitié.

— Vous êtes, s'écria-t-il tout à coup en tendant la main à Briolan, de tous les jeunes gens que j'aie rencontrés jamais, celui dont l'air et les discours m'ont le plus charmé. Toutes vos paroles sonnent la franchise. Et puis, tenez, je ne m'étonne plus si votre visage me faisait tant de plaisir; vous avez dans les yeux quelque chose de cette fierté et de cette candeur que donnait au regard de ma bien-aimée Anne son âme haute et innocente.

Et le vieux capitaine essuya deux bonnes larmes de tendresse qu'un adoré souvenir fit tomber le long de ses joues. Aux généreuses émotions dont son cœur était rempli, sa vie semblait s'être retrempée. Il s'était éveillé dans tout son être une force inattendue; mais il avait une de ces blessures qui ne pardonnent pas, comme l'on dit. La mort était en lui, et il s'en souvenait.

— Monsieur de Briolan, dit-il brusquement, mon cher neveu, j'ai encore une grâce à vous demander, vous à qui je suis si redevable déjà! Je me sens en ce moment assez de force pour tenir une plume; je voudrais avoir du papier, de l'encre, ce qu'il faut pour écrire, afin de tracer quelques lignes qui exprimeront de derniers désirs. Si vous ne finissez pas, comme moi, sur cette mer où nous nous sommes rencontrés, si vous retournez en Europe, vous veillerez à ce que mes volontés soient remplies. Dès que je serai mort, vous pourrez en prendre connaissance si bon vous semble.

Il n'est pas de navire, même de navire pirate, où l'on ne noircisse du papier, partant où l'on n'ait plume et encre. Briolan alla querir ce qu'avait demandé lord Windsay. Le capitaine écrivit pendant quelques instants, puis remit à son neveu une feuille de papier pliée, et reprit avec lui un entretien dont il semblait recevoir un grand bonheur. Dans cet entretien, la mort le surprit, ou, pour mieux dire, l'emporta, car son visage digne et guerrier, quelques instants après celui où il était devenu visage de mort, n'exprimait pas plus la surprise que la terreur.

Quand lord Windsay eut expiré, Briolan, après l'avoir contemplé quelque temps, les yeux remplis de larmes silencieuses, afin de s'entretenir encore avec ce brave homme, déplia le papier qu'il lui avait remis. Il s'attendait à y trouver, sur un culte peut-être à continuer envers la mémoire de sa tante, enfin sur quelque pieux office, des volontés qu'il était décidé à remplir autant que ce serait en son pouvoir. Ce qu'il y avait sur ce papier, c'était à peu près ceci : « Moi, George-Henri, comte de Windsay, dernier de mon nom, je laisse à mon neveu, Guy-Tancrède-Saladin de Briolan, mon château de W..., mon château de S .., etc., etc. (il y avait deux lignes formées avec des noms de châteaux), plus tout ce que je possède en meubles et en argent. »

XVII

Saladin avait trouvé la fortune sur les mers.

Quand on est jeune et d'une âme haute, on songe peu à la fortune si elle vous dédaigne ; mais, lorsqu'elle vous sourit, lorsqu'elle attache sur vous son regard plus doux que les raisins du Midi, plus chaud que le soleil, quelque fierté et quelque jeunesse qu'on possède, on est séduit, et, pour quelques instants du moins, on appartient à l'ivresse. Saladin avait sous le front un grand mouvement de pensées. Ce qu'il avait été poursuivre à travers les océans, il le possédait; il était riche, plus riche que son cousin, le duc de Lorédan; il pouvait retourner en France, acheter le plus fringant des régiments de hussards, le plus martial des régiments de dragons, et donner à sa cousine, pour sa fête, non point des bouquets de thym et de violettes, mais des bouquets d'émeraudes et de diamants.

Briolan se promenait sur le pont du *Cid Campeador* par une matinée un peu froide, mais où soufflait un vent agréable à un esprit en feu (le vent attise d'une façon qui nous charme les flammes de notre esprit). Tout en se promenant, il s'abandonnait vis-à-vis du destin à une certaine fatuité. Il croyait, ce qu'un chacun a pris tant de plaisir à croire un moment au moins dans sa vie, que le sort l'avait distingué et lui accordait ses faveurs. Quoique personne sur le *Cid* n'eût conquis une fortune semblable à la sienne, beaucoup de pirates cependant devaient à la prise du vaisseau anglais des richesses qui augmentaient la joyeuse turbulence de leurs habitudes. On ne s'imagine point l'exaltation qui règne à bord d'un navire flibustier après un combat. Chez les uns, le souvenir de la mêlée, le goût attaché encore au palais du sang et de la poudre; chez les autres, l'amour de l'or, l'image des plaisirs qu'il promet, amènent une ivresse bruyante et démesurée que peuvent seuls contenir, sans se briser, des cœurs accoutumés à retentir du fracas des canons et des tempêtes. Au milieu de toutes les folies, de tout le tapage de leurs gens, jouant, se battant, dansant, chantant et jurant, les deux capitaines du *Cid*, Wolfgang et Pierre, éprouvaient le seul plaisir que pût encore goûter leur brûlante et inquiète nature.

Wolfgang aborda Saladin au moment où toutes les pensées que nous savons sonnaient leur plus étourdissant carillon dans son cerveau.

— Venez voir, lui dit-il, un spectacle qui vous amusera. Un de mes hommes, à qui deux esclaves étaient tombés en partage, vient de les perdre aux dés; celui qui les a gagnés a dit qu'il voulait les dépenser pour divertir ses camarades. Ces esclaves sont deux grands Anglais nourris de bœuf, plus forts que des athlètes antiques. On va les faire battre à outrance avec des cestes, comme se battaient les Thraces dans les cirques romains. Si vous voulez assister à un jeu d'empereur, et d'empereur des beaux âges païens, suivez-moi.

Briolan suivit en effet le blond Werchingen. Il était dans cet état d'esprit où l'on prend à tout mouvement un plaisir passionné. Il arriva sur un point du gaillard d'arrière, où s'était formé, autour d'un espace vide, un vaste cercle de pirates. Dans cet espace ne tardèrent pas à être introduits deux hommes jeunes et beaux, nus jusqu'à la ceinture. C'étaient les deux Anglais, dont les blessures et le trépas devaient divertir les gens du *Cid*. Il y avait sur le visage des deux lutteurs, au lieu de l'expression martiale que l'assemblée aurait voulu y voir, une expression de dégoût et de tristesse. Les énergiques soldats de la Dacie devaient avoir cette contenance humiliée, ce visage abattu, quand, transformés en gladiateurs, ils venaient prostituer leur héroïsme pour amuser un public romain. Deux pirates espagnols, à la figure sombre comme les montagnes brûlées de la Sierra-Morena, aux yeux d'un noir à rougeâtres reflets, placèrent les deux esclaves en face l'un de l'autre et attachèrent à leurs mains des cestes de la plus formidable espèce, des lanières de cuir comprimant leurs poings de façon à en faire un instrument tranchant et lourd dont les blessures fussent plus cruelles que celles des sabres et des balles. Quand cette toilette des lutteurs fut achevée, on les mit pied contre pied, leur interdisant de rompre. Alors les deux Anglais commencèrent à imprimer à leurs poings, placés devant leur poitrine, la lente et régulière oscillation qui fait partie de la garde des boxeurs; puis on leur donna un signal, et ils se portèrent les premiers coups.

C'est le plus long, le plus varié et souvent le plus redoutable des duels, que le duel à coups de poing. Ces deux hommes, un instant nonchalants, devinrent des athlètes enflammés, aussi désireux l'un et l'autre d'être victorieux que s'ils eussent dû acheter une couronne par leur victoire. Tous deux avaient le regard fixe et intrépide du boxeur qu'aucun coup, aucune douleur, ne troublent, dans lequel étincelle une âme ardente et stoïque, au-dessus de tout ce que la chair peut souffrir. La première blessure grave fut reçue par le plus grand des jouteurs. Son adversaire, au moment où il fondait sur lui, l'atteignit en plein visage par ce coup terrible qu'on appelle un *contre* dans le langage de la boxe. Tous les pirates applaudirent; un des Anglais avait la figure coupée, les cestes se coloraient de sang. Le sang, liqueur mystérieuse plus puissante que le vin, car par son seul aspect il enivre; le sang, qui arrache des cris aux enfants la première fois qu'il frappe leur vue, le sang faisait passer dans cette foule des frémissements de plaisir comme en font passer le génie d'un grand poëte, les vers de *Nicomède* ou de *Rodogune* dans la foule lettrée d'un théâtre.

On crut un instant que le lutteur frappé à la face allait tomber; mais il se raffermit sur ses jambes, se remit en garde, et bientôt, prenant à son tour son adversaire dans un piége habilement tendu, il lui rendit, au milieu de la poitrine, le coup qu'il avait reçu sur le visage. Cette fois le combat s'arrêta; celui dont la poitrine venait d'être atteinte chancela, ses paupières s'abaissèrent, et une écume de pourpre flotta sur ses lèvres. Alors les deux pirates espagnols qui avaient armé du ceste les deux combattants rentrèrent en scène; ils arrivèrent avec des flacons de vinaigre, les firent respirer aux deux jouteurs, puis les placèrent de nouveau l'un devant l'autre, sans même avoir essuyé le sang qui couvrait leurs joues, et le combat recommença.

Ceux qui connaissent la race des boxeurs savent combien il est facile de rendre mortel un assaut de boxe, quel acharnement plus puissant que la douleur, que la mort même, qui se fait en vain sentir, saisit parfois deux champions et ne les quitte qu'avec le dernier élan de leurs forces et de leur vie. Les pirates arrivèrent à leurs fins. Il vint un moment où il n'y eut plus sous leurs yeux que deux cadavres déformés par des blessures. Alors on s'approcha de ces êtres humains, devenus des choses mortes.

Briolan avait pris bien vite en dégoût ces coups de poing; il aurait voulu, sinon qu'on arrêtât le combat, du moins qu'on donnât aux combattants des épées. Ce fut avec un sentiment de répugnance et de pitié qu'il s'approcha de ces deux corps souillés de sueur et de sang : devant ce laid spectacle, son exaltation s'éteignit. Celle de Wolfgang, de Pierre le Sombre et de tous leurs compagnons était au contraire à son comble. Ces coups et ces blessures les avaient enivrés. Sous le ciel des Espagnes, par une matinée à brûler un Maure au fond de son harem, il ne se pousse pas plus de cris autour d'un taureau jeté d'un seul coup sur le sol par l'épée d'un matador, qu'il ne s'en poussait sur le *Cid* autour de ces lutteurs assommés; mais la grande différence qu'il y eut entre le blond Wolfgang et tous ses compagnons, y compris Pierre le Sombre, c'est que, tandis qu'aucun dégoût ne suivit l'ivresse de ceux-ci, une grande et profonde tristesse, comme celle qui est connue, après certains transports de plaisir, des débauchés de vingt ans, fondit sur celui-là.

-- Je souffre, dit Werchingen à Briolan, dont l'esprit sans moquerie lui inspirait de la confiance; je souffre en ce moment, comme une femme, de ce sang que j'ai eu du plaisir à voir répandre. Il y a des instants où ces orgies de combats, de cris, de coups, de blessures, me font soudain ressentir autant d'ennui chagrin que des orgies de cabaret. Les passions qui m'ont jeté sur les mers crient qu'elles ne sont pas assouvies. Les deux amours de l'infini et de l'inconnu, entre lesquels ma jeunesse s'est écoulée, ces deux amours délicats et violents me disent que j'essaye vainement de tromper par des aliments grossiers leurs ardents mais nobles appétits. Dans ces instants, si je croyais qu'il y a quelque chose sous les flots qui nous portent, que cette belle histoire antique d'Aristée dont mon enfance était si étonnée et si amoureuse pourrait se renouveler pour moi, que je trouverais sous les vagues de l'Océan les merveilles qui frappèrent les regards du berger de Virgile, comme je m'élancerais avec transport dans la mer! Vous qui avez tant aimé les forêts enchantées et les châteaux mystérieux des romans de chevalerie, vous devez me comprendre; je braverais des siècles de souffrance pour goûter à ce philtre de l'inconnu dont je ne puis boire dans aucune coupe.

Tandis que le blond Wolfgang parlait ainsi à Saladin, le *Cid Campeador* s'avançait dans une région océanique connue par les marins pour être une région de tempêtes. Évidemment des vents farouches avaient bouleversé, il y avait quelques jours, les flots que sa proue fendait. Sur les vagues encore agitées, murmurantes et brillant de l'éclat qu'elles prennent en leur colère comme des regards humains, on sentait les fureurs mal éteintes d'un orage récent. Dranmor, qui à quelques pas de Wolfgang et de Saladin contemplait d'un œil charmé cette beauté sinistre des ondes, s'écria tout à coup :

— Au diable cette sotte bouteille! elle gâte la vague qui la porte. Voilà ce qu'il y a de plus dépitant au monde, une solitude détruite par cette ignoble morceau de verre.

— Cette bouteille, dit à son tour Saladin, nous apprendra peut-être le sort de braves qui nous sont connus. Moi je suis plus humain que Dranmor, j'aimerais à savoir quels sont les hommes qui, songeant à leurs frères dans ce coin de l'Océan, leur ont adressé un souvenir confié, presque sans espoir, aux caprices des vagues et du destin.

— Moi, dit Wolfgang, cette bouteille secouée par les flots et perdue dans l'espace, qui renferme quelque chose que j'ignore, m'enflamme de curiosité. Pendant longtemps, toutes les fois que je voyais une lettre, j'espérais toujours qu'il y avait sous son pli le secret que je cherche; quand je rencontrais un coffre fermé, je pensais que, dans cette prison de bois, était la merveille désirée. Je veux savoir, par tous les dieux! ce qu'il y a dans cette bouteille, et je le saurai.

En disant ces mots, le blond Wolfgang se précipita dans la mer.

C'était une entreprise insensée pour le plus habile nageur de s'élancer au milieu des vagues qui battaient alors les flancs du *Cid Campeador*. Il fallait être las de la vie et vouloir en sortir pour se jeter dans ces flots écumants aux voix inhumaines, qui se soulevaient et mugissaient, comme un troupeau de bêtes infernales, sous un ciel d'une menaçante tristesse. Tous les pirates se penchèrent au bord du vaisseau et suivirent avec une ardente curiosité la destinée de Werchingen. Wolfgang savait à peine nager; il n'avait pour se soutenir sur la mer que cet abandon, propice aux situations dangereuses dans toutes les joutes du corps, qui naît de l'extrême mépris du péril. Tout à coup, de la cime d'une vague, il tomba dans un gouffre où il disparut. En cet instant, un nouvel événement se passa sur le *Cid*. Pierre le Sombre, repoussant avec une force irrésistible deux compagnons qui voulaient l'arrêter, se jeta dans l'océan à la poursuite de son ami.

Alors l'anxiété régna vraiment sur le vaisseau pirate, car les gens du *Cid* ne savaient personne parmi eux capable de succéder aux deux chefs qu'ils étaient menacés de perdre. On lança des cordes dans la mer, mais ces cordes étaient lancées au hasard. Pierre le Sombre et le blond Wolfgang s'étaient plongés dans des profondeurs où l'œil même ne pouvait point les suivre. Cependant on détacha du navire, et l'on mit à l'eau, nne petite embarcation où montèrent dix hommes, parmi lesquels étaient Saladin et Dranmor.

Ce sont des recherches ardentes et désespérées que celles des corps perdus dans les flots. On sent que chaque instant de retard, d'hésitation, de tentative gauche ou malheureuse, fait avancer d'un pas dans la mort ceux que l'on voudrait sauver. Les sondes, les cordes, les perches, que faisaient pénétrer dans la mer les hommes du canot, ne rencontraient rien. Pierre et Wolfgang étaient égarés dans les abîmes peuplés de monstres, de cadavres et peut-être de dieux. La recherche dura si longtemps, qu'on finit par perdre l'espoir de retirer des ondes deux vivants, et, comme les pirates ne sont pas gens assez pieux pour tenir beaucoup à des morts, on allait cessèr des efforts inutiles quand, ramenés du fond des mers par une vague, deux corps apparurent à quelques pas du canot. On parvint à les saisir et à les mettre dans l'embarcation. Ces deux corps, c'étaient Pierre le Sombre et Wolfgang se tenant enlacés comme un couple d'amis antiques, et tous deux couronnés du pâle diadème que la mort nous attache au front. Entre les doigts serrés et transparents de Wolfgang était la bouteille qui avait causé la mort des deux amis.

— Bouteille de tous les diables! dit un pirate, j'ai envie de te rejeter à la mer.

C'était une envie partagée par Dranmor, et la bouteille, payée par deux existences, allait voler dans les flots quand Saladin la saisit. Remonté sur le pont du *Cid*, tandis que tout l'équipage entourait les corps inanimés des deux chefs, il brisa le vase et en tira un papier. Voici ce que ce papier contenait :

« Le 3 février 17..., le vaisseau français le *Fortuné*, se rendant à la Martinique, a sombré : son équipage n'a point péri encore, mais il est sur des embarcations qui ne peuvent être sauvées qu'en cas du plus inespéré des secours. Ceux qui montaient le *Fortuné* font donc leurs adieux à la vie et prennent la voix religieuse des morts pour recommander leur mémoire à ceux de leurs frères, de quelque nation, de quelque religion soient-ils, qui trouveront le dépôt confié par eux à la mer. Le *Fortuné* était monté par le duc de Lorédan, gouverneur général des îles, et son épouse, la noble dame Brigitte de Briolan... »

Saladin n'en lut pas davantage. Dans ces abîmes où s'étaient éteintes tout à l'heure la vie de Wolfgang et celle de Pierre, Brigitte était engloutie peut-être. De quelle façon ce nom chéri, cet adoré souvenir, lui étaient-ils rappelés! A quoi bon cette fortune que le destin lui avait donnée, si le seul être n'était plus pour lequel il souhaitait de vivre et d'avoir des trésors? Et Saladin sentit monter des profondeurs de son cœur à ses yeux des larmes comme il n'en connaissait pas encore, qui n'avaient aucune des douceurs mêlées aux pleurs des mélancolies printanières, des larmes qui n'étaient qu'amertume et stérilité. Cependant cette espérance, qui parfois nous suspend à ses lueurs jusqu'au chevet des lits mortuaires, jusque sur les frontières du néant, fit tout à coup luire une clarté aux regards de Saladin. Si le *Fortuné* avait sombré, son équipage n'était point mort. Ce destin qui l'avait secondé jusqu'à présent pouvait avoir amené un navire sur les vagues où étaient ballottés les naufragés français. Les mers qu'en ce moment ils traversaient n'étaient point loin de la Martinique. Peut-être Brigitte était-elle pleine de vie et de beauté sur des rivages qu'il pourrait atteindre en quelques jours. Saladin n'eut plus qu'une pensée, courir aux lieux où se rendait le *Fortuné* pour savoir si quelque dieu sauveur n'y aurait point conduit ceux qui le montaient.

Mais il vint tout à coup à se rappeler que le *Cid Campeador* n'avait plus de chefs. Les deux capitaines étaient morts tous deux d'un trépas conforme à leur destinée : l'homme qui avait vécu par l'idéal en suivant une pensée capricieuse, l'homme qu'avaient gouverné les événements en obéissant à un fait impérieux. A qui devait-il s'adresser pour aller aux lieux où il aurait voulu être emporté sur un tapis magique? Qui dirigerait à présent les mouvements du *Cid Campeador?* Tandis qu'il était tourmenté par ces pensées, il entendit un grand bruit d'acclamations, et il aperçut un homme qu'on élevait sur une sorte de pavois, à la façon des anciens souverains des Francs : cet homme était Mafré. Boucanier, corsaire, pirate, qu'est-ce que Mafré n'avait pas été? Il avait rassemblé les gens du *Cid*, livrés à l'embarras et à l'inquiétude d'une élection. Avec l'audace et la liberté qui le rendaient puissant sur tous les hommes, jointes à la science particulière qu'il possédait de son auditoire du moment, il avait prononcé quelques mots suivis du plus grand succès. Il s'était proposé pour successeur de Wolfgang et de Pierre. Ceux qui récemment l'avaient vu combattre, qui maintenant l'entendaient parler, étaient tous d'accord pour penser qu'aucun homme ne pouvait mieux que lui remplacer ces deux héros de la flibusterie.

Quand Saladin dit à Mafré, devenu capitaine du *Cid Campeador*, son désir de se rendre au plus tôt à la Martinique, le nouveau chef des pirates lui répondit que ce désir s'accordait avec ses desseins. Les gens du *Cid* voulaient aller tirer parti à la Martinique des dépouilles enlevées au navire anglais. Le matin du jour où l'on devait toucher à ces rivages si impatiemment attendus par Briolan, on fit à bord du navire pirate une cérémonie touchante. Pierre le Sombre et le blond Wolfgang, dans leurs habits de combat, leurs pistolets et leur poignard à la ceinture, leur sabre et leur hache d'abordage à leurs côtés, avaient été exposés pendant plusieurs jours dans la plus vaste chambre du vaisseau. Enfin le moment vint où il fallut se défaire de leurs corps, qu'on ne pouvait plus disputer à la corruption. C'est un des instincts païens de la nature de se révolter contre les morts, de ne point souffrir qu'ils attristent ses fêtes de leur effrayante immobilité. En les rongeant d'une dent empoisonnée, elle force les vivants à leur chercher des retraites qui délivrent les bruits de l'air, la gaieté du jour, de leur silence et de leur terreur.

Un matin donc, tout l'équipage du *Cid* fut réuni par Mafré. Quatre marins soulevèrent le lit mortuaire où Pierre et Wolfgang étaient étendus, et portèrent ce lit sur le pont; puis on alla chercher les boulets qu'on a-coutume de suspendre aux pieds de ceux qu'on lance dans la mer. Le funèbre poids de fer fut attaché aux jambes des deux capitaines. Ces préparatifs achevés, deux pirates prirent avec recueillement d'abord le corps de Pierre le Sombre, puis le corps du blond Wolfgang, et les jetèrent l'un après l'autre dans l'Océan. Les flots, qu'éclairait alors un ciel beau, mais sans profusion de lumière, étaient teints de cette belle couleur verte qui est, on ne sait pourquoi, d'une si profonde mélancolie. Un instant, les deux corps qu'on leur jetait troublèrent leur calme, puis la mer reprit son mouvement paisible. Deux braves de plus reposaient dans le vaste cimetière d'où s'élève l'hymne éternel des vagues et des vents. Tous les visages gardèrent un instant, à bord du *Cid Campeador*, une expression songeuse; puis ces âmes de marins, terribles et profondes, mais mobiles comme les vagues, ne tardèrent pas à faire disparaître toute trace de leur tristesse. Le *Cid* reprit sa physionomie accoutumée; seul, Saladin, penché au bord du vaisseau, le regard attaché sur le point des mers à chaque instant plus éloigné de lui où s'étaient engloutis Pierre et Wolfgang, restait plongé dans une pieuse rêverie. Saladin était de ceux qui persistent, comme on l'a dit quelque part avec une grâce charmante, *à se loger dans la tête l'immortalité de l'âme*; il se demandait si Pierre avait cessé de souffrir, s'il avait retrouvé les regards dont l'éclat manquait à sa vie, si le blond Wolfgang était enfin satisfait dans la soif de l'idéal et de l'inconnu. Mais bientôt Briolan fut tiré de ses pensées par un cri qui touche toujours sur les mers les poitrines humaines, quels que soient les sentiments qu'elles renferment, le cri de *Terre!* On apercevait les côtes de la Martinique.

On juge ce que cette vue fit éprouver à Saladin, qui, du secret qu'allaient lui révéler ces rivages, faisait dépendre sa destinée. Au bout de quelques instants, on découvrit le fort Saint-Pierre, grand bâtiment carré d'un aspect claustral et guerrier, battu éternellement des flots, qui un jour même y pratiquèrent une brèche où ils entrèrent en vainqueurs. Mafré fit hisser le pavillon français et se présenta hardiment à l'entrée du port. Aux officiers qui vinrent l'interroger, il répondit qu'il était un corsaire venant de soutenir un combat pour l'honneur de la France avec un vaisseau de la Grande-Bretagne. Le vaisseau démâté que le *Cid* traînait à sa remorque témoignait en faveur du capitaine et disposait les Français de la Martinique, alors menacés par la marine anglaise, à lui faire un bon accueil. En temps de guerre, on est fort indulgent pour les braves; on ne s'inquiéta point si ceux-là étaient un peu plus pirates que corsaires; ils arboraient le pavillon de France, ils venaient d'humilier le pavillon britannique, on ne leur en demanda pas davantage. Un officier dit à Mafré qu'il allait le conduire au gouverneur général des îles.

— Quoi ! le gouverneur général des îles est ici? s'écria alors Saladin hors d'haleine ; il n'a donc pas péri en route? il est donc arrivé, et il est venu avec tout son équipage ?

— Beaucoup de passagers du *Fortuné*, lui fut-il répondu, sont engloutis avec les embarcations qui les portaient ; mais un navire de commerce français est arrivé à temps pour recueillir, sur un canot près de sombrer, le duc et la duchesse de Lorédan, etc...

Saladin n'en écouta pas davantage. O mon destin ! se dit-il, ô Brigitte !

XVIII

Nous l'avons dit en commençant cette histoire, Saladin, comme Jehan de Saintré, avait un corps merveilleusement apte à tous les exercices de chevalerie, mais dont la vigueur n'était pas celle d'un corps de muletier. Il y avait dans notre héros, ainsi que dans les chevaux de race, jointe à l'impétuosité et à l'énergie, cette délicatesse qui est nécessaire à l'élégance. Après l'émotion qui venait de clore pour lui une attente pleine d'anxiété, un frisson parcourut tous ses membres ; sa tête devint lourde et embrasée ; ses yeux se fermèrent au monde visible pour s'ouvrir au monde occulte et fantastique des songeurs. La fièvre l'avait pris et l'entraînait dans son enfer.

Mafré fit transporter son ami dans une petite maison isolée, située auprès du couvent qui forme l'extrémité du fort Saint-Pierre. Les bruits dont les pirates remplissaient la ville ne parvenaient point à cette retraite. Là, Saladin, veillé tour à tour par Dranmor, Narille et quelquefois par le capitaine même du *Cid Campeador*, resta plusieurs jours dans le dédale peuplé de chimères où vous promènent les fièvres chaudes. Enfin, un soir il sentit le souffle d'un air délicieux, l'air qui venait des jardins du couvent, entrer par la fenêtre ouverte de sa chambre, et lui donner au front comme un baiser. A partir de cet instant, il rentra dans la vie. Il reconnut la belle figure de Dranmor, qui se tenait au pied de son lit, dans une de ses mystérieuses et immobiles attitudes. Il se souvint des mots et de leur valeur. Il parla, on lui répondit. Il avait reconquis son esprit.

Son cœur était toujours à Brigitte. Son plus impatient désir, c'était d'avoir avec Mafré un entretien un peu long sur le gouverneur général des îles. Mafré appartenait à cette race d'hommes dont fut Alexandre le Grand, roi de Macédoine, chez qui le goût de l'action n'empêche point le goût du discours. Il se plaisait à ces conversations sur toute chose qu'on a volontiers à cheval, par les chemins, vers le soir, alors que le ciel devient d'un beau rouge, que la campagne, dégagée du poids oppresseur du jour, prend je ne sais quoi de libre et de doux dont on est tout charmé, qu'on se sent soudain la pensée vive et fraîche, et qu'on aperçoit de loin les murs de la ville où vous attendent le repos et la gaieté du dernier repas. Enfin Mafré, comme beaucoup de sages, nombre de héros, tous les poëtes, toutes les belles, trouvait une grande récréation à parler. Le jour donc où Saladin lui dit :

— Mais vous devez voir mon cousin le duc de Lorédan ? que devient-il ? comment vit-il ? quel personnage fait-il en gouverneur ?

Mafré, s'apercevant que Briolan était très en état de le comprendre, se recueillit un instant; puis, en homme qui savoure sa parole, voici ce qu'il répondit :

— L'homme, mon cher Saladin, est resté de nos jours la bête mystérieuse et formidable qu'il était il y a deux mille ans. Il est certaines natures qui, dans les villes de notre vieille Europe, retenues par toutes les entraves que les mœurs modernes mettent à l'essor des grandes et primitives passions, semblent des natures raffinées et adoucies dont il serait insensé de comparer les vices aux instincts sauvages, effrénés, furieux, d'un Caligula ou d'un Commode. Eh bien ! mon cher, ces natures-là ne sont que des monstres apaisés, dont le moindre changement de régime ou de climat peut réveiller les emportements. Avec sa voix qui cherchait toujours à flatter, sa bouche et ses yeux qui grimaçaient un éternel sourire, ses protectrices attitudes, votre cousin le duc de Lorédan vous semblait, n'est-ce pas ? appartenir à la nation qui peuple le Palais-Royal, Versailles et Trianon ? Vous n'auriez pas imaginé de voir en lui un grand du temps de Dioclétien. Or le duc de Lorédan est un de ces hommes marqués par le fer de Tacite et le fouet de Juvénal, qui sont possédés de la soif des bizarres et sanglants plaisirs. Voir un esclave disparaître sous la morsure des lamproies, en teignant de pourpre les ondes d'un vivier, voilà un des passe-temps qui seraient assurément les plus chers à votre cousin. Sous le ciel affable et modéré de Paris, entre les sofas, les éventails et les chinoiseries d'un salon, dans les allées soigneusement sablées d'un jardin à la française, on ne pouvait pas deviner ce qu'il est devenu sous le ciel brusque et violent de ce pays-ci, entre les huttes des nègres et les hautes herbes peuplées de serpents des grandes prairies. Il s'est opéré en lui la plus étrange et la plus saisissante des métamorphoses. Vous l'avez connu laid, vous le retrouverez hideux. Le grand air a desséché et emporté le fard dont il se masquait. Toute sa corruption est au jour et se montre dans une étendue d'horreur qu'on ne lui aurait point soupçonnée. Hier il a fait expirer sous le fouet une esclave enceinte. Il est peu de ses repas qui ne soient ensanglantés. On prétend qu'il traite sa femme...

Mais ici les yeux de Saladin prirent une telle expression d'angoisse et de courroux, que Mafré, qui avait déjà recueilli plus d'un indice du romanesque amour de Briolan pour sa cousine, s'arrêta, craignant de produire sur l'esprit du malade quelque dangereux effet.

— Et il traite sa femme, et il traite ma cousine..., fit alors Saladin d'une voix haletante.

— Ma foi, reprit Mafré d'une voix légère et d'un visage indifférent, je vous ai fait de ce pauvre duc, en vous disant ce que je sais, un portrait assez noir pour que je n'aie pas besoin de vous le rendre plus noir encore, en vous disant ce que je ne sais pas. C'est par des gens de fort bas étage, et dont les discours ne m'inspirent aucune foi, que j'ai entendu parler des torts du duc de Lorédan envers sa femme. Ce qui est bien certain, c'est que la duchesse n'a point souffert dans ses attraits. Je l'ai aperçue hier au soir en chaise à porteurs. Jamais teinte plus vermeille et plus vif regard n'ont coloré et éclairé son digne et charmant visage.

Saladin ne put tirer de Mafré aucun autre détail sur l'objet de sa tendresse et de ses rêves. Le capitaine du *Cid Campeador*, laissant les matières philosophiques et morales pour aborder les sujets positifs, lui apprit que les gens du fort Saint-Pierre s'attendaient à être attaqués d'un instant à l'autre par les Anglais. L'équipage du *Cid*, fort mal en ce moment avec l'Angleterre, avait promis de prendre sa part des coups qu'on se baillerait dans cette occurrence. De là résultait que Mafré et tous ses hommes étaient accablés de caresses par le duc de Lorédan.

— Si vous aviez été en bon état de corps, mon cher Briolan, dit négligemment l'aventurier en terminant son discours, vous auriez assisté ce soir à un souper chez le gouverneur, qui doit faire pâlir, assure-t-on, les merveilles des repas antiques. Le fameux festin de Trimalcion, auprès de celui-là, n'aura ni caprice ni grandeur. Au dessert, on promet une surprise que n'aurait pas inventée, m'a dit le duc, même une imagination de pirate. Si cela est, ma foi, Héliogabale sera vaincu ; mais, ajouta Mafré avec un soupir mélancolique et un sceptique sourire, je ne compte guère sur la nouveauté dans les inventions du duc de Lorédan. Quelques misérables nègres qu'on égorgera ou qui s'égorgeront, voilà tout ce que je m'attends à voir.

— Je suis fort content, dit Saladin, que ma santé ne me permette pas d'aller au souper de mon cousin ; il faudra bien, par exemple, qu'elle me permette d'aller au feu lorsqu'on entendra le canon des Anglais.

Le lendemain de cet entretien, fort avant dans l'après-midi, aux environs de l'heure où se couche le soleil, Saladin était, comme d'habitude, dans son lit, quoique continuant à regagner sa santé. Il écoutait la voix des oiseaux qui chantaient dans le jardin du couvent, et savourait l'air déjà plus frais qui pénétrait jusqu'à son alcôve par sa fenêtre entr'ouverte, lorsque Narille et Mafré entrèrent dans sa chambre. Tous deux avaient le visage d'hommes qui sortent de ce chaos que fait la débauche dans la vie. On sentait que leurs fronts pâlis et brûlants avaient traversé sans être rafraîchis l'air que respirait avec délices Saladin. Toutefois, entre ces hommes, tous deux las des étreintes de l'orgie, il y avait une grande différence. On voyait que dans le corps de Mafré la pensée n'était point lasse, qu'elle se tenait encore en son gîte, ardente et audacieuse comme une courtisane sur un lit de roses écrasées. Au lieu d'être éteint, le regard de ce vaillant convive n'était que plus enflammé. Chez Narille, au contraire, l'intelligence était encore plus épuisée, plus chancelante que le corps ; l'œil que laissaient voir ses paupières rougies avait une expression incertaine et hébétée.

— Eh bien ! dit Saladin aux deux compagnons, comment s'est passé le banquet qui devait être si splendide ? Avez-vous trouvé, Narille, qu'il n'était pas trop bourgeois ? Avez-vous trouvé, Mafré, qu'il renfermait suffisamment de nouveauté ?

— Ma foi, répondit Mafré, le vin y était bon ; mais l'invention du dessert était fort peu de chose.

— Peste ! fit Narille, je ne sais pas ce qu'il faudrait montrer à Mafré pour qu'il daignât s'étonner. Satan n'est point venu danser au dessert, c'est vrai, mais que diable ! nous avons eu un divertissement qu'on ne voit ni tous les jours ni toutes les nuits, sans compter cette fameuse scène, qui n'était point dans le programme, entre le duc et sa femme...

— Comment ! s'écria Saladin, le duc avait-il eu la stupidité et l'insolence de faire assister ma cousine à un pareil repas ? Malgré tout ce que vous m'aviez dit hier de lui, Mafré, la pensée qu'il pût commettre un tel crime ne m'était point venue un moment. Par là mordieu !...

— Allons, mon cher Briolan, interrompit Mafré, calmez-vous. Narille en ce moment voit autant de choses fabuleuses qu'en voyaient don Quichotte et Sancho Pança sur ce cheval de bois où ils se tenaient les yeux bandés au milieu d'un feu d'artifice. L'ivresse a mis un bandeau sur ses yeux et fait partir des fusées dans son cerveau. Je ne sais point, sur ma parole, ce qu'il veut dire. Peut-être prend-il en ce moment dans sa pensée pour la duchesse quelqu'une des créatures que le duc de Lorédan, en hôte bien appris, avait jointes, dans son souper, aux bouteilles, pour que ses convives pussent jouir en même temps des deux grandes ivresses de ce monde.

Narille, dompté, comme d'habitude, par la parole de Mafré, le regardait avec des yeux pleins d'étonnement.

— Mafré, dit Saladin, il est quelque chose que vous me cachez.

— Non, sur mon âme! repartit Mafré avec un ton de franchise et d'insouciance. Tenez, Narille, partons; notre cher comte se porte assez bien ; mais nos discours l'importuneraient et le fatigueraient. C'est une sotte et mauvaise compagnie pour un malade que celle de deux hommes qui reviennent d'une orgie.

Mais cette fois Narille n'obéit point à la volonté de Mafré.

— Je suis las, dit-il, j'en conviens. Un homme de qualité peut avouer la lassitude qui lui vient d'un souper comme celui de cette nuit. Voici un petit canapé en joncs sur lequel je veux m'étendre et dormir. Je suis sûr que le sommeil ne sera point assez impertinent pour ne pas venir à mon appel, car je vais l'appeler.

— Voulez-vous vraiment dormir? fit Mafré, qui évidemment désirait emmener Narille, non point pour jouir de sa compagnie, mais pour dérober son bavardage à Saladin. Eh bien! alors, dormez. Mieux vaut rêver tout bas et couché que de songer debout et tout haut comme vous êtes disposé à le faire.

Et, voyant que Narille s'installait sur le canapé dans l'attitude d'un homme qui veut entrer en commerce avec les rêves, il quitta la chambre de Briolan. Le sommeil ne répondit point à l'appel de Narille. Tous les diables que renferment les bouteilles faisaient sabbat dans la cervelle du pauvre marquis. Il se tournait, se retournait sur les nattes fraîches et flexibles où il avait étendu son corps plein d'une brûlante fatigue, comme s'il eût été couché sur le gril de saint Laurent. Saladin, de son côté, était inquiet, et soupçonnait Mafré de lui avoir caché quelque secret. Il entreprit donc de faire parler Narille, ce qui était chose facile, même pour un homme aussi peu rusé que notre héros.

Il s'était passé, en effet, au souper de la veille, une scène des plus étranges et des plus violentes entre le duc de Lorédan et sa femme. Voici, d'après Narille, ce que Briolan en apprit. La duchesse n'assistait point au souper, mais les femmes ne manquaient pas à la table du gouverneur. Il y avait quelques mois, un corsaire français avait enlevé un vaisseau britannique qui transportait à Botany-Bay une cargaison de courtisanes. Il avait conduit à la Martinique ces belles persécutées, et les y avait établies dans une honnête maison comme celle que Mangione tenait à Camaldoli. Digne Mangione ! Boccace nous a conservé là un précieux nom. Les courtisanes étaient de hardies créatures à qui la vie d'aventures avait profité. Elles étaient dignes de fêter avec des pirates l'amour sans larmes et sans peur. Il y avait des vagues et du soleil dans les caprices de leur cœur et dans les ardeurs de leur sang. Elles firent du souper du gouverneur une fête de la bonne déesse. Si les dieux païens ne sont point morts, comme le pensent quelques-uns, et si les bouches que ne parviendrait pas à purifier le charbon du prophète Isaïe, les bouches où chante l'éternelle allégresse des buveurs et des amoureux, peuvent encore parfois les évoquer, Bacchus devait être couché au-dessus de cette orgie sur quelque nuée ardente faite des vapeurs du vin. Il est certain, du reste, que les inspirations inhumaines du dieu des raisins et des tigres s'emparèrent du duc de Lorédan. En face de lui était une grande fille dont la robe à demi détachée laissait voir une épaule d'un rose lumineux d'où devaient sortir, comme elles sortent, suivant un ancien, des fleurs d'été, les voix provoquantes du plaisir. Cette beauté, qu'on avait surnommée Désordre, était la favorite du duc de Lorédan ; mais c'est par ceux qui ont la passion des jouets que les jouets sont brisés. Un premier caprice traversa l'esprit du duc de Lorédan.

— Désordre, dit-il, tu devrais danser.

Il y avait, suspendu au mur, à un trophée d'armes sauvages, un tambour indien à peu près semblable à ceux des danseuses bohêmes. Désordre le prit, et, le mettant tantôt au-dessus de sa tête, tantôt derrière son corsage, le frappant tantôt du revers de sa main et tantôt de son genou, elle se mit à danser une danse tellement ardente, faisant passer dans l'air qui l'entourait des frissons si embrasés, que saint Antoine les aurait sentis sous la bure de son capuchon rabattu.

—Désordre ! s'écria le duc, sais-tu que tu as l'air d'une bacchante ? Tu me rappelles un tableau que j'adorais quand j'étais enfant, où l'on voit une grande et belle fille comme toi danser, en s'accompagnant du tambour, avec un tigre qui saute après elle. Morbleu ! je serais curieux de voir cette image, qui me jetait dans d'étranges rêveries par ce qu'elle avait de féroce et de voluptueux, devenir une chose réelle. Le tigre seul me manque. Je vais le faire venir. Désordre, je veux que tu danses avec un tigre.

Si accoutumées que soient les courtisanes aux plus incroyables caprices, la fantaisie du gouverneur était tellement bizarre, que Désordre ne la prit pas d'abord au sérieux; mais un nègre fut chargé d'aller chercher le tigre, et, au bout de quelques instants, l'on vit entrer dans la salle du souper un Éthiopien à demi nu, tenant en laisse, comme un piqueur tient un lévrier, un énorme tigre à l'éclatante, terrible et majestueuse fourrure, à l'œil étincelant de ce regard tyrannique, inquiet et jaloux des bêtes sauvages.

— Désordre, dit le duc en montrant l'animal à la courtisane, voilà ton danseur. Tu vas te mettre dans le fond de la salle, et faire sauter après toi ce compagnon des bacchantes, que Bambou (c'était le nom du nègre) tiendra toujours par le bout de sa chaîne.

A l'entrée du tigre, tous les convives du duc de Lorédan, excepté Mafré et Dranmor, avaient laissé voir sur leurs visages empourprés par le vin une autre expression que celle de l'insouciance et du plaisir. Quant à Désordre, la pauvre créature commençait à trembler de tout son corps; elle restait toute frémissante, ne se souvenant plus de ses danses, à l'endroit où elle s'élevait et retombait, il n'y avait qu'un instant, comme les perles d'une eau jaillissante dans une atmosphère lumineuse et parfumée.

— Désordre! cria le duc, m'entends-tu? Je veux que tu me donnes le divertissement d'une danse de bacchante.

Et il ordonna à un de ses nègres de la saisir, à un

autre, celui qui tenait le tigre, de pousser l'animal sur elle. Alors une inspiration de désespoir et de terreur s'empara de la pauvre fille, et lui mit aux flancs cette ardeur, aux jambes cette agilité qui donnent une rapidité si merveilleuse à la fuite épouvantée du cerf. Elle se mit à courir droit devant elle, écartant ou franchissant tout ce qui s'opposait à son passage ; elle sortit ainsi de la salle du festin, puis continua sa course à travers les galeries et les cours de l'hôtel du gouverneur. Le duc Lorédan suivit la courtisane du pas et du regard dont le vainqueur d'Arbelles, en cette nuit si funeste à la gloire de ses journées, suivit Clitus, qui allait mourir. Apercevant Désordre près de gagner la porte d'une cour, et partant de retrouver sa liberté, il cria de toutes les forces de sa voix, à des serviteurs que le bruit de cette scène avait mis sur pied, de barrer le passage à la fugitive. Quand Désordre se vit sur le point d'être saisie, elle se rejeta d'un bond dans la carrière fermée de toutes parts qu'elle venait de parcourir. Là, un instant, elle hésita ; puis, menée ou plutôt emportée par une pensée étrange qui s'était tout à coup abattue sur cette tête perdue de terreur, elle se dirigea vers le corps de logis qu'habitait la duchesse de Lorédan.

Désordre connaissait Brigitte. Quand Mafré, dans le discours interrompu par sa prudence, avait parlé à Saladin des torts du gouverneur envers la duchesse, il avait l'esprit occupé d'une scène qu'on venait de lui raconter, où Désordre jouait un grand rôle. Le duc de Lorédan, un soir, avait voulu forcer sa femme à souper avec lui et Désordre. Brigitte s'était trouvée un instant commise avec la courtisane, dont elle n'avait pu sauver à son oreille l'accent insolent. Il y avait une rougeur qui n'avait pas été épargnée à son noble visage ; mais sa souffrance avait été de courte durée. D'un de ces regards d'archange que Raphaël a connus, à la fois si calmes et si indignés, si superbes et si candides, qui font trembler les dragons, elle avait chassé loin d'elle son indigne époux et le suppôt de débauche qu'il traînait avec lui. Quoique Désordre se fût retirée, la tête dressée, le dard entre les lèvres, en vipère irritée, la majesté de Brigitte l'avait frappée ; elle avait senti en son cœur la pointe du glaive céleste. Dans la situation de périls et d'épouvante où un monstrueux caprice la jetait, cette douce et imposante figure revint à son esprit, lui représentant la seule puissance protectrice et bienfaisante qu'elle pût invoquer en ce lieu de persécution et de malice ; elle courut à l'appartement de Brigitte. Chose naturelle dans une contrée où le corps et l'âme se refusent souvent à la vie pendant le jour, la duchesse passait sur un sofa, auprès d'une fenêtre ouverte, une nuit d'une sérénité, d'une mélancolie et d'une fraîcheur à faire pleurer des amoureux. Tout à coup elle vit une femme entrer dans sa chambre et tomber presque évanouie à ses pieds. Tandis qu'elle contemplait cette femme, reconnaissait Désordre, et se demandait en son esprit, traversé de pensers confus et rapides, qui amenait ainsi auprès d'elle, épouvantée, suppliante, celle qu'elle avait vue, il y avait quelques jours, enivrée de tant d'insolence, le duc et ceux qui le suivaient firent irruption dans l'asile où la courtisane s'était blottie. Pendant un moment, il y eut un étrange tableau : précédé de valets et de flambeaux, suivi de ses convives, possédés, comme lui, par l'ivresse du vin, de la nuit, des discours sans pudeur, des pensées sans crainte, des actions sans frein, le duc de Lorédan se tenait, le regard fixe et embrasé, dans l'attitude d'un homme que tourmentent les furies du mauvais sommeil, à l'entrée du sanctuaire où respirait l'âme chaste, austère et bénie de Brigitte. Des têtes de débauchés et des têtes de courtisanes s'avançaient derrière la sienne, animées d'un sinistre délire. L'enfer envahissait un lieu consacré; mais il fut repoussé, et mieux, ma foi! qu'avec de l'eau bénite.

Quel danger menaçait Désordre, c'est ce que ne pouvait pas deviner Brigitte; mais elle comprit que la malheureuse créature venait chercher à ses pieds un refuge contre un caprice sanglant de son mari. Par un geste de souveraine, étendant sur ce front courbé sa belle main sévère et gracieuse, cette main faite pour des lèvres de héros dont rêvait si ardemment Briolan, elle s'écria :

— Monsieur le duc, j'entends que ma chambre soit pour cette femme un asile aussi inviolable qu'une église! Retournez à votre festin, dont les monstrueuses folies n'auraient point dû venir jusqu'ici. En ce moment, votre présence et celle des gens qui vous accompagnent sont un outrage que je ne veux point supporter.

Toute la fierté des Briolan résonnait dans la voix de Brigitte. Il y avait sur ses joues le sang qui, aux heures du combat, gonflait les veines de Saladin. Le duc de Lorédan se retira tout tremblant, obéissant à cette puissance de bouclier enchanté qu'exerce sur les plus bizarres et les plus impétueuses fureurs un courage noble, droit et simple ; mais quand, après avoir lâché sa proie, il se fut retiré, avec ceux qu'il traînait après lui, dans la salle du festin, une colère effroyable s'empara de son âme. Parmi les passions qui attisaient la flamme de ce courroux était un stupide orgueil de tyran qui se croit bravé. Il jura, en saisissant un verre qu'il brisa, que Désordre danserait avec un tigre, et que sa femme, mêlée aux courtisanes qui entouraient sa table en ce moment, serait forcée d'assister à ce spectacle. Un convive exalta encore sa rage en lui disant qu'il ne pourrait jamais faire cette violence à la duchesse. Il fit alors le serment de mettre à exécution son dessein, et prit jour pour obéir à ce serment. Ce jour était le lendemain de celui où Briolan apprenait de Narille tout ce que l'on sait à présent.

XIX

Ce que sentit Saladin pendant que Narille parlait, on le comprend. Il n'interrompit pas une seule fois son compagnon ; il ne voulait rien perdre de ce récit, dont il suivait la marche étrange avec l'anxiété et l'ardeur d'un chevalier qui suit les pas d'un fantôme. Quand Narille se tut, Briolan eut sur ses passions assez d'empire pour garder le silence; il ne dit pas un seul mot au marquis, que le sommeil combla enfin de ses faveurs. Il avait rompu, lui, pour de longues heures avec le sommeil.

Après une nuit passée tout entière à accueillir et à repousser tour à tour les projets les plus violents, il se leva. La fièvre était encore dans tous ses membres, et, quand il mit le pied sur le parquet de sa chambre, il lui sembla qu'il foulait le pont vacillant d'un navire : il faillit tomber; mais, par un effort d'une suprême énergie, il se maintint debout; son visage avait une expression si guerrière, que Mafré, qui entra chez lui en ce moment, lui dit :

— Vous avez donc appris, mon cher comte, que le pavillon britannique est en vue du fort Saint-Pierre? Avec cette lente démarche et ce pâle visage que vous a faits la maladie, votre expression martiale vous donne l'air d'un Briolan, tué à Crécy, qui serait sorti de son tombeau pour se venger des Anglais.

— Quoi! s'écria Saladin, les Anglais sont près de nous? Alors j'imagine que le gouverneur ne songe qu'à les repousser.

— Le gouverneur, reprit assez étourdiment Mafré, qui ignorait entièrement quelles pensées menaient l'esprit de Briolan, le gouverneur veut livrer encore un jour au plaisir. Le port est en ce moment rempli de vaisseaux étrangers auxquels nos ennemis vont donner le temps de sortir. Les premiers coups de canon ne seront certainement tirés que demain; c'est en sortant de l'orgie que nous irons à la bataille.

— Ah! dit Saladin, il y aura une orgie ce soir; eh bien! vous m'y verrez.

— Vous! repartit Mafré. Vous voulez donc y jouer le rôle de spectre?

— Vous m'y verrez! répéta Briolan. Et, repoussant son compagnon qui voulait l'arrêter, il sortit.

Il avait un conseil pris, celui d'enlever Brigitte à son indigne mari. La nuit qui allait venir devait voir cesser l'union de la plus pure avec la plus souillée des créatures; mais, pour rendre sa cousine à la liberté, comment Saladin s'y prendrait-il? C'était ce qu'il ignorait. Notre héros pensa qu'avant tout il fallait s'assurer d'un vaisseau où il pût conduire celle qu'il était décidé à sauver de l'outrage et de la douleur. Il porta donc ses pas vers le port.

Le premier navire qui attira ses yeux fut un navire marchand sur lequel flottait le pavillon hollandais. Un grand mouvement régnait à bord de ce navire, qui faisait, comme tous les bâtiments du port, des préparatifs de départ. Assis au gaillard d'arrière, un homme fumait tranquillement, dont la figure sembla bien guerrière à Saladin pour une figure de trafiquant. En arrêtant son regard sur ce personnage, une idée le saisit, qu'il repoussa d'abord comme une illusion, puis qu'il fut bientôt forcé d'accueillir comme la plus certaine des réalités: l'homme qui fumait sur le pont du vaisseau hollandais était le capitaine Favonette.

Saladin courut vers le brave dont il croyait bien s'être séparé pour toujours. Franchissant d'un pied rapide l'escalier de bois qui joignait au port le bâtiment marchand, il fut en quelques instants dans les bras de l'ancien souverain caraïbe.

— Oui, c'est moi, dit Favonette, répondant aux questions dont Briolan l'accablait. Vous me retrouvez dans un équipage assez bourgeois pour un gentilhomme, un souverain et un guerrier. Je suis capitaine d'un navire marchand, et voici comme la chose est arrivée. Le grand Esprit, comme disait feu mon peuple (car tout mon peuple est décédé), ne nous favorisa pas, quand vous fûtes parti, dans la guerre contre les Grandes Bouches. Pendant que je souffrais du coup d'épée que m'a appliqué je ne sais comment le neveu de la Dentue, mon camp fut surpris, et, ma foi, presque toute la tribu fut détruite. Tout blessé que j'étais, je trouvai seul moyen, avec quatre ou cinq Caraïbes, de m'évader en canot par la grande route de la mer. Nous parvînmes à gagner une île où nous aurions pu nous faire une vie assez agréable, car c'était une île peuplée de gibier et déserte d'hommes; mais les benêts qui s'étaient sauvés avec moi se laissèrent mourir les uns après les autres par regret de leurs huttes, de leurs femmes et de leurs enfants. Je régnais non plus sur des hommes, mais sur la nature, quand le vaisseau sur lequel vous me voyez vint toucher les rives où j'errais. Je reconnus le quartier-maître, vieux truand d'origine française, qui servait autrefois dans mon régiment, d'où il déserta pour aller se mettre en Hollande dans les comptoirs. Quant au capitaine, on me dit qu'il s'était pendu; mais je crois que c'était par les mains de son équipage et non par les siennes. On me proposa de le remplacer. J'ai été quelque peu pirate, de sorte que je m'entends assez bien à la mer, et nul des Hollandais ne savait comment se gouverne un vaisseau. Après avoir tué leur chef, car décidément ils l'avaient tué, ils se trouvaient dans un embarras extrême; je vins humainement à leur secours. Je stipulai seulement qu'on me donnerait la moitié dans le produit de la cargaison, qui était de vin et de négresses, et je me mis à la tête des marauds. Je suis arrivé ici, où j'ai vendu au gouverneur mon eau-de-vie et mes négresses; ce soir, à minuit, je pars. Je reconduirai mon navire non pas dans un port de Hollande, car là j'aurais peur d'être inquiété, mais à Dieppe; puis, ma foi, je retournerai, je crois, à Favonette, vivre d'une façon conforme à mon rang. Maintenant j'ai de l'argent, et le ciel de l'Océan commence à m'ennuyer; je me sens depuis quelques mois un appétit enragé du ciel provençal.

— Écoutez, mon cher chevalier, fit brusquement Saladin, voulez-vous me rendre le plus grand de tous les services?

— J'ai toujours eu une épée, repartit Favonette, et pour le moment j'ai une bourse; épée et bourse sont à votre disposition.

— Je reconnais bien votre âme de gentilhomme et de soldat. En trafiquant hollandais comme en souverain caraïbe, chevalier de Favonette, vous êtes toujours le même. Voici ce que j'attends de vous. Cette nuit, au moment où votre vaisseau sera sur le point de lever l'ancre, je remettrai entre vos mains une femme qui m'est chère comme mon honneur : que puis-je vous dire de plus? et je vous demanderai de conduire cette femme en France avec autant, ou, pour mieux dire, avec plus de respect que ne vous en inspirerait tout ce qu'il y a de plus grand, de plus puissant et de plus sacré en ce monde.

— Soyez tranquille; la femme qui vous intéresse sera traitée dans mon vaisseau comme fut traité au château de mon père le cardinal Favonette; mais ne puis-je vous rendre un autre service que ce service insignifiant? La beauté que vous remettez à ma garde, vous l'enlevez sans doute? C'est plaisir que de servir un ami dans un enlèvement.

Ainsi encouragé par Favonette, Briolan dit tous ses tourments. Il avoua au capitaine l'incertitude dans laquelle il était encore sur les moyens à prendre pour mener à bien sa ferme résolution.

— Laissez-moi, mon cher comte, s'écria impétueusement l'ancien capitaine de grenadiers, me charger de votre enlèvement. J'ai enlevé des abbesses en Italie. J'ai pour ces sortes d'entreprises une méthode infaillible et simple comme tout ce qui est bon. Justement j'ai encore deux négresses et trois barriques d'eau-de-vie à livrer au gouverneur. J'irai lui porter ces marchandises ce soir, à onze heures. En ce moment, soyez sous les murs de la maison, et, quand je vous crierai d'entrer, entrez avec confiance; votre affaire sera en bon train.

A l'heure indiquée par Favonette, Saladin était sous les murs du bâtiment que le duc de Lorédan habitait. A l'époque où M. de Lorédan était gouverneur des îles, le logis des côtes de l'Océan, résidence des gouverneurs, avait été détruit par une célèbre tempête. On avait construit à la hâte, pour recevoir le duc, un vaste édifice dont presque toutes les cloisons étaient aussi légères que les murailles d'un carbet caraïbe.

Par une des plus belles nuits où le ciel des îles ait célébré jamais ses fêtes sidérales, Saladin, un manteau sur les yeux et à son côté la compagne de sa vie, l'amie de son cœur et de son bras, son épée, Saladin se promenait sous les murs de l'hôtel Lorédan. Au bout de quelques minutes de promenade, il vit arriver Favonette, escorté de quatre matelots qui portaient à bras les tonnes d'eau-de-vie et faisaient marcher devant eux, enveloppées dans des voiles blancs et rouges, comme des chevaux de course dans leurs couvertures, les deux négresses. Le capitaine lui fit comprendre par un mouvement de tête qu'il l'avait reconnu.

Saladin attendit alors, à la fois plein d'anxiété et d'énergie, ce qui allait se passer. L'eau-de-vie et les femmes qu'amenait Favonette arrivaient à temps pour l'orgie qui allait commencer. Saladin vit Mafré, Dranmor, Narille et tous les convives du gouverneur franchir tour à tour le seuil de sa maison. Une inquiétude passionnée fit bouillonner tout le sang de ses veines, comme le vent d'orage fait bouillonner les flots de la mer. En cet instant de sa vie plein d'imprévu, de danger, d'effroi et de mystère comme le rêve, tout n'était plus que mouvements désordonnés dans son esprit, quand une terrible et suprême crise vint l'obliger à régler, pour les mener à une action décisive, les forces de son âme.

Un tourbillon de flammes que rien n'avait annoncé sortit tout à coup comme d'un gouffre infernal de l'hôtel du gouverneur, enveloppant d'une clarté brûlante l'endroit tout à l'heure plein d'ombre où se tenait Saladin, et la voix de Favonette cria :

— Entrez, comte, voici le moment.

Je souhaite à tous ceux qui aiment d'aller sauver leurs maîtresses à travers des murailles enflammées ce qu'éprouva Saladin quand il se précipita dans cette fournaise, c'est le divin secret de l'héroïsme et de l'amour. Toute la partie de l'hôtel du gouverneur qu'occupaient les appartements du duc où le souper devait avoir lieu était dévorée par un incendie. Cet incendie, Favonette l'avait allumé en quelques secondes, grâce aux tonnes d'eau-de-vie qu'il apportait. Séparé du logis qui brûlait par une cour, le logis de la duchesse était encore intact. Seulement il était baigné par les flammes voisines d'une lueur d'un rose éclatant, semblable à celle dont le ciel est baigné par le soleil du matin.

Saladin, guidé par Favonette, qu'il avait rencontré sur le seuil de la demeure embrasée, se dirigea vers les appartements de sa cousine. Brigitte tenait entre ses mains un petit poignard façonné en crucifix, comme les poignards espagnols. Je ne sais point ce qu'elle allait faire du cette arme, mais elle avait les yeux ardents, le visage pâle. Quand l'incendie vint rougir sa vitre, elle était sous le coup de la menace que le duc voulait accomplir contre elle. Une esclave sortait de sa chambre, qui lui avait annoncé que, de gré ou de force, elle assisterait au souper de son mari. On devine si elle suivit Saladin. A minuit, le comte de Briolan et sa cousine étaient sur le vaisseau de Favonette. Le capitaine faisait tout préparer pour gagner le large le plus promptement possible. Saladin et Brigitte, dans la précipitation et les angoisses de l'action qu'ils venaient d'accomplir, ne s'étaient pour ainsi dire point parlé. Leurs deux âmes, emportées par la même passion, avaient bien certainement fait un ardent et rapide échange de pensées, mais leurs deux bouches étaient restées silencieuses. A l'instant où le vaisseau s'ébranla pour s'éloigner des côtes :

— Un moment ! s'écria Saladin ; je suis obligé, moi, de rester sur ces rives, car, dans quelques heures, les boulets anglais y pleuvront.

Et il fit un mouvement pour s'éloigner de Brigitte, qui était à ses côtés. La duchesse sentit son corps trembler et son cœur défaillir. Elle fut sur le point de se jeter comme un enfant au cou de son protecteur ; mais sa grave et austère humeur l'emporta sur ce mouvement passionné. Quand Saladin, qui devina sa douleur, lui eut dit : — Il le faut, ma cousine ; j'ai pourvu à votre sûreté, maintenant je dois pourvoir à mon honneur, — elle se tut. Seulement, elle tendit à Briolan, qui s'inclina et se découvrit, cette main... Ici, que chacun pense à la main où il voudrait poser sa bouche.

Notre pauvre héros la sentit sur ses lèvres, cette main à laquelle il avait tant pensé, cette main qui l'avait jeté dans toutes ses aventures, le jour, on s'en souvient, où elle lui apparut parée d'une bague de rubis. Du reste, il avait enfin rencontré le bonheur. Je sais des joies plus brûlantes, mais je n'en sais point de plus tendre, de plus sacrée, d'une plus mystérieuse et plus divine profondeur, que celle de baiser une main qu'on aime et qui répond à votre baiser.

XX

Quelques mois après l'enlèvement de Brigitte, Saladin revenait en France, le cœur livré aux plus doux et aux plus ardents espoirs qui aient jamais enchanté un cœur. Le duc de Lorédan était mort, non point d'une balle anglaise, mais des transports de colère que la fuite de sa femme lui avaient causés. Rien ne s'opposait à ce que Saladin, devenu un des plus riches gentilshommes de l'Europe, grâce à lord Windsay, n'unît pour toujours ses destins à ceux de Brigitte. Briolan croyait au mariage. Une femme, des enfants et un château, rien ne peut mieux remplir la seconde partie d'une vie livrée dans sa première moitié aux voyages et aux combats.

Favonette avait promis à Saladin qu'il lui laisserait, à Dieppe, un mot où il lui rendrait compte de sa traversée. Saladin trouva en effet, dès qu'il eut mis le pied dans le port français, la lettre que lui adressait l'ancien capitaine de grenadiers. Cette lettre, écrite sur du gros papier, renfermait un petit billet que Briolan, par un instinct irrésistible, ouvrit et lut tout d'abord. Ce billet contenait cette ligne unique :

« Adieu, mon ami, je vous aime. »

Voici maintenant ce que Favonette écrivait :

« Mon cher comte,

« Je suis obligé de vous annoncer quelque chose de bien triste, dont j'ai, ma foi, le cœur navré. Madame votre cousine est morte pendant la traversée. Dans l'état où l'avait mise tout ce que vous savez, la pauvre femme ne pouvait point supporter la mer. Dès les premiers jours de notre voyage, elle a succombé. J'étais auprès d'elle dans ses derniers moments. Elle m'a demandé de quoi vous écrire le billet ci-inclus, que j'ai soigneusement cacheté. En mourant, elle a prononcé votre nom. Mon cher comte, vous allez avoir un terrible chagrin. Moi-même j'ai senti de cette mort-là une peine que je n'aurais cru aucune mort capable de me causer. Madame votre cousine avait un regard et des mots qui vous pénétraient jusqu'au fond de l'âme. Je n'ai pas pu me décider à jeter son corps dans la mer. On a trouvé un moyen de le conserver. En arrivant à Dieppe, je l'ai fait enterrer dans un endroit du cimetière qu'on vous indiquera. Il est sous un arbre et dans de la terre. J'ai pensé que vous aimeriez mieux cela. Adieu, mon cher comte, vous avez plus besoin de courage à présent qu'au temps où nous étions ensemble chez les Caraïbes.

« Chevalier de Favonette. »

Ce qu'éprouva Saladin, il est bien peu d'hommes qui ne le sachent ou ne doivent le savoir. C'est le grand secret de douleur que nous sommes presque tous destinés à connaître dans notre vie, secret ingrat qui ne répand pas de clarté nouvelle sur nos jours, mais leur retire, au contraire, tout ce qu'ils avaient de douce et profonde lumière.

Le comte Saladin de Briolan se fit chevalier de Malte. Il mourut, comme sa cousine, à bord d'un vaisseau, où une fièvre d'espèce incertaine et de marche inconnue l'emporta dans sa jeunesse, un an après son grand chagrin ; mais, comme celles de sa cousine, ses dépouilles ne furent point rapportées sur le rivage français : on les jeta aux flots. Dans cette vaste tombe marine qu'il avait si souvent contemplée avec mélancolie, son corps alla rejoindre les corps de Mafré et de Dranmor, car ces deux aventuriers périrent dans un naufrage d'où le destin sauva Narille. Narille et Favonette vécurent longtemps.

Saladin était de ceux dont la mort est éprise. C'est bien certain ce qu'on dit, que la mort aime les beaux et les jeunes. La destinée de notre héros fut tout à fait une destinée humaine. L'or lui devint inutile quand il tomba dans sa bourse. Quand sa maîtresse lui dit : « Je t'aime, » le trépas faucha son amour. Son pauvre amour ! l'histoire en fut bien courte ; mais les grandes amours ne sont pas celles qui ont les plus longues histoires.

LE ROI ARTHUR

I

Le grand défaut d'Houdéisse, c'est de ne point distinguer bien nettement son existence de ses rêves. Il est déjà parvenu à l'âge où l'on doit quitter, pour le commerce avec les êtres réels, le doux commerce des fantômes, et il est encore comme les enfants. Si vous lui avez parlé hier au soir de la princesse Gracieuse, il vous dira peut-être ce matin qu'en vous quittant il a passé la nuit avec elle chez l'ambassadeur de Naples. Il nous a soutenu dernièrement qu'il avait élevé des licornes, et je lui ai connu un grand perroquet vert dont il affirmait tenir chaque jour une sentence ou un bon mot.

Il y a deux ans, la veille de son départ pour Murcie,

il était assis, je le vois encore, sur la cheminée de Tyvarlan, cette grande cheminée qui ne porta jamais autre chose qu'une paire de babouches en maroquin rouge. Nous étions presque tous reunis, mais la conversation languissait un peu. La séparation des voyages comme celle de la mort peut être prise de deux façons. On peut la regarder comme une très-bonne occasion pour parler beaucoup, ou comme une excellente occasion pour se taire ; c'est cette seconde manière de voir qui semblait vouloir dominer chez nous. Houdéisse n'est pas élégiaque. « Le ciel de Murcie me rendra-t-il la santé? Chers compagnons, vous reverrai-je? Et de vous-mêmes, pendant mon absence, que décidera le destin? En te donnant la fièvre pour maigrir, comme lord Byron, te tueras-tu, mon gros Nardy? et toi, Tyvarlan le querelleur, recevras-tu un coup d'épée ou une balle? » Voilà ce qu'il aurait pu dire avec des soupirs et des regards attendris. Il s'écria tout à coup, comme un homme auquel les médecins n'auraient ordonné aucun voyage, dont la vie ne serait pas sur le point d'être changée, mais qui, bien loin de là, devrait revoir et le lendemain et les jours suivants les figures qu'il aurait à l'heure même sous les yeux, il s'écria tout à coup : « Ah çà! est-ce que personne d'entre vous n'a rencontré l'hiver dernier le comte de Rochefée? C'est bien l'être le plus accompli que j'aie jamais connu; et puis son histoire est si merveilleuse! »

— Houdéisse, lui dit Tyvarlan, si tu as envie de discourir sur M. de Rochefée, passe-toi cette fantaisie; le nom de ton héros ne nous rappelle rien, mais ce n'est pas une raison pour que ton récit ne nous amuse pas, et d'ailleurs, s'il t'amuse toi-même, ce sera déjà beaucoup.

— Si mon héros ne vous rappelle rien, reprit Houdéisse, cela prouve que vous trouvez moyen de vivre à Paris, comme MM. de Keroven et de Kerleuc, mes cousins, vivent en Bretagne, ne sachant rien que ce qui se fait et se dit entre vous. Encore êtes-vous plus coupables que mes parents, car eux au moins s'enterrent au milieu de fusils, de couteaux de chasse, de cors, enfin d'objets honnêtes et connus, tandis que vous passez votre existence entre de grandes pipes, des vases extravagants, des livres qui ont l'air de grimoires et de vieux tableaux où je vois moins clair que dans les plaques des cheminées du château d'Houdéisse, enfin parmi une foule d'objets incroyables, absurdes et aussi indignes de chrétiens que de gentilshommes. Cela dit, je reviens au comte de Rochefée. Si vous aviez été là où était votre place, c'est-à-dire dans cette société respectable et sensée qui continue autant qu'elle le peut, au milieu du débordement des idées nouvelles, la tradition de la société ancienne, M. de Rochefée serait connu de vous. C'était au commencement de l'hiver dernier, un jeune homme établi dans le monde par les meilleurs et les plus brillants débuts qu'on ait vus jamais ! Il était parfaitement beau, et d'une de ces beautés utiles qui gagnent toutes les âmes à ceux qu'elles parent de leur éclat. Ses grands yeux d'un bleu clair étaient doux et francs. Le courage et la bonté respiraient sur sa bouche. Sa chevelure était une de ces chevelures lumineusement blondes qui font auréole autour du front, et sa grande taille mince et souple avait quelque chose de céleste et de guerrier comme celle de l'archange Saint-Michel. On le disait très-bien né, et ses amis affirmaient qu'il était fort brave. Il parlait peu, mais n'exprimait jamais que des pensées élevées et des sentiments généreux. On ne lui connaissait aucune passion flétrissante ni aucune liaison scandaleuse. Le seul reproche qu'on lui adressât était un peu d'exaltation chevaleresque, mais encore s'accordait-on à dire que cette exaltation ne s'exprimait jamais d'une façon indiscrète.

M. de Rochefée me plaisait infiniment, mais le hasard ne m'avait point rapproché de lui, quand un soir, chez la comtesse de Toraldy, la marquise de Séloncey nous présenta officiellement l'un à l'autre. La maison de madame de Toraldy n'était point des plus divertissantes ce soir-là. On y faisait une assez médiocre musique, et cette musique servait de prétexte à reléguer tous les hommes dans des embrasures de portes où ils s'entassaient pour ne voir que des turbans, des plumes et des boucles de cheveux. Après être restés quelque temps à causer, M. de Rochefée et moi, dans la plus gênante des positions, les épaules resserrées, les coudes rentrés en dedans, les pieds appuyés au sol par leurs pointes, l'idée nous vint en même temps à tous deux d'aller chercher un peu de liberté et d'espace dans un petit boudoir bleu tendre, éclairé par un demi-jour, une de ces attrayantes retraites des salons aussi chères à la rêverie que les retraites même des bois. Au fond de ce charmant asile, les accents qui tout à l'heure dispersaient nos pensées se transformèrent en sons vagues et lointains qui les ralliaient doucement. Je m'aperçus que je plaisais à M. de Rochefée tout comme il me plaisait. Au bout d'un quart d'heure, une véritable intimité s'établissait entre nous.

Je remarquai que le comte, dont la mise était du reste des plus simples, portait à sa cravate une épingle à laquelle était monté un médaillon d'une forme singulière. Je regardai ce médaillon avec soin, un pinceau d'une incroyable délicatesse y avait représenté une tête de jeune fille.

— Quelle est cette charmante figure? m'écriai-je, jamais je n'ai vu une expression d'ingénuité si frappante et si vraie que celle dont est paré ce joli visage. Les têtes de Greuze lui-même ne sont auprès de celle-ci que des peintures épaisses et sans grâce. Cette bouche est fraîche comme le matin. Ces yeux bleus comme un ciel printanier. Quelle âme confiante et pure devait errer dans ce regard et sur ces lèvres?

— Hélas! répondit M. de Rochefée, mademoiselle Esther de Trenmoël avait bien reçu en effet une des âmes les plus pures et les plus confiantes qui se soient abattues jamais du ciel sur cette terre; mais elle ne fut pas assez confiante encore cependant pour rompre l'enchantement dont je gémis.

Vous savez qu'aux révélations les plus inattendues, aux plus bizarres confidences, mes traits n'ont exprimé jamais d'étonnement ni d'ironie. Tous les gens qui poursuivent d'impossibles amours et des rêves étranges sentent pour moi une sympathie mystérieuse. Le comte de Rochefée, voyant qu'à son mot d'enchantement il n'avait paru sur ma figure qu'une expression de curiosité douce et sans moquerie, s'écria en me prenant la main :

— Ah! tenez, vous êtes jusqu'à ce jour le seul être

que j'aie senti dès mes premières paroles prêt à me croire d'une façon complète. Aussi je suis attiré vers vous par un sentiment de confiance sans réserve que je n'avais pas encore éprouvé. Après ce que vous allez entendre, tout autre que vous rentrerait dans le salon et s'en irait dire: « Je viens de causer avec un fou. » Mais vous, j'en suis convaincu, vous recevrez gravement ma confidence et vous l'emporterez au fond de votre esprit dans un sérieux recueillement. Vous croyez être assis à côté du comte de Rochefée, sachez que la maison de Rochefée n'existe pas, et que cependant celui qui vous parle n'est pas un aventurier, mais appartient au contraire à un rang près duquel est bien humble le rang qu'il a pris. Tous ces noms qui sonnent pour vous comme des cymbales et font passer devant vos yeux. dans une sorte d'éblouissement magique, des dames sur des palefrois, des bannières blasonnées, des Maures emportés par des cavales, des varlets, des nains, des hérauts d'armes, tous ces noms qu'on ne peut se lasser de redire, les Salvaing, les Timur, les Montfort, les Penhoët, s'effacent devant le nom qui m'appartient. Je suis non point la fleur, mais la tige même de la chevalerie. Je suis plus que Roland et plus que Charlemagne. Je suis le roi de la table ronde, je suis Arthur de Bretagne. Vous savez que toujours des puissances mystérieuses se sont intéressées aux héros et ont tâché de les soustraire à la mort. Aux temps antiques on les transportait dans les étoiles; aux temps modernes les étoiles ne les reçoivent plus, mais des esprits compatissants veillent encore sur eux et les cachent dans des grottes profondes ou dans des îles vertes. Là, au murmure du vent dans les bruyères ou sur les eaux, ils dorment jusqu'à l'instant où, soit pour une année, soit pour des siècles, des combinaisons du destin leur permettent de revenir sur la terre. Mon sommeil, à moi, est interrompu tous les cent ans, et chaque fois que je me réveille, un an m'est donné pour recouvrer dans ce monde la place que j'y ai perdue. Si je puis rencontrer jamais une femme noble, jeune et belle qui m'aime avec assez de foi pour ne point s'étonner, ne point s'écrier : Vous êtes fou, quand je lui dirai : « Je suis le roi Arthur, » mon royaume me sera rendu, et on y verra renaître avec moi les temps évanouis de la chevalerie.

Mais cette femme, je désespère maintenant de la trouver. Cent ans après le jour où commença mon premier sommeil, il n'y avait déjà plus dans le monde assez de foi pour que la condition mise au rétablissement de ma gloire pût s'accomplir. Je m'adressai aux jeunes filles qui avaient le plus d'innocence au front, le plus de naïveté dans les yeux, les plus candides paroles sur la bouche, et toutes se prirent à sourire ou s'écartèrent de moi avec frayeur comme d'un insensé, quand je leur dis : « Je suis le roi Arthur. » Aussitôt qu'une femme a douté de moi, l'amour que je ressentais pour elle s'envole et fait place à une déchirante tristesse ; j'attends donc avec angoisse et je retarde sans cesse l'instant de mon formidable aveu. Je tâche d'amener, peu à peu, par une série d'épreuves, celle que j'ai choisie, au moment où rien de moi ne l'étonnera plus, et toujours mon espoir est trompé, presque toutes les beautés trouvent bon que je mette l'épée au poing, parce que leurs yeux n'ont point paru assez grands ou leur bouche assez mignonne ; quelques-unes même s'accommodent de me voir porter leurs couleurs ; mais il n'en est aucune qui ne se révolte à ces paroles décisives : « Je suis le roi Arthur. » Mademoiselle Esther de Trenmoël, ainsi que vous pouvez le voir à sa coiffure, vivait environ vers le milieu du dix-septième siècle. C'était la pensionnaire à la fois la plus romanesque et la plus honnête du couvent de Selmeville, un vieux couvent avec un parc aux arbres séculaires, bordé par les eaux de la Seine, dans une des plus belles contrées de la Normandie. Elle avait lu les exploits d'Amadis et ceux d'Esplandian ; elle voyait un géant dans tous les grands arbres qui se dressaient le soir au bout du jardin, une fée dans toutes les colonnes de vapeur qui sortaient le matin des ondes de la Seine. Elle m'accordait des rendez-vous dans le parc, et je l'aimais autant qu'il soit possible d'aimer. Il n'y avait point dans mon cœur un élan auquel un élan de son cœur ne répondît. Nous parlions de la chevalerie avec la même passion ; qu'un palefroi parut soudain, et elle était prête à s'élancer derrière moi sur sa croupe, serrant de ses petites mains blanches mon corselet d'acier. Enfin un jour arriva où, m'agenouillant devant elle, j'osai lui dire : « Eh bien ! soyez la compagne du prince des chevaliers, je suis le roi Arthur. » Je vis alors combien sont attachées à la terre les âmes même que soulèvent le plus souvent les ailes des songes. Ces yeux charmants où brilla tant de confiant enthousiasme, laissèrent voir une expression d'effroi. Elle retira de mes mains sa main où venait de s'imprimer ma bouche, et s'enfuit dans une allée profonde où je la suivis d'un regard désolé. J'ai appelé un génie de mes amis, qui d'habitude voyage sous les eaux où il trouve dans les coquillages des couleurs d'un merveilleux éclat, dont il se sert pour fixer ensuite, soit sur des feuilles d'ivoire, soit sur des écorces de bouleau, les figures de ses rêves, et je lui ai demandé de me faire le portrait de mademoiselle de Trenmoël. Il s'est blotti un matin dans les roseaux pendant qu'elle rêvait au bord de la Seine, et il a fait, sur cet émail qu'a monté le gnome qui travaille aux parures de la fée Urgande, la peinture que vous voyez. Je porte toujours cette peinture sur moi, afin qu'elle me sauve de l'amertume des déceptions en me mettant en garde contre la folie des espérances. S'il n'y a pas eu, sous ce front si blanc, dans ces yeux d'un bleu si tendre, dans toute cette créature idéale, qui eût posé son pied sans le faire crouler sur le seuil du palais des Songes; s'il n'y a pas eu la foi enthousiaste que je cherchais, je dois renoncer à ma poursuite. Les conditions du sort sont dérisoires. Il m'est imposé une de ces tâches impossibles à remplir que les esprits malfaisants inventent pour la torture des âmes. —

Après un instant de silence, M. de Rochefée reprit :
—Vous comprenez qu'au dernier siècle je n'ai même point été tenté de recommencer mes expériences. Les cheveux poudrés, les joues fardées, les yeux aux coins marqués par des mouches n'appelaient point sur mes lèvres l'aveu que vous savez. Je passai sans amour mon année d'existence; après un séjour de quelques mois à Paris et à Versailles, j'allai m'établir dans un vieux manoir de Bretagne où je fis la guerre aux loups. On est moins léger

aujourd'hui qu'on ne l'était il y a cent ans, mais on est peut-être encore moins candide, et les croyances chevaleresques, à coup sûr, n'étaient pas alors aussi mortellement frappées qu'aujourd'hui. Depuis que je reviens sur cette terre, j'ai toujours vu l'épée qui jadis faisait, pour ainsi dire, partie du corps même d'un gentilhomme, s'amoindrir et diminuer comme un membre malade; maintenant elle a tout à fait disparu. Quand, sortant de mon sommeil séculaire, je me suis réveillé, pour la première fois, au bal chez le duc de Gaffre, il m'a semblé qu'un génie dans une fantaisie grotesque avait organisé pour se divertir un ballet de tabellions.

Je ne crois donc pas qu'il y ait rien à entreprendre pour moi dans votre société telle qu'elle existe; mais, je l'avoue, je viens d'éprouver une joie bien inattendue et bien vive en rencontrant un homme dépourvu de ces sots ou méchants sentiments d'effroi, de surprise et d'ironie qui jusqu'à présent ont fait mon malheur. —

A mon tour, je pressai la main du comte de Rochefée en attachant sur lui un regard de reconnaissance. Car, j'en conviens très-volontiers, sa confidence me flattait et les paroles qui la terminaient m'allaient au cœur. Vous savez que jamais je n'ai dit d'une chose : « Elle est folle, ni elle est impossible. » Il n'y a point de siècle où quelqu'un n'ait conversé avec un mort. Il n'est pas de nuit où sous les crânes les plus épais il ne se passe une plus étrange comédie que celle du Dante. Savez-vous pourquoi la mer remplit d'un charme magnétique ceux qui viennent s'asseoir sur ses rives? et pourquoi ces fleurs que cueillait Ophélia, ces fleurs qu'on appelle des doigts de mort, portent ceux qui les contemplent à pleurer? Le mystère est partout, dans les yeux des femmes, dans la chevelure des arbres, dans le reflet de l'eau. Pour ma part, pensai-je, quand je fus sorti de chez madame de Toraldy, en descendant sur les quais, le long de la Seine, que j'entendais frissonner dans l'ombre sous son voile de vapeurs humides; pour ma part, je ne vois rien qui s'oppose à ce que le comte de Rochefée soit en effet le roi Arthur.

II

—Certes, poursuivit Houdéisse, des gens qui n'ont pas connu le comte de Rochefée peuvent très-bien n'avoir jamais entendu parler de la princesse de Saffy. Sachez donc que la princesse de Saffy est fille du marquis de Talère, et que le marquis de Talère est de toute l'émigration le gentilhomme qui a eu la plus étrange destinée. Après avoir fait quelque temps la guerre sur le Rhin avec le prince de Condé, M. de Talère se rendit en Angleterre et entra au service de la compagnie des Indes; c'était un homme d'une extrême hardiesse et d'une admirable beauté. Envoyé contre je ne sais quelle nation voisine de l'empire des Mogols, il plut à la fille du roi qu'il avait vaincu, la reçut pour femme et emmena avec elle une dot composée de plus gros diamants que ceux qui sont renfermés dans les cassettes des souverains de l'Europe. Tous les Nababs de la compagnie des Indes furent éclipsés par le marquis français. Il se fit construire, sur les rives du Gange, à quelques lieues de Calcutta, un palais où une péri eût été heureuse de donner des fêtes. Ce palais existe encore, et quelques voyageurs qui l'ont visité m'ont dit qu'un de ses plus grands charmes, c'était le bizarre mélange qu'il offrait partout des souvenirs féodaux avec la pensée orientale. Ainsi l'écusson des Talère, cet écusson de gueules, à la croix d'hermine que supportent deux chevaliers bannerets armés de toutes pièces, et qu'entoure cette vieille devise bretonne : *Gric à Talère*, brille au-dessus d'un portail semblable à celui d'une pagode. Dans une immense galerie qui donne sur le Gange et dont les voûtes sont marquées de signes symboliques, tous les portraits des Talère sont réunis. Le jour enflammé du ciel indien, que laissent entrer des fenêtres garnies d'une mousseline mouchetée d'or, va frapper de sombres visages de guerriers droits et farouches dans leurs armures ou de cardinaux inclinés et pensifs, sous la pourpre foncée de leurs barrettes. Le dernier des Talère s'était fait peindre dans un costume asiatique, avec un poignard comme celui d'Orosmane à sa ceinture, sur sa tête une aigrette formée du plumage diamanté du paon, et à ses pieds des babouches semées d'arabesques d'or ; en cet équipage, il regardait le premier de ses ancêtres placé juste vis-à-vis de lui en habit de croisé.

Ce fut dans ce palais, si rempli de pensées diverses et

bigarrées, que naquirent deux enfants, dont l'un est le marquis de Talère actuel, et l'autre la princesse de Saffy. Raoul, c'est le nom que portaient depuis des siècles les aînés des Talère, et Hirkah, c'est le nom que voulut donner à sa fille l'Indienne qui était entrée dans cette famille de preux, devinrent tous deux en grandissant de la plus surprenante beauté. Il y a cinq ans à peu près, M. de Talère, qui avait perdu sa femme, les conduisit à Paris, où lui-même mourut au bout de quelques mois. Raoul prit du service dans la marine, et Hirkah épousa le vieux prince de Saffy, de cette antique maison de Saffy, entée sur celle de Mélagènes, qui, après les guerres de Charles VIII en Italie, créa les premiers jardins français où l'on ait vu des caisses d'orangers.

J'avais déjà rencontré souvent, partant souvent admiré la princesse de Saffy; et il me sembla pourtant la voir pour la première fois, tant elle brillait d'un éclat extraordinaire, le jour où elle fit sa rentrée dans le monde, dont elle s'était tenue éloignée trois ans après la mort de son mari. C'était chez la duchesse de Pernezan. Elle présentait dans sa personne le bizarre et charmant assemblage qu'offrait le palais de son père. Vous avez tous dans vos portraits de famille quelque bisaïeule ou quelque grand'-tante peinte en chasseresse avec une peau de tigre sur les épaules et des cheveux à la Fontange ou à la Pompadour. La princesse de Saffy avait dans le dessin et l'expression même de ses traits le contraste que ces beautés des anciens temps présentent dans leurs costumes. Son nez, mince et un peu recourbé, était celui de la race franque; ses yeux, qui ouvraient sous de longs cils noirs leurs profondeurs d'azur, avaient l'expression extatique et sauvage des regards de bayadères ; son cou svelte, sa taille élancée, ses proportions d'Atalante faisaient songer aux filles des forêts, et sa démarche digne, posée, d'une grâce décente, était celle d'une pensionnaire de Saint-Cyr jouant *Esther* devant madame de Maintenon.

On était au mois d'avril, la duchesse de Pernezan donnait une matinée dansante. Madame de Pernezan habite, dans le fond du faubourg Saint-Germain, un grand hôtel qu'entoure un véritable parc. J'aperçus dans l'embrasure d'une fenêtre, devant des vitres, à travers lesquelles on voyait trembler un feuillage d'un vert tendre, une tête blonde toute baignée de la lumière d'un jour printanier, et je reconnus le comte de Rochefée, ou, si vous l'aimez mieux, le roi Arthur. Nous ne nous étions presque point revus, car ainsi va le monde, ceux qui vous ennuient sont toujours sur vos talons, et ceux qui vous plaisent ont l'air de voyager dans des planètes ; nous ne nous étions presque point revus depuis le jour où nous avions échangé des paroles de sympathie. Je m'approchai de lui, et lui tendant la main :

— Vrai Dieu ! m'écriai-je, je suis heureux de vous rencontrer, car je craignais que vous n'eussiez fait ce siècle-ci comme le siècle dernier, que, las des hommes félons et des femmes sans candeur, vous ne vous fussiez retiré en Bretagne pour guerroyer contre les loups.

— J'ai pensé à prendre ce parti, me répondit M. de Rochefée, mais je ne sais quelle vague espérance, que je m'efforçais en vain de repousser, m'a fait rester ici, et depuis un instant, ajouta-t-il tout rêveur, il me semble que j'ai l'explication de ce sentiment mystérieux d'attente. Je suivis la direction du regard dont il accompagna ces paroles, et je vis la princesse de Saffy, qui, aux bras du jeune duc de Ramfalen, valsait dans un tourbillon de pétales rouges et argentées, tombant en pluie d'un énorme bouquet de fleurs étrangères agité sur son sein.

— Jamais, dis-je à M. de Rochefée, je n'ai détourné quelqu'un qui m'était cher d'une pointe d'épée ou d'un regard de belle. Vous qui avez tant d'amour pour la chevalerie, qui êtes la chevalerie même, obéissez à l'appel de ces yeux, Vous n'avez plus à interroger le visage de mademoiselle de Trenmoël; il ne pourrait rien vous apprendre sur celui de la princesse de Saffy. C'est tout un nouveau monde de pensées qu'on sent vivre sous ce front qui porterait avec la même grâce le turban d'une péri et le cercle d'or d'une châtelaine. Allez, mon noble ami, croyez-moi, ne désespérez point de votre destinée; tout peut-il vous sembler perdu, quand vous voyez luire un sourire, comme celui qui jette en ce moment une vraie lumière de paradis sur le visage que nous contemplons. —

M. de Rochefée fit beaucoup mieux que de me répondre; il alla prier madame de Pernezan de le présenter à la princesse de Saffy, que le duc de Ramfalen venait de reconduire à sa place, et, au bout de quelques instants, il s'élançait avec la belle Française des rives du Gange sur le sol frémissant des régions harmonieuses où la valse vous entraîne. Vers le déclin du jour, M. de Rochefée et moi, nous quittâmes tous deux l'hôtel de la duchesse de

Pernezan. Le roi Arthur me proposa de me reconduire, et quand il eut pris place à côté de moi au fond de sa voiture :

— Oui, s'écria-t-il, j'aime et j'espère. Mais, fit-il après un instant de silence, je ne sais point pourtant si la princesse de Saffy daignera répondre à mon amour. Ce n'est point une des conditions les moins difficiles parmi celles qui me sont imposées que de séduire les cœurs dans lesquels je dois chercher la foi. Tous les siècles c'est une entreprise qui me présente plus d'obstacles. Car, tel que vous me voyez, j'ai fait peu de progrès dans l'art de la galanterie. J'en suis resté à la méthode qui me réussissait au temps où les femmes pansaient les blessures et aimaient les grands coups de lance. Pour plaire à la princesse de Saffy, je recommencerais bien mon combat contre le chat-tigre du pays d'Ostun, j'irais bien couper la tête d'un calife dans son palais, je pourfendrais bien cent géants, mais jamais je ne saurais me débrouiller dans des intrigues de Lauzun et de Fronsac.

— Mon cher comte, lui répondis-je, ne vous mettez pas en peine, vous avez la qualité qui de tout temps a le mieux valu, en amour comme en guerre, le courage. Quand on est prêt comme vous à escalader, et, s'il le faut, à brûler une maison ; quand on a un sang généreux dont on payerait par une goutte chaque sourire de sa belle, et que ce sang coule dans un beau corps, on n'a pas besoin d'avoir beaucoup de tours au fond de son sac.

— Enfin, pourtant, reprit M. de Rochefée, par où commencer? Madame de Saffy part cette nuit même pour une terre qu'elle possède dans la Touraine, où elle doit rester jusqu'au mois de juin, qu'elle ira passer à Dieppe. A Dieppe je pourrais la voir facilement ; mais le mois de juin est le dernier que j'aie à vivre dans ce siècle-ci, il faudrait qu'à cette époque je fusse déjà parvenu à lui plaire.

— Eh bien ! cher comte, m'écriai-je, ayez confiance en moi. Partez demain pour la Touraine en même temps qu'elle. Vous trouverez peut-être quelque château où vous pourrez vous établir dans le voisinage du sien. En tous cas, vous rôderez sous ses murs, vous l'épierez, et vous qui êtes fait pour les aventures, vous pouvez être bien certain que le destin ne vous laissera point longtemps perdre votre peine. M. de Rochefée suivit mon conseil, et voici ce qui arriva.

III

La princesse de Saffy habitait un vieux château sur les bords de la Loire. Elle vivait là avec son frère, qui depuis quelques mois était de retour d'un voyage sur les côtes de la Lybie. Le marquis Raoul de Talère a l'humeur hardie et fantasque de son père, il a toujours eu un sentiment de tendresse passionnée pour sa sœur. Du reste, c'est un véritable Hippolyte, non point comme celui de Racine, bien entendu, mais comme l'Hippolyte antique. Le bruissement des mers, celui des forêts, le hennissement des chevaux et le cri des bêtes sauvages, voilà les seules sources de son ivresse et de ses rêveries. Malgré toutes les représentations de l'équipage avec lequel il était embarqué, jamais il n'avait pu se décider à laisser sur la terre d'Afrique un lion et une lionne de taille gigantesque qu'un roi nègre lui avait donnés; il était revenu jusque dans son château de la Touraine avec le redoutable présent du prince africain.

Une femme élevée autre part que sur les rives du Gange aurait eu grande peine à faire un cordial accueil aux hôtes que M. de Talère amenait. Mais, quoique moins farouche que son frère, Hirkah avait un peu de ses goûts. Le lion et la lionne ne l'effrayèrent pas, elle promena sur leur peau fauve ses petites mains blanches, et les admit à coucher à ses pieds comme un couple de lévriers. Elle fit même plus encore : son frère voulut leur donner pour logement une grande chambre démeublée qui attenait à la sienne; elle y consentit, quoique cette chambre communiquât par une porte dérobée avec son propre appartement. Les gens de M. de Talère et de la princesse de Saffy ne partagaient point leur sympathie pour les habitants du désert. Quatre valets déclarèrent successivement à Raoul qu'ils ne voulaient plus se charger de soigner des lions. Un jour le marquis entretenait Hirkah, en revenant de la chasse avec elle, de l'insolence d'un cinquième laquais, qui le matin même s'était révolté à son tour, quand le frère et la sœur aperçurent en même temps un grand jeune homme en habit de paysan, assis au pied d'un arbre devant le cadavre d'un loup-cervier dont il venait de couper la tête.

— Holà! l'ami, cria Raoul, que faites-vous? comment ce loup est-il entre vos mains? serait-ce vous par hasard qui l'auriez tué?

Le jeune homme tourna vers son interlocuteur une figure virile et avenante, quoiqu'elle fût en partie masquée par un large bandeau noir.

— Ce loup est entre mes mains, dit-il, parce que je l'ai tué à mon corps défendant, en loyal combat. Je viens de couper sa tête afin d'en faire hommage au marquis de Talère, qu'on dit être un brave gentilhomme, et à la princesse de Saffy, qu'on proclame partout la dame la plus accomplie qui ait jamais habité un château.

— Le marquis de Talère et la princesse de Saffy sont devant toi, reprit Raoul, et ils acceptent ton hommage. L'ami, tu parles d'une façon qui me plaît. Tu m'as l'air d'appartenir à une race de paysans comme on n'en voit plus naître sur nos terres. Au lieu de te faire soigner des chiens et des chevaux, je te confierai la garde d'un lion et d'une lionne que j'ai ramenés d'Afrique. Jusqu'à ce jour, tous ceux à qui j'ai donné cet emploi se sont conduits comme des faquins. Aux premiers rugissements qu'ils ont entendus, ils sont venus me déclarer, tout mourants de peur, qu'ils ne feraient plus leur service. Un homme qui coupe la tête d'un loup avec autant de bonne grâce que toi n'aura point de ces ridicules frayeurs. Allons, décide-toi, et, si ma proposition te convient, suis-nous.

Le roi Arthur, car à quoi bon ne pas le nommer, se leva, et, chargeant sur ses épaules les dépouilles sanglantes de la bête qu'il avait tuée, suivit à pied le frère et la sœur jusque dans le château. Dès le soir même il eut à remplir ses fonctions, et il entra dans l'asile des lions, portant deux agneaux entiers, avec autant d'aisance que s'il fût entré dans un pigeonnier, un sac de millet à la main.

On devine bien toutefois que l'unique pensée du preux était de se ménager un entretien avec celle dont les beaux yeux lui avaient fait prendre un si humble emploi. Ce n'était point chose facile. Le marquis de Talère ne se séparait jamais de sa sœur. Il chassait avec elle le cerf, même le sanglier, dînait avec elle et la suivait l'après-dîner dans son appartement, d'où il ne se retirait qu'à l'heure du coucher. Un seul personnage se mêlait à cette intimité du frère et de la sœur, c'était le lion Kadjih. Kadjih laissait le soir sa compagne, beaucoup moins sociable que lui, dormir sur le lit de feuillage où il s'était tenu avec elle pendant le jour, et il se glissait dans la chambre de la princesse. Hirkah faisait coucher devant son fauteuil le formidable animal, et s'en servait comme d'un coussin pour poser ses deux petits pieds. Souvent elle restait ainsi des heures entières, ses pantoufles mignonnes à demi cachées dans la crinière dorée de Kadjih, à s'entretenir avec Raoul des bords du Gange et des forêts indiennes.

On était au commencement du moi de mai, partant les

jours n'avaient pas encore atteint toute leur longueur. Lorsque la princesse et son frère quittaient la table, l'ombre régnait dans la grande pièce où ils allaient causer. Tous deux préféraient la lumière de l'étoile qu'on voit s'allumer à travers les vitres dans la mystérieuse profondeur des cieux, à la clarté d'une lampe ou d'un candélabre. C'était d'habitude au milieu du crépuscule que se passait leur tête-à-tête de l'après-dîner. Un soir, le marquis de Talère, assez fatigué de la poursuite d'un vieux cerf, qui avait employé contre lui toutes les ressources de son expérience, eut avec sa sœur une conversation des plus languissantes. Il ne lui parla guère que d'une chauve-souris qui venait, lui disait-il, toutes les nuits troubler son premier sommeil, et contre laquelle il méditait une embuscade ; puis il bâilla, dit qu'il avait envie de dormir, et se retira enfin, après avoir déposé sur le front d'Hirkah un baiser fraternel.

Quand la princesse fut seule, elle sentit trembler d'une façon singulière le lion, qui toute la soirée était resté sous ses pieds tellement immobile qu'elle l'avait cru endormi. Pendant qu'un vague sentiment de surprise et d'inquiétude arrêtait tous ses mouvements, une voix sortit de la masse sombre qui gisait devant elle et lui dit :

— Pardonnez une ruse, princesse, à l'homme le plus amoureux qui fût jamais. Dans cette peau de lion sur laquelle vos pieds ont daigné s'appuyer ce soir, est quelqu'un qui a eu l'honneur de valser avec vous chez la duchesse de Pernezan, le comte de Rochefée. Si j'avais eu, madame, l'esprit plus adroit, plus souple, plus de ce monde où je vous ai rencontrée, j'aurais sans doute trouvé un moyen moins extraordinaire que celui auquel j'ai eu recours pour vous apprendre ma passion. Mais je n'ai rien imaginé de plus ingénieux que de me faire faire une peau toute semblable à celle de votre lion Kadjib. et de m'y blottir. Oh! madame, ne rendez pas amer par des paroles de courroux le souvenir des bienheureux instants que je viens de passer sous vos pieds.

En achevant ces paroles, M. de Rochefée s'était mis peu à peu à genoux auprès de la princesse. L'ombre n'était pas assez profonde pour que l'on ne pût point distinguer sa blonde tête substituée tout à coup à l'immence crinière qu'avaient foulée les pieds d'Hirkah.

— Monsieur, s'écria madame de Saffy, éloignez-vous à l'instant, si vous voulez que le souvenir de votre extravagance ne me soit point odieux. L'estime en laquelle je tiens le rang de gentilhomme m'empêche seule d'appeler mes gens. Mais relevez-vous, monsieur, relevez-vous donc et partez, je souffre pour vous comme pour moi de cette ridicule situation.

Tandis que la princesse traitait le pauvre comte avec cette classique cruauté, un coup de fusil retentit dans un appartement voisin, et l'on entendit la voix du marquis de Talère qui criait :

— Hirkah ! Hirkah ! je viens de tuer ma damnée chauve-souris sur le casque de Gontran le templier, je vais te la montrer. Ses grands yeux jaunes brillent encore.

A cette voix, la princesse de Saffy laissa échapper une exclamation de terreur. M. de Rochefée n'hésita point un instant sur le parti qu'il avait à prendre. Il ne se dirigea point vers la porte, il fût tombé entre les bras de Raoul, qui l'aurait reconnu ; il ne s'élança pas vers la fenêtre, les fenêtres du château avaient des gonds qui grinçaient pendant une heure avant de s'ouvrir. Il se précipita vers la chambre où Kadjih et sa compagne étaient renfermés. Avant que le marquis de Talère fût entré, il avait tiré le panneau de la boiserie qui donnait passage dans cette retraite, et il était tombé, encore revêtu de sa peau de lion, entre les corps velus des terribles souverains du désert.

Le lion et la lionne, troublés dans leur repos, se mirent à flairer avec de sourds rugissements l'être bizarre qui venait se jeter au milieu d'eux. Il n'y avait pas un coin du château où la rouille ne rongeât dans l'ombre quelque masse d'arme, quelque lance rompue ou quelque vieille épée. M. de Rochefée avait avisé plusieurs fois dans la chambre des bêtes une grande lame à deux tranchants dont la poignée de fer eût recouvert les mains d'un géant. Avec un sang-froid égal à sa dextérité, il laissa entre les dents de Kadjih sa peau d'emprunt, et, tandis que l'animal étonné retournait ces dépouilles dans sa gueule, il s'empara de l'arme des anciens temps. Un homme de nos jours aurait été fort embarrassé avec une semblable rondache ; mais pour le roi Arthur, qui avait manié la fameuse Escalibor, cette épée n'était pas plus difficile à tenir et à diriger qu'un fleuret pour un maître d'armes. A peine s'en fut-il emparé, qu'il fondit sur le lion, et lui porta un coup d'estoc qui fit pénétrer dans ses entrailles trois pouces de l'épaisse lame, puis, d'un revers de la rapière ensanglantée, il atteignit la lionne au cou, et lui fit un large collier de pourpre. Ses deux adversaires ainsi blessés, il se précipita d'un bond dans la chambre du marquis de Talère, qui communiquait, on s'en souvient, avec la chambre des animaux. Les murailles du château étaient tellement épaisses, qu'il espérait empêcher par cette manœuvre le bruit de ce combat d'être entendu chez la princesse de Saffy. Le lion et la lionne se précipitèrent sur ses pas. Il s'arrêta pour leur faire face. Heureusement ses ennemis ne l'attaquèrent point ensemble. Ce fut Kadjih qui s'élança sur lui le premier. Il enfonça son épée dans la gueule béante du monstre ; elle en sortit tordue par l'effort des deux plus formidables mâchoires qui aient jamais déchiré des ventres d'éléphants et brisé des cous de gazelles, mais elle en sortit rouge jusqu'à la garde. Kadjih avait les entrailles déchirées, et râlait sur le parquet. Alors il saisit à deux mains son arme, qui n'était plus qu'une masse de fer presque informe, et s'en servit comme d'une massue. Il en asséna sur la tête de la lionne des coups comme ceux dont il fendait autrefois la tête et le corps d'un chevalier armé de toutes pièces. Quand il vit les deux bêtes africaines étendues à ses pieds dans des flaques de sang, il courut à une fenêtre qui s'ouvrit avec fracas, et se trouva sur un balcon suspendu à vingt pieds au-dessus de la Loire. La lune, qui était dans son plein, éclairait la surface jaune du fleuve. Le roi Arthur contempla un instant l'eau et s'y précipita. Au moment où son corps tombait dans les joncs et faisait s'envoler les martins-pêcheurs effrayés à travers la nuit, le marquis de Talère rentrait dans sa chambre, appelait ses gens, courait aux armes, et croyait qu'un monstre d'une espèce inconnue était entré dans son château.

IV

Quelques jours après ce terrible combat dont il n'avait pu éclaircir le mystère, Raoul fut obligé de quitter son château pour aller s'embarquer. La princesse de Saffy resta seule. Un matin que l'aube était venue jeter à sa fenêtre un sourire plus attrayant que d'habitude, l'idée lui vint d'aller visiter dans les bois une source dont les eaux passaient pour avoir une pureté merveilleuse et des propriétés salutaires. Elle se mit en marche à pied et sans domestique. Elle prit un sentier creux qui renfermait, entre deux bords d'émeraude, un sable si luisant et si fin qu'on l'eût pris pour de la poudre d'or, et, au bout de quelques instants, elle fut au milieu d'un bois tout baigné de fraîcheur et d'ombre, où se cachaient sous leurs rideaux vert tendre, maints couples amoureux d'oiseaux. La rêverie s'empara de ses esprits ainsi qu'il devait arriver dans un semblable endroit, et elle se mit à rendre aux violettes, qui s'ouvraient pour elle dans l'herbe, leurs tendres regards. Quand elle parvint à la fontaine, qui était le but de sa promenade, elle avait la romanesque ivresse de ceux dont le cœur s'est abandonné aux enchantements des forêts. Sur le tertre même de gazon d'où la source s'échappait, se tenait debout un grand jeune homme vêtu d'un habit de velours noir et les flancs ceints d'un couteau de chasse. Au premier regard qu'elle jeta sur lui, elle le reconnut. Quelle autre chevelure que celle du beau comte de Rochefée eût si bien marié ses reflets à ceux de l'éblouissante verdure des arbres qui se penchaient sur la fontaine? Quand le roi Arthur eut aperçu la princesse, il lui dit :

— Mes pressentiments ne m'ont point trompé. J'espérais, madame, qu'en des lieux si beaux j'aurais du bonheur : je suis heureux, puisque je vous vois.

Une femme qui rencontrerait, même dans un salon, au sortir de sa voiture, un homme dont le visage lui rappellerait une aventure comme celle dont M. de Rochefée venait d'être le héros, éprouverait certainement pour cet homme un très-vif sentiment d'intérêt. Dans ce bois, par cette belle matinee, et après les rêveries d'une marche solitaire, qu'on juge de ce que le roi Arthur devait être pour la princesse de Saffy. Hirkah adressa la parole au comte avec bienveillance. Les manières du comte étaient si nobles et si réservées, que cette bienveillance alla toujours en croissant. Le roi Arthur avait une façon d'être avec les femmes dont le secret est perdu. On sentait dans ses regards autant de flamme que pouvaient en renfermer les regards du maure de Venise, et son ardeur était tempérée par un tel respect, que sainte Élisabeth l'eût pris pour écuyer quand elle allait, à l'insu de son mari, faire ces pieuses tournées qui nous ont valu le charmant miracle des roses. Nulle beauté ne pouvait apprécier une pareille nature plus vivement que la princesse de Saffy, elle en qui la dignité d'une épouse de chevalier se mêlait à la pureté d'une nymphe chasseresse. Après une explication qu'elle provoqua avec bonté, et qui fournit au comte de Rochefée l'occasion de montrer tout ce que la courtoisie a de plus séduisant, la tendresse de plus délicat, le dévouement de plus propre à toucher, la princesse s'éloigna en disant :

— L'absence de mon frère m'empêche de recevoir en ce moment qui que ce soit dans mon château ; mais dans une semaine je serai à Dieppe ; et, quoique vous soyez teint du sang de mon favori Kadjih, je puis vous assurer que je vous y verrai sans horreur.

V

Il y eut l'été dernier beaucoup de monde à Dieppe, et la passion du comte de Rochefée pour la princesse de Saffy fut, parmi les baigneurs, le sujet de toutes les conversations. La princesse permettait au roi Arthur de lui rendre ses soins à la face de tous ; le roi Arthur profitait de cette tolérance pour suivre dans son amour les us chevaleresques. Ainsi madame de Saffy s'éprit tout à coup de la couleur verte, le roi Arthur fit peindre en vert toutes ses voitures, habiller en vert tous ses laquais, et ne parut plus nulle part sans un bouquet de feuilles à sa boutonnière. Le jeune vicomte de Blarthen, un officier de la marine anglaise, soutint un jour qu'il avait vu à Valence, derrière une jalousie, à travers une touffe de jasmin, un regard plus profond que celui d'Hirkah. Le roi Arthur provoqua le vicomte de Blarthen. Une circonstance acheva de rendre ce duel étrange, c'est que M. de Rochefée voulut absolument se servir de deux épées du temps de Bayard, qu'il avait découvertes dans la boutique d'un brocanteur. La princesse de Saffy passait à son amant toutes ses bizarreries. Une femme habituée à se promener au bord du Gange entre des portraits de croisés et à rêver le soir, les pieds dans la crinière d'un lion, n'était point facile à étonner. Le roi Arthur pouvait croire que le destin avait enfin formé la créature qui devait mettre un terme à son enchantement.

Un jour, c'était le dernier du mois de juin, le comte de Rochefée et la princesse de Saffy se promenaient au bord de la mer. Ils étaient à quelque distance de la ville, sur une grève où s'élevaient seules quelques cabanes de pêcheurs. Le soleil, qui depuis quelques heures seulement était sorti de son manteau de pourpre, n'avait pas encore chassé du ciel les brises matinales. L'air était à la fois brillant et frais ; la mer avait dans ses reflets, dans ses murmures, dans le doux balancement de ses vagues, ce charme étrange, et pourtant senti de tous, qui fait que l'on en est amoureux, qu'on l'appelle perfide, qu'elle arrache au cœur des soupirs, jette sous le front la rêverie, calme, irrite, subjugue, exerce enfin tout l'empire de la beauté que les poëtes antiques firent sortir de son sein.

M. de Rochefée, la chevelure au vent, tournait des regards pleins d'exaltation vers le côté de l'horizon où sa pensée saluait les rives de la Grande-Bretagne. Oh! s'écria-t-il tout à coup en saisissant la main de la princesse de Saffy, je ne serais pas étonné, quand un vaisseau à la carène d'or viendrait nous prendre pour nous transporter dans une île où je placerais au faîte d'un trône la fleur de votre beauté; mais je voudrais conquérir ce bonheur par quelque action héroïque. Ce ciel brillant, cet air pur et votre regard, votre divin regard, madame, remplissent tout mon être d'une vigueur que je brûle de consacrer à un noble usage; je désire faire un de ces efforts, comme les grands combats en inspirent, qui portent soudain l'âme jusqu'aux astres et la ramènent dans le corps tout inondée d'éclat.

Le roi Arthur achevait à peine ces paroles enthousiastes qu'il vit s'approcher du rivage une barque d'où sortirent deux marins portant sur leurs bras un de leurs compagnons tout baigné de sang. La grève se couvrit en un instant de pêcheurs. Une pauvre femme, suivie de deux petits enfants pendus à son tablier, courut auprès du corps que l'on rapportait et se jeta à genoux en sanglotant; la princesse de Saffy interrogea un marin sur ce qui se passait sous ses yeux, et on lui répondit : — C'est encore, madame, un coup du requin ; depuis huit jours il s est blotti dans les sables du petit îlot que vous voyez là-bas un requin dont les dents sont plus tranchantes que des lames de couteaux. Il faut bien que nous allions de son côté, car il est établi à l'endroit où l'on pêche les meilleures huîtres; et, avant tout, on doit faire son métier. La bête a déchiré, ce matin, Matthieu, le père de ces enfants qui pleurent là auprès de leur mère ; il en avait tué d'autres hier, et peut-être qu'il en tuera d'autres demain.

M. de Rochefée, dès qu'il eût entendu ces mots, s'approcha silencieusement de la mer. L'horreur que lui inspirait un costume sans épée faisait qu'il était presque toujours en habit de chasseur. Il se dépouilla de ses vêtements, mais garda son couteau, qu'il plaça entre ses dents, et se mit à nager vers l'îlot où était embusqué le requin. Ce furent des cris de terreur sur toute la côte quand on le vit se diriger vers ce redoutable endroit. Le cœur de la princesse de Saffy, malgré sa force, ne put résister à l'émotion qu'il ressentit; Hirkah fut portée évanouie dans la cabane d'un pêcheur. Pendant qu'on l'étendait sur un pauvre lit, entre des filets, son amant, suivi par tous les regards, touchait presqu'aux sables où le monstre était caché. Ce fut au milieu même des flots qu'eut lieu son combat. Le requin était à moitié endormi sous une plante marine d'un vert sombre avec laquelle la couléur foncée de son corps le confondait, quand une odeur de chair humaine le tira subitement de son sommeil. Ouvrant sa gueule énorme, meublée de dents aiguës et tranchantes comme des instruments de chirurgie, il se dirigea en nageant vers Rochefée. Le roi Arthur plongea dans les flots de façon à se trouver sous le ventre de son ennemi, et, avec autant de sang-froid que s'il eût combattu en plein air avec un paladin, il lui enfonça, au défaut de sa cuirasse d'écailles, le couteau dont il était armé. Un moment le roi Arthur et le requin disparurent au milieu d'un gouffre dont l'orifice devint tout sanglant; puis, l'homme revint sur les ondes, traînant après lui le corps de la bête tiré par le couteau de chasse comme par un harpon.

Le roi Arthur faillit être étouffé par les marins; c'est à grand'peine qu'il parvint à se délivrer de leurs embrassades, à reprendre ses habits et à gagner l'humble maison où la princesse de Saffy avait été transportée. Hirkah venait de rouvrir les yeux au moment où, suivi d'une foule qui baisait ses vêtements, il entra dans la cabane. Quand elle l'aperçut, elle poussa un cri et lui tendit la main; le roi Arthur s'agenouilla, baisa la petite main de sa dame comme un prêtre peut baiser le bois d'un crucifix; puis, lisant dans le regard qui s'attachait sur lui une expression de tendresse enthousiaste :

— Madame, si vous m'aimez, s'écria-t-il, ne craignez point de le faire voir, je suis digne de vous, je suis le roi Arthur.

En prononçant ces mots, il regarda la princesse avec une anxiété impossible à rendre. De la première expression qui se peindrait sur ce visage, des premiers mots que prononcerait cette bouche, allait dépendre toute sa destinée. Un moment dans les profondeurs bleues des grands yeux d'Hirkah la foi lutta contre le doute et la surprise; mais, hélas! la foi n'eut point la victoire. Les paysans qui entouraient le comte de Rochefée, aux bizarres paroles qu'ils venaient d'entendre, s'étaient tous regardés, et ces mots avaient été murmurés sur quelques bouches : « Mon Dieu! serait-ce un fou? » On confond si volontiers l'héroïsme avec la folie dans ce misérable monde, que l'exploit même pour lequel tous ceux qui étaient là venaient de regarder M. de Rochefée comme leur sauveur augmenta la force de leur doute. Le doute est de tous les sentiments celui qui se communique le plus vite; Hirkah elle-même, Hirkah, la mystérieuse châtelaine des bords du Gange, subjuguée par l'étonnement qui éclatait autour d'elle, murmura tout bas :

« Hélas! serait-il devenu fou? »

Ces mots n'eurent point plutôt frémi sur ses lèvres, que les yeux du roi Arthur, tout pleins d'espérance et d'amour, laissèrent voir une expression de douleur dont les monstres qu'il avait tués auraient été attendris. Il se leva, sortit, sans qu'on pût le retenir, de la cabane, courut à un rocher et se précipita dans la mer.

O princesse de Saffy! pourquoi ne l'avez-vous pas cru? Il est retourné dormir de son sommeil séculaire dans l'île d'Avallon. Au lieu d'être muette et insensible comme le granit de la grotte dans laquelle il repose, si vous aviez eu foi en lui, il ferait maintenant refleurir en Angleterre les beaux jours de la chevalerie. Il vous en aurait coûté si peu pour reposer la couronne sur ce noble front où siégeait la candeur intrépide du preux! O princesse de Saffy! que vous avez été cruelle! combien votre œil bleu l'a fait plus souffrir que n'auraient pu le faire souffrir jamais l'épée d'un guerrier, les griffes d'un tigre ou le dard enflammé d'un dragon !

Ici, Tyvarlan interrompit Houdéisse : — Tu sais, dit-il, quel faible j'ai toujours eu pour la chevalerie. J'aime infiniment ton héros; ses grands coups d'épée me ravissent, j'admire son combat avec les lions, et son duel avec le requin me va au cœur, car il me rappelle un souvenir de famille. Au siècle dernier, un marquis de Tyvarlan paria avec des officiers de marine qu'il combattrait un requin dans la mer à la mode des nègres, et il gagna son pari. Mais, si ton héros me plaît, l'espèce de légende dans laquelle tu le fais figurer m'est tout à fait désagréable. Je lui trouve une physionomie symbolique comme celle d'un récit allemand. Je te soupçonne d'avoir voulu faire entendre qu'une femme, en ayant foi dans son amant, lui donnait une véritable royauté.

— Mon cher, repartit Houdéisse, je suis un gentilhomme français et non pas un poëte germanique. Je ne m'amuse pas à mettre des symboles en récits, et je ne comprends pas trop d'ailleurs quel serait le sens de celui que tu m'accuses d'avoir inventé. J'ai réellement connu le comte de Rochefée et la princesse de Saffy.

— Mais comment se fait-il, cria-t-on de toute part à Houdéisse, que les personnages dont tu parles ne rappellent rien à aucun de nous?

— Cela tient à ce que vous ne connaissez ni le monde ni les armoriaux. Hier soir, au bal, chez la comtesse de Toraldy, j'ai vu valser le marquis de Talère, qu'une intrigue avec une grande Anglaise à la taille de roseau et aux yeux couleur de myosotis semble devoir adoucir un peu.

Il y a quelques jours, dans un armorial de Provence, je vis les armes des Saffy écartelées avec celles des Mélagènes. Les armes des Mélagènes sont d'or plein, et celles des Saffy sont d'azur à un demi-vol d'argent.

FIN.

TABLE

CPSIA information can be obtained
at www.ICGtesting.com
Printed in the USA
LVHW030123210323
742063LV00002B/485

9 783382 700768